여린 나그네

깨달음의 길목어귀

여린 나그네

초판 1쇄 인쇄 2012년 1월 9일
초판 1쇄 발행 2012년 1월 16일

지은이 l 신 정 희
펴낸이 l 손 형 국
펴낸곳 l (주)에세이퍼블리싱
출판등록 l 2004. 12. 1(제2011-77호)
주소 l 서울시 금천구 가산동 371-28 우림라이온스밸리 C동 101호
홈페이지 l www.book.co.kr
전화번호 l (02)2026-5777
팩스 l (02)2026-5747

ISBN 978-89-6023-734-6 03810

| 에세이 작가총서 407 |

여린 나그네

깨달음의 길목어귀

신정희 저

ESSAY

뒤편 인삼밭둑의 상수리나무가 무성한 이파리들을 모두 내려놓고, 홀가분히 앙상한 제 몸뚱아리를 눈보라에 내어맡긴 채 춘삼월을 기다리고 있습니다.

참된 '나'는 무엇일까요?
왠지 삐걱거리고 모서리가 있어 부딪치는 '나'라는 아상을 걷어내고 싶어서 이 책을 씁니다.

삶 속 어리석음이 하루하루 끝없이 이어지는 그 긴 끈 끄트머리를 찾아보려 애쓰는 모습 속에 그 무엇인가는 있지 않을까 싶습니다. 이를 작은 화두로 삼아 언제까지고 길고 긴 삶의 여정에서 하나씩하나씩 '나'의 껍질을 벗겨내고자 합니다.

어느 것이 옳고 어느 것이 그른지는 아직도 잘 모르고 찾아 헤맵니다.
살림살이 속에서 알고 지은 잘못보다 모르고 지은 허물이 훨씬 많으리라 생각하면서…….

보잘것없는 이 한 권의 책이…… 여리고 여려 스러지기 쉬운 중생이 힘겨운 한 철 주어진 삶 속에 잠시 쉬어가는 깨달음의 길목어귀에 선 길손이 되어 무거운 갈망에 걸친 짐을 내려놓고 넉넉한 마음으로 지나온 아랫녘 저편을 바라보며 참된 삶의 의미도 함께 껴안았으면…… 하는 작은 소망입니다.

이 책이 나오기까지 아낌없는 후원과 질책을 함께 해주신 선묵 스님과 출판을 할 수 있도록 후원해주신 박경열 처사님과 김현옥 보살님 내외분, 그리고 너무나 사랑하는 율림원 여러 신도분, 편집과 교정, 제작을 맡아 애써주신 에세이퍼블리싱 편집부 스태프께도 심심한 감사를 드립니다.

임진년 입춘지절 저자

절집 마당 위로 달빛이 내려앉는다.
법당의 불빛은
동자승 눈가의 졸음처럼 가물거리고
나즈막히 들려오는 풍경소리마저
여린 바람에 묻혀버린다.

문풍지 사이로 스며드는 적막은
인연因緣의 깊은 사슬에 몸부림치는
나의 육신을 향해 채찍질하고
고뇌하는 나의 절규는 소쩍새울음 소리되어
어둠속으로 사라져간다.

동행同行의 만남이 웃음이었다면
동행의 이별은 무엇으로 남을까.
물음도 없고 답도 없는 공허한 삶속에서
번듯한 줄만 알았던 나의 명석함과
나의 명성은 바람소리에 지워져 버린
풍경소리처럼 밤새 지쳐버린 소쩍새소리처럼
절집 마당 위에 내려앉은
달빛 속으로 흩어져버렸다.

- 윤영신의 '삶, 그리고'에서

우리들의 것이었던 모든 것에서 살아있는 것이란 아무것도 없다. 불이 꺼져 싸느랗게 된 잿더미처럼 수많은 화상은 바람 따라 흩어지고, 기쁨과 슬픔과 그리고 절망과 희망 우리의 그것마저도 새벽녘 창문으로 사라져간다. 바람에 섞여 살아있는 삶의 소리를 들을 때, 때로는 살아있다는 것이 이런 것이려니 그저 막연한 끄덕임으로 나의 삶의 테두리 안에 내가 있음을 확인하여 본다.

오늘 나는 임진년壬辰年으로 맞이하는 2012년 1월 5일 신정희 님의 심열心熱의 열정으로 그려낸 글 '여린 나그네'와 연緣이 되어 가슴을 열어본다.

'여린 나그네' 신 정희 님의 글을 처음으로 접해 본 필자의 기분으로서는 불교의 철학과 이념을 깨닫지 못하고 단순하게 글의 입장에서 글을 이해할 수 있는 마음을 연다는 것이, 처음부터 여간 적지 않은 부담으로 느껴지지 않을 수 없었다.

일반 작가의 문언文言처럼 작가의 상상력으로 펼쳐낸 글의 느낌이라기보다는 글의 무게와 글의 중심축을 정확히 계산하여 그려낸 것처럼, 접근하기 어려울 정도의 무게감이 실려 있음을 인식하게 된다.

글의 중심인물로 등장하는 랑연, 선묵, 그리고 아미. 세 사람의 등장인물을 통하여 그들의 삶에 그려지는 애환과 갈등, 고뇌 등을 묘사하는 듯하였으나, 글의 전개가 깊어지고 글의 맥을 접할수록, 문득 작가 신 정희 님이 내놓은 화두에 우리가 화답으로 내놓아야 할 것 같은 느낌을 받는다.

불교에서의 불자의 삶과 그리고 인간으로서 느낄 수 있는 번뇌와 수행과정이 짙게 나타나는 느낌이면서도, 다른 한쪽에서는 우리 인간 개개인의 삶속에 필수적으로 다가올 수 있는 운명의 화두인 듯한 여운마저도 남기게 한다.

2012년 1월 6일

신정희 님의 '*여린 나그네*' 출판을 축하하며

작가 윤 영신

감악산. 그리고 그 품속에 아담하게 자리 잡은 율림원.

고요히 적막에 든 산사 지붕의 네 귀퉁이 풍경을 바람이 스치며 삶의 소리를 잔잔하게 읊조리고 어루만지는데, 어디선가 날아온 외로운 새 한 마리가 허공을 휘익 오르더니 이내 모습을 감춰버리고⋯⋯.

우리의 모든 산이 그러하듯이 참으로 아름다운 이곳의 산이다.

마치 연꽃 봉우리처럼 비잉 둘러 있고 나지막한 골짜기엔 호수가 있어 이른 아침 물안개의 뽀얀 모습이 청순한 소녀의 가슴자락 옷깃처럼 어여쁘다.

해질녘 황혼은 아쉬운 양 나의 영혼을 붉게 물들이는데, 기다려주지 않는 어둠은 곧 깨달음의 길목어귀에 서 있는 여린 나그네의 발길에 내려앉겠지⋯⋯.

제 1 장
신녀의 출현

초겨울의 감악산자락의 산사 율림원. 극락전 지붕 네 귀퉁이에 매달아놓은 풍경이 쉬임 없이 울어대는가 싶더니 오늘따라 산등성이 사이로 불어오는 매서운 바람이 한층 황량함을 더해준다. 어느새 겨울이 저만치서 성큼 다가오고 있는 것인가.

사방이 서서히 어둠이 내려앉아 고요한 산사에는 칠흑 같은 어둠이 찾아왔다. 랑연은 일찌감치 저녁공양을 마치고 공양간의 뒷정리를 하고 있는데, 전화벨 소리가 정적을 깨뜨렸다. 일본에서 걸려온 전화였다.

"여보세요! 율림원입니다."

"아, 안녕하세요? 항상 신세지고 있습니다. 청룡사의 우치야마內山입니다.

"아~ 네. 우치야마 상. 안녕하세요?"

"저…… 다름이 아니오라, 이번에 저희 주지스님이 율림원을 방문하고 싶다고 하는데 어떻게 생각하시는지요? 주지스님을 포함해서 비구 네 사람이 3박 4일 일정으로 방문 드렸으면 하는데, 허락해주시면 자세한 일정은 추후 보고 드리겠습니다."

"네에…… 그럼 저희 주지스님께 보고 드리고 조속히 회신을 드리겠습니다."

"그럼, 잘 부탁드립니다. 좋은 소식 기대하겠습니다."

랑연郎蓮이 곧바로 율림원栗林園 주지 선묵禪默 스님에게 일본에서 온 전화 내용을 보고했더니, 대중방은 많이 있으니까 부담 없이 방문해도 좋다고 했다. 그리고 방문을 허가한다는 내용의 전화를 받은 청룡사는 도착 당일은 서울의 한 비즈니스호텔에서 묵고, 나머지 이틀은 율림원에서 신세를 지겠다는 내용의 팩스를 보내왔다.

그런데…… 일본 방문단이 출발하기 불과 이틀 전, 우치야마에게서 또다시 전화가 왔다.

"여보세요? 율림원입니다."

"안녕하세요. 저는 청룡사의 우치야마입니다만, 다름이 아니오라, 이번에 율림원을 방문할 비구 네 사람에 한 사람이 추가되는데, 괜찮으신지요?"

"아, 네에. 우치야마 상, 한 분이 추가되신다고요??"

"네. 그러니까…… 말하자면 계는 받았지만 사중에 있는 건 아니고 사회활동을 하는 비구니 스님인데 좀 평범하진 않습니다만……."

"네에…… 그럼 저희 스님께 여쭤보고 금방 전화 드리겠습니다."

"알겠습니다. 감사합니다."

랑연은 선묵 스님에게 들은 대로 보고했다. 그는 비구니라는 말을 듣는 순간 의아한 표정이 스쳐지나가는 듯했다. 이내 비구니의 방문 허가는 물론, 더 많은 인원도 환영한다는 내용을 전하라고 지시했다. 곧바로 그녀는 다시 연락을 취했다.

"여보세요, 우치야마 상? 율림원입니다."

"네에~ 전화 기다리고 있었습니다. 어떻게 되셨는지요?"

"저…… 말씀하신 비구니 스님의 방문을 허락하셨습니다. 그리고…… 더 많은 인원의 방문도 환영한다고 하십니다."

"감사합니다. 그럼 주지께 그렇게 보고 드리죠."

"네. 그럼 한국에서 뵙겠습니다. 안녕히 계세요."

일본의 청룡사는 일본 불교 3대 종파 중 하나인 진언종眞言宗의 한 사찰이다. 한국의 수덕사 정도의 제법 규모가 있는 곳으로 유명한 온천휴양지인 가고시마현鹿児島県 이부스키시指宿市의 산 깊숙이 위치하고 있다.

랑연이 들은 바에 의하면 세계의 각종 유명잡지에서 아름다운 일본 정원으로 뽑혀 잡지에 실린 적도 여러 번 있었다고 한다. 아무튼 한국과 일본 불교의 보다 폭넓은 발전을 위해서 이런 작은 교류라도 하게 된 것은 꽤 고무적인 일이 될 듯싶었다.

2008년 11월 18일, 꽤 쌀쌀한 초겨울 날씨가 계속되고 있었다. 한국의 5대 악산인 감악산 중턱에 자리 잡은 자그마한 절 율림원. 그곳의 원주보살 랑연은 남대문의 한 비즈니스호텔로 청룡사의 스님 일행을 마중 나갔고, 운명적인 그 비구니 스님과의 첫 만남은 그렇게 시작되었다.

이른 아침이라 랑연은 아직 부기도 가시지 않아 푸석푸석한 얼굴로 호텔에 도착했다. 전에 율림원에 하룻밤 묵어간 적이 있어 안면이 있는 도야마外山 스님 일행은 아직 보이지 않았기 때문에 얼마쯤 로비의 긴 소파에 앉아 기다려야 했다.

비즈니스호텔이라 그런지 로비라고 해도 아주 비좁은 편이었다. 간간이 일본인 관광객인 듯 보이는 젊은 여자들과 중년의 남녀 커플이 카운터에서 체크인을 하거나 룸 키를 맡기고 잠깐 외출을 하거나 체크아웃을 하는 모습들이 보였다. 로비의자에 앉아 자판기 커피를 뽑아 마시며 비치해놓은 일본 신문을 읽고 있는 일본인도 눈에 띄었다. 요즘 서울이 일본인 관광객 특수를 누린다고 연일 매스컴에서 떠들어대더니 이 호텔의 투숙객도 하나같이 일본인 일색이었다.

절에 들어오기 전 그녀는 가끔씩 큰 호텔의 넓은 로비 라운지에 앉아 커피를 마시며 뭔가 사색하는 시간을 좋아했다. 서울생활을 할 때 가슴이 터질 것 같고 답답할 때는 자연을 찾기보다 넓고 쾌적한 호텔 로비를 찾곤 했다. 그리고 등받이가 높은 소파에 몸을 푹 꺼뜨리고 달콤하고 부드러운 피아노 연주나 콘트라베이스 같은 현악기의 가슴 밑바닥부터 저려오는 굵직한 저음의 선율을 들었다. 그러나 지금 그녀의 삶은 어떠한가? 새소리와 염불 소리가 끊이지 않는 산사에 파묻히게 될 줄이야……

'제행무상諸行無常'…… 그녀를 비롯한 모든 살아 있는 존재는 아침에 절에서 출발했을 때보다 지금 이 순간은 조금 더 임종의 순간에 가까이 다가가 있을 것이다. 움직이는 모든 것은 항상 같지 아니한 것을……

이렇게 가끔씩 도시로 나오면 지나간 옛일들이 스크린에 자신이 아닌 딴 사람들의 이야기가 펼쳐지듯이 생소한 느낌으로 스쳐지나간다. 잠을 설쳐서 그런지 그녀는 온몸의 세포가 낱낱이 흐트러져 있는 것처럼 무척 피곤했다. 눈이라도 감고 이런저런 생각을 떠올리다가, 문득 다른 사람은 그만두고라도 도대체 그 비구니는 어떤 이미지의 존재일지 궁금증이 일었다.

잠시 후, 상상의 세계 속에 빠져 있는 랑연을 깨우기라도 하듯, 드디어 여러 개의 여행가방 바퀴가 드르륵드르륵 끌리는 소리가 귓전을 때렸다. 순간 그녀는 반사적으로 소파에서 벌떡 일어났다.

엘리베이터에서 짐가방들과 함께 내린 사람들은 예정대로 모두 다섯 명이었다. 일본 승복인 베이지색 사무에를 입고 다비라고 부르는 흰 버선과 조리를 신은 체구는 좀 작지만 단단해 보이는 비구와 어깨가 떡 벌어지고 스포츠맨처럼 생긴데다 흰머리가 보기 좋게 섞여 은빛이 된 스포츠머리의 비구, 새까맣고 짧은 커트머리를 한 얼굴이 곱상하고 후리후리한 키의 젊은 비구, 그간 고생이 많았는지 해맑은 미소에 비하면 얼굴에 주름살이 유난히 많은 비구 도야마의 모습이 우선 그녀의 눈에 들어왔다.

그들은 이내 랑연 앞에 멈춰 섰는데, 로비가 워낙 좁아서 엘리베이터에서 내리자마자 그녀 앞에 멈춰선 거나 다름없었다. 젊은 비구를 제외하고는 모두 나이가 오십 중반은 되어 보였다.

그리고…… 긴 생머리를 뒤에서 핀으로 단정하게 중간을 묶고 앞머리는 차분하게 내려 이마를 가린데다 백짓장처럼 하얗고 갸름한 얼굴에 키는 170이 좀 안 돼 보이는 젊은 여자가 랑연의 시야에 들어왔다.

그녀는 강한 포스가 느껴지는 주지인 듯 보이는 베이지색 사무에 차림의 비구 뒤쪽으로 같은 베이지색 승복을 입고 서 있었다. 표정이 뭐랄까? 마치 납으로 만든 인형처럼 첫인상이 차가우면서도 신비스럽기까지 한 묘한 분위기의 이십 대 후반쯤 되어 보이는 비구니였다.

'그럼, 저 여자가 사회생활을 한다는 그 비구니?'

정말 표정이 없다. 만일 지금 입고 있는 일본 승복을 벗기고 선녀들이 입었을법한 하늘하늘하고 하얀 선녀복을 입힌다면 그대로 하늘에서 내려온 선녀라고 해도 손색이 없을 만큼 신비로움이 감도는 표정과 얼굴. 아무튼 지금까지 랑연이 만나본 사람 중 가장 색다른 인상을 주는 인물인 것만은 분명하다.

어젯밤 선묵 스님의 말이 생각났다. 이번에 일본에서 오는 비구니와 꼭 한 방에서 함께 자도록 하라는 말. 왜 그랬을까? 서먹서먹하기도 할 것이고 또 일본사람들은 결벽증도 심한 편인데, 저 여스님이 과연 자신하고 같이 자려고 할까? 언제나 뜻밖의 일을 시키는 스님. 그러나 그의 말을 거역할 수 없다는 걸 너무도 잘 알고 있는 랑연이다.

남대문에서 감악산 율림원까지는 약 2시간이 소요되었고 일행은 별 탈 없이 목적지에 도착했다. 그들을 환영하고자 같은 종단의 스님들도 예닐곱 와있었다. 이런저런 좌담과 저녁 환영만찬까지 마치고 밤이 되었다.

"저, 아미 상! 오늘밤은 저와 함께 한 방을 쓰지 않겠어요?"

"아, 네, 좋아요. 그렇게 하죠. 저는 아무 상관없습니다."

그녀의 이름은 아미阿美라고 했다. 물론 일본 스님들은 한국말을 전혀 못 하지만 일본유학까지 한 원주보살 랑연 덕에 양측의 대화에는 전혀 문제가 없었다.

랑연이 절에 들어온 지도 벌써 10년이 다 되어간다. 이혼과 함께 참회의 시간을 선택했던 그녀. 무엇이 그녀를 보통사람도 감내해내기 힘든 부처님 도량으로 끌어들였을까? 절이, 스님이, 또한 부처님이 뭔지 몰랐던 자신이었다. 차라리 아무것도 모르는 게 약이었을까? 한편 행복하다고도, 한편 불행하다고도 느끼면서 하루가 가고 일 년이 가고 십 년이 그렇게 흘러간 것이다. 어쨌든 자신도 모르는 어떤 힘에 이끌려서 지금까지 이곳에 머물러 있는 것만은 분명한 사실이었다.

"자정이 넘었는데, 이제 주무셔야죠? 자, 여기 이부자리를 펴놓을 테니까 이쪽에서 편히 주무세요."

그러나 아미는 피곤에 지친 안색에 비해 살아 있는 눈빛만은 무척 초롱초롱 빛을 내며 랑연을 물끄러미 쳐다보았다. 그러더니 이내 그녀가 깔아준 이부자리를 단정히 개어놓고는 묵묵히 정좌를 하고 앉았다. 일본사람 특유의 정좌였다. 그들은 정좌, 즉 무릎을 꿇고 앉는 것이 어려서부터 몸에 배어 있어서 더 편하게 생각한다는 것을 그녀는 잘 알고 있었기 때문에 굳이 편히 앉으란 말은 하지 않았다.

어제 한국에 도착하여 복잡한 서울의 비즈니스호텔과 처음 방문한 한국

절에서 진종일 피곤했을 터이지만, 눈은 더욱더 또랑또랑해지는 모양이었다. 그리고 낯선 이국땅에서 처음 만난 한국인과 마주한 그녀의 길고 긴 인생고백은 그렇게 밤이 새도록 계속되었다.

"사실은 제가 여기에 어떻게 오게 되었는지 너무 신기하기만 합니다. 6개월 전에 꿈을 꿨어요. 산신님이 나타나셔서 '아미야, 넌 6개월 후에 큰 내를 건너게 될 것이며, 그곳에서 너의 평생의 은인이며 스승을 만나게 된다.'라고요. 6개월 후면 바로 11월이거든요. 저희 절 주지스님이 이번에 한국의 율림원을 방문하면서 제게 같이 가지 않겠냐고 말씀하셨죠. 전 그때 그 계시를 항상 가슴 깊이 간직하고 있던 참이라 현해탄을 건너게 되는 한국행을 아주 기쁘게 받아들였어요. 산신님의 계시대로라면 제 인생을 바꿔줄, 아니 저를 살려줄 귀중한 인연을 만나게 되는 거였으니까요. 하지만 지금 저의 상태는 절대로 해외여행이 가능한 상태는 아니랍니다. 1년 전에 쇼크를 받아 쓰러진 후 심각한 기억상실증에 걸렸고, 지금도 완전히 나은 게 아닌데다 그간에 죽음의 문턱을 여러 번 들락거리던 차라서요. 게다가 여기 오기 이틀 전에 또 꿈을 꿨는데, 역시 산신님이 나타나셨고 그 앞에는 큰 나무가 있었어요. 그리고 사내아이 하나가 나뭇가지에 간신히 몸을 걸치고 있었어요."

여기서 그녀는 한숨을 한 번 크게 쉬고 다시 말을 이었다.

"산신님이 제게 이렇게 말씀하셨어요. '이 아이는 네가 이번에 큰 내를 건너가면 만날 아이이니라. 넌 그 아이를 한눈에 알아볼 것이며, 그 아이는 나무에서 떨어져 죽을 뻔한 것을 내가 중생구제를 하게 하려고 살려준 나의 아들이니라. 너는 그 아이의 제자가 되어 훌륭한 가르침을 받고 그와 함께 이 세상의 만중생을 구제하거라.'"

잠자코 그녀의 말을 듣기만 했던 랑연은 화들짝 놀라지 않을 수 없었다.

"어머, 어떻게 이런 일이 있을 수 있죠? 우연이라고 하기에는 너무나 기막힌 우연이네요. 저희 스님은 실제로 일곱 살 때 장난으로 도토리나무에 올라갔다가 떨어져서 목이 부러지셨잖아요. 집안의 귀한 장손이셨던 스님의 생명이 위급해지자 할머님이 논밭을 팔아서 그 시절 6.25 전란 때 외국의 지원을 받아 건립된 메디컬 센터에서 외국 의술로 3년이나 입원치료를 받아 겨우 목숨을 건지셨대요. 지금도 목에는 대수술을 한 자국이 선명하게 남아 있지만, 약간의 장애 후유증은 있답니다. 그 뒤 공무원을 28년간 하셨는데 결국엔 부처님 제자가 되시고 말았어요. 그럼, 도토리나무에서 떨어졌을 때 다들 죽는다고 했다는데, 산신님이 일부러 살려주신 거였네요? 아미 상 말 대로라면……. 그럼 제가 우여곡절 끝에 일본어를 전공한 것도 스님과 아미 상을 만나게 하려고 산신님이 일부러?"

"네. 맞아요. 그대로예요. 그러니까 이곳 스님께서는 산신님의 아들이나 마찬가지이고, 모든 운명의 수레바퀴는 산신님이 돌리고 계신 게 틀림없는 것 같아요. 그리고 저도…… 이곳 산신님이 먼 일본에서 스님과 너무나 영적인 세계가 비슷한 운명이라서 여기까지 불러오신 거 아닐까요? 이렇게 맞아떨어지는 얘기는 아마 일부러 지어내기도 어려울 거예요."

아, 이 무슨 운명적인 만남이란 말인가. 랑연은 지금까지 마치 소설 같은 기막힌 얘기는 많이 들어봤지만 이런 불가사의하고 신비하기까지 한 얘기는 정말 처음 들어보는 것 같았다. 그녀가 온갖 고생을 무릅쓰고 자신의 개성과 인생목표까지도 전부 바꾸고 버려가며 부처님을 시봉해온 것이 바로 오늘 같은 날을 만나기 위함이 아니었을까?

너무 힘들어서 화가 나면 하루에도 열두 번씩 도량을 떠나 속세로 돌아가고 싶다고 생각해온 자신이다. 수행의 끝이 어디일까 부처님께 묻고 또 물어가며 구중궁궐 같은 절집에서 부처님 시봉을 해오지 않았던가? 전생에 무슨 업이 그리도 많아 업장소멸을 해도 해도 끝나지 않았는데……. 오늘 아미를 만나자 조금씩 그 수수께끼가 풀릴 것만 같은 느낌이 들었다.

"그런데 그냥 보아도 아미 상은 평범한 사람은 아닌 것 같군요. 저 같은 사람하곤 많이 다른 것 같아요."

"아닙니다. 전 그저 남들과 몸 상태가 조금 다를 뿐 별로……."

랑연은 아까 저녁만찬 때 청룡사 주지 요시이吉井 스님이 아미에 관해 한 말이 떠올랐다.

아미는 관세음보살님의 화신이며, 평생 거의 잠도 자지 않고 먹지도 않지만 그래도 살아 있다고. 자신이 10년을 넘게 곁에서 봐왔지만 불가사의한 일이며, 사람이라면 절대 그녀처럼 안 먹고 안 자고는 살 수 없다고 말이다. 그러니까 언젠가는 반드시 중생구제를 위해서 큰일을 할 사람이라고……

"참, 저는 괜찮은데, 피곤하지 않으세요? 죄송해요. 괜히 제 얘기 들으시느라고 잠도 못 주무시고……."

"아, 이상하게 저도 오늘은 이상하게 전혀 졸리지 않네요. 일종의 쇼크 상태인 것 같아요. 눈이 더 말똥말똥해지는 게……."

시계를 바라보니 벌써 새벽 3시가 다 되었다. 랑연은 마치 선묵 스님이 나무에서 떨어진 후 오십 여 년이 꿈결처럼 한순간에 지나가고 지금의 시간이 유유히 흘러가고 있는 듯이 느껴졌다. 산신님이 시간의 수레바퀴를 한순간에 돌려서 이 자리에 가져다놓고, 너무나 오래전 이야기를 생생한 오늘의 현재에 펼쳐놓고 있는 듯이 신비롭기만 했다.

"그런데 저희 스님이 바로 아미 상이 얘기하던 그분이라고 어떻게 확신하시는 거죠? 실제로 나무에서 떨어지셨다는 건 제가 방금 얘기했지만, 아미 상은 어떻게……."

"네에…… 아까 이 절에 처음 들어섰을 때 여러 스님이 저희를 맞이해주셨지요? 전 정말이지 제 눈을 의심하지 않을 수 없었답니다. 그동안 중국, 인도, 유럽, 미국 등 수많은 파워 스폿을 다니고 훌륭한 성직자분들과 만났어요. 저희 주지스님께서는 달라이라마와도 친분이 있으셔서 저도 잠깐 뵌 적이 있었으니까요. 한데 그 어느 분을 만났을 때도 이곳 선묵 스님에게서 보았던 오라(aura)는 없었습니다. 황금색 오라…… 정말 찬란한 색깔의, 혹시 부처님의 후광이 우리 눈에 보인다면 바로 그런 빛이 아니었을까 싶을 만큼 바로 그 빛에 눈이 부셨어요. 중국의 큰 사찰 대사들, 그 어느 덕망 높은 스님들께도 본 적이 없는 빛 말이에요."

"아, 그래요? 그런 오라를 볼 수 있는 아미 상이 부럽군요."

파워 스폿이라면 자연의 영험하고 강한 기(氣)를 받는 곳이 아닌가. 세계적인 파워 스폿을 두루 섭렵했다는 그녀가 선묵 스님에게서 금빛 오라를 보았다니……. 랑연은 점점 묘한 궁금증에 사로잡히기 시작했다. 어떻게 사람 눈에 그런 것이 보일 수 있을까? 랑연과 한 절집에서 살고 있는 그의 후광이 금빛 오라였다니…….

당연한 얘기지만, 한 절집 생활 속에서도 선묵 스님은 단 한순간도 그녀에게 스님이 아닌 적이 없었고 스님 외의 다른 호칭을 불러본 적도 없었다. 부처님 제자인 도량에서의 스님의 위치는 절대적이 아니면 안 된다고 생각했다. 어쩌면 그녀의 눈에는 보이지 않았지만 보이지 않는 그 황금빛 오라 때문에 그녀는 그를 여느 원주보살들처럼 편히 대할 수 없었던 것이었는지도 모른다는 생각이 들었다. 아무리 가까이 다가가려고 해도 도저히 다가갈 수 없는 무서운 카리스마가 스님에게선 느껴졌다.

예전에는 누구도 두렵지 않았던 야생마 같던 그녀가 선묵 스님 앞에만 서면 옴짝달싹할 수 없을 만큼 온몸이 졸아든다. 헛기침 소리만 들어도 심장이 조여드는 것만 같았는데, 그럼 그 이유가 그가 좀 특별한 존재여서였을까.

부처님 앞에 처음으로 무릎을 꿇은 그녀에게 "남의 장단에 춤만 추면서 평생을 부질없이 살지 마세요. 사람으로 태어나 한 철 잘살다 가는 것이 무엇인 것 같습니까? 그저 된장에 고추 찍어 먹고 고즈넉이 마주앉아 차 한 잔마시면서 나와 도반으로 살아봅시다." 하며 그녀에게 손을 내밀었던 스님이 왜 그리 더운 여름날 열무김치 냉면처럼 시원하고 후련하게 느껴졌는지 모르겠다.

돈도 명예도 색도 다 내려놓고 나니 몸과 마음이 가볍고 산뜻했다. 누구보다 화려하고 색깔 있는 세계에 심취해서 살아왔던 그녀가 아니었던가? 그러나 인간으로 태어나 안에서나 밖에서나 늘 극심한 외로움에 시달렸던 자신이었다. 육체적 자유는 있으나 정신적 자유를 잃어버린 영혼처럼······.

누구나 고통 없는 삶, 즐겁고 행복한 삶을 염원하지만, 사실은 현실적인 삶이 괴롭고 불행할 때가 더 많다는 걸 의심하는 사람은 없을 것이다. 한 번 웃으면 두 번 울 준비를 해야 한다는 부처님 말씀처럼 말이다.

인간은 때론 돈에 의지해서, 때론 권력이나 명예에 의지해서, 때론 변화무쌍한 사랑에 의지해서 순간순간 외로움을 씻어내며 사는 존재일지도 모른다. 그러나 정신을 완전히 맑혀서 깨달음을 얻는다면 그런 외로움 따윈 결코 느끼지 못할 것이다. 자신을 붙들어주는 든든한 깨달음의 동아줄이 그를 붙들어줄 것이기 때문이다. 결국 인간은 현실의 삶이 어렵고 힘들수록 마음의 안식처로 삼을 신앙의 대상을 갈구하게 되므로 누구나 본래부터 '종교적 동물'

의 속성을 지니고 어디엔가 기대고 싶은 본능을 갖고 있는 것이리라.

랑연이 스님을 만나고 의지하면서부터 외로움을 느끼지 못했다면, 그건 바로 어떤 종류의 깨달음이 왔기 때문은 아니었을까?

지금까지 그 어느 것도 속 시원히 대답해주고 확인시켜주지 못한 산 자와 죽은 자의 삶, 그리고 중생계, 천계에 이르기까지 그 모든 존재에 관한 궁금증이 끝없이 기다랗게 이어지던 나날들이었기에 모든 것을 훤히 알고 있는 듯 얘기하던 선묵 스님의 그늘이 바깥세상보다는 조금 덜 답답하고 청정한 것 같아 그 그늘 밑에서 쉬고 있는 랑연이었다.

어느새 시계는 새벽 4시를 가리키고 있었다. 모두가 잠들었을 고요한 밤. 아미라는 일본 비구니는 정말 졸린 기색 하나 보이지 않고 꼿꼿이 정좌한 채 조각처럼 앉아 있었다. 정말 다리가 불편하지 않을까 랑연은 내심 걱정이 앞섰다.

"더 하고 싶은 얘기가 아직도 많지만 이제 그만 주무셔야죠? 저 때문에 괜히……."

"아녜요. 초면인데도 이렇게 진솔한 얘기를 해주셔서 감사해요. 어쨌든 우리의 인연은 보통 인연은 아닌 듯합니다. 그럼 안녕히 주무세요."

"네, 편히 주무세요."

다음날 아침 7시쯤 눈을 떠보니 아미는 벌써 샤워도 하고 연한 화장까지 마친 상태였다. 일본 비구니는 머리도 기르고 화장도 허락되는 모양이다. 정말 잠을 자지 않은 것일까? 평생 잠도 거의 안 자고 잘 먹지도 않는 신기한 사람이라고 했던 요시이 스님의 말이 생각났다.

몇몇 신도와의 만남이나 감악산 주변을 돌아보는 시간을 가지기도 하면서 그들의 방문일정은 순식간에 지나가버렸다. 마지막 날, 양사 주지는 서로 형제애를 맺기로 했고, 짧은 시간이었지만 많은 얘기를 나누면서 두 사찰 간의 장래를 계획하기도 했다. 아무리 같은 불교이지만 국제교류인 만큼 문화나 관습의 차이 등 극복해야 할 많은 문제를 뒤로 한 채, 일단은 서로가 노력하자는 취지의 꽤 긍정적인 대화가 이루어진 듯 보였다.

너무나 짧은 만남과 일정으로 적지 않은 아쉬움을 남기고 아미는 일본으로 돌아갔다. 선묵 스님은 그녀의 예지력과 능력은 가히 신적인 능력을 지닌 신녀神女라고 부르기에 부족함이 없다고 했다. 🪷

제 2 장
호수에 뜬 세 개의 달

선묵 스님은 아미가 다녀간 뒤로 부쩍 생각이 많아졌다. 출가 이후 아마 그도 이런 특별한 만남은 처음이었을 것이다.

"스님, 또 호수에 내려가서요? 날이 너무 찬데 감기 드시겠어요."

"오늘밤은 달빛도 교교하고 좀 생각할 일도 많으니게 좀 내려갔다 올겨."

구수한 충청도 사투리가 랑연의 귓가를 맴돈다. 그녀는 스님이 골똘히 생각할 일이 있으면 종종 호숫가에 가는 습관이 있는 걸 잘 알고 있는 터라 더 이상 만류하지 못했다.

낚은 물고기를 가져다가 큼직한 함지박에 물을 채우고 하룻밤의 인연을 맺은 다음날 아침 일찍, 랑연이나 사중에 묵고 있는 대중이 있으면 방생시킨다.

감악산 중턱 해발 250m에 위치한 율림원은 산으로 둘러싸이기도 했지만 바로 밑에 커다란 신암神岩 호수가 있어 경관이 그만이다. 평소에는 낚시터로 운영되고 농사철이 되면 저장해둔 물을 농업용수로 끌어다 쓴다. 주변에 공장이나 우사 축사가 전혀 없는 청정지역의 1급수의 물이라 사시사철 강태공들의 발길이 끊이질 않는 곳이다.

스님이 호숫가로 내려가고 나니 랑연도 이런저런 생각에 괜스레 마음이 설레었다. 조용한 도량에 갑자기 등장한 아미라는 일본 비구니 때문일까?

창밖을 내다보니 정말 보름달이 휘영청 눈이 부시게 비추고 있었다. 그리고 이렇게 유난히 달이 밝은 어느 날 밤, 호숫가에서 그가 읊어주던 시조 한 수가 생각났다. 그의 출가 전 모 신문사 신춘문에 시조 부문에 입선했던 작품이다.

솔직히 감수성 많은 그녀가 힘든 절집 생활 속에서도 버틸 수 있었던 건 선묵 스님의 이러한 자연 속의 소박한 정서 때문이었는지도 모른다.

우륵대 천년사연 가락가락 벌레소리
용두산 원근봉이 호수에 잠겼는데
한가한 늙은 어옹 낚시 끝에 가을 깊네.

의림지義林池에서 읊은 시조 한 수.

이 호수는 충북 제천에 있는 먼 삼한시대부터 있었던 것이라 하는데, 신라 진흥왕 때 악성 우륵于勒이 개울물을 막아 둑을 쌓았다고 한다. 그로부터 700년 후에 이곳에 부임한 현감 박의림朴義林이 좀 더 견고하게 쌓은 뒤로부터 의림지라는 이름을 얻었다. 악성 우륵은 가야금의 대가이자 우리나라 3대 악성의 한 분인데, 이곳의 우륵대에서 주로 가야금을 켜면서 시간을 보냈다고 한다.

이 의림지 제방 위에 조성된 소나무와 버드나무숲은 특히 아름다워 '제림'이라 불릴 정도. 이렇듯 빼어난 주변경관 속에서 눈앞의 용두산을 바라보며 한가한 늙은 어옹이 은빛 달빛 아래 낚시하는 모습을 상상만 해도 운치가 느껴진다.

게다가 겨울철에는 그 큰 호반이 온통 하얀 은쟁반이 되었으리라. 거기서 얼음을 깨고 의림지의 명물인 공어라고도 하고 빙어라고도 하는 속이 훤히 들여다보이는 은빛 물고기를 낚아 올렸으니, 은빛 자연과 어우러진 조화로움에 감탄의 시구가 절로 나왔을 법도 하다.

충북 제천은 선묵 스님이 한때 13년간이나 공무원 생활을 한 곳이라, 28년간의 공무원 생활 중 가장 오랜 기간 근무하던 잊을 수 없는 고장이었을 것이고, 유난히 낚시를 좋아했던 그이기에 과연 이런 시조도 읊을 수 있었으리라.

커다란 걸망에다 온갖 번뇌와 근심의 짐을 잔뜩 지고서 고개를 땅에 박고 두 어깨를 축 늘어뜨린 채 절을 찾아오는 처사가 있으면, 그는 얼른 낚시를 해보라는 권유부터 한다. 그때마다 들려주는 그의 낚시 예찬은 가히 고개가 끄덕여질 수밖에 없을 만큼 오묘하기까지 했다.

"낚시는 상대가 없어도 즐길 수 있는 취미여. 원칙이 없는 여가생활이지. 긴 대가 있는가 하면 짧은 대가 있고, 미끼도 되게 하든가 묽게 해도 되고, 미끼를 크게 달아도 작게 달아도 되고, 어디고 앉고 싶은 데 앉으면 되는가 하면, 잡히는 선택은 내가 아니라 물고기가 하는 거니께. 사냥은 대상이 죽어야 만지고 맞이하지만, 낚시는 산 채 그대로 만지고 맞이할 수 있어 좋고, 더욱 다행스러운 건 낚싯바늘을 문 입 주위에 통증을 못 느낀다는것이 좋잖여.

오늘같이 달 밝은 날 밤, 휘황히 밝은 보름달이 떠오르는 밤, 달빛은 교교한데 호젓이 앉아 하늘의 달, 물 위에 비친 달, 내 가슴 속의 달을 모두 보고 느낄 수 있어 좋지. 또한 입질을 받아 챔질을 제때 하면 손맛도 보고, 되돌려 보내는 물고기 뒷모습의 감상이 그야말로 감동 그 자체인지라 더더욱 즐겁다네.

그리고 낚시엔 철학이 있네. 처음 자리 잡고 수심에 찌를 고른 후 밑밥으로 집어를 하는데, 고기를 낚은 후 남은 고기 위해 밑밥 주는 사람은 없잖여. 우리 사는 세상도 제 뜻을 이루면 그저 그만인겨. 아마도 순간의 손맛을 얻기 위해 미끼를 갤 때의 정성을 부모님 진짓상 마련에 쏟는다면 곳곳에 효자비가 훨씬 자주 눈에 띄지 않겠나? 온갖 취미나 여가생활의 유형도 다양하지만, 복잡하지 않고 큰 비용 들 일 없이 자연 속에서 애착을 느끼며 즐기는 거여." 하며 연신 낚시를 권했다. 스님과 낚시. 이게 웬 어불성설語不成說이란 말인가?

하지만 공무원 시절부터 천연기념물이란 별명을 달고 살던 그는 그 시절 본업은 수산업, 부업은 공무원이라는 말을 들을 만큼 아무튼 독특한 인물이었고, 출가한 뒤에도 그 나름의 끔찍한 애정으로 낚시를 승화시켰다.

낚시를 하라는 그의 말에 대부분의 처사들은 혀를 끌끌 찬다.

"스님도 낚시를 하십니까? 허허……"

"잡아서 뜨신 물에 끓여 먹지 않고 다시 놔주면 뭐가 어떠. 김영삼이 아버지가 큰 멸치잡이셨는데, 그렇게 따지면 멸치 숫자가 좀 많아? 그거 다 잡아죽이고 어떻게 아들을 대통령으로 만들었겠나? 다 생각하기 나름인겨. 원래 명작이나 명화, 위대한 인물은 당대보다 후대에서 인정받는 법 아닌가? 그 시대에는 말도 안 되던 코페르니쿠스의 지동설을 옹호해서 교황청에서 유죄선고를 받은 갈릴레오 갈릴레이처럼 말여. 그는 자그마치 350년이 지나서야 교황청에서 공신 복권되어 천문학과 물리학의 상징적 아이콘이 된 인물이었지. 지금은 진리가 아니더라도 언젠가는 진리 중의 진리가 되는 것이니께……. 그러기에 부처님께서 말씀하시기를, 이 세상에 진리는 딱 한 가지밖에 없는데, 그건 바로 변하지 않는 것은 아무것도 없다는 진리라고 하셨네. 누구이고 시절 따라 살아가는 게 우리의 인생살이 아니겠는가……."

"네에…… 저도 그럼 이제부터 낚시를 배워봐야겠습니다, 스님. 집사람이 절에 열심히 다녀서 낚시라면 고개를 절레절레 흔드는데요. 스님께서 하신 말씀을 집사람한테도 해줘야겠어요. 고맙습니다. 스님."

옆에서 처사와 나누는 이런 대화에 랑연은 무릎을 치지 않을 수 없었다. 속이 시원해지는 것 같기도 하고 머리가 맑아지는 것 같기도 했다. 아마 오늘도 간결하고 굴절 없는 선묵 스님의 독특한 법문을 들어서였을 것이다.

게다가 그의 곡차 예찬은 또 어떠한가?

마음자락 겹겹이 쌓아놓은 근심보따리를 도무지 풀어놓으려 하지 않는 처사가 오면 대번에 불호령이 떨어진다.

"랑연 보살, 얼른 곡차 좀 준비햐."

"네, 스님." 하고는 그녀는 두 말도 하지 않고 후다닥 주안상을 차려낸다.

하지만 스님과 마주하고 있던 처사는 술상을 보면 눈을 동그랗게 뜨고는 대뜸 "아니, 절에서도 술을 마시나요?"

"이보게. 절집에서는 술이 아니라 곡차穀茶를 드는 거여. 그저 거슬거슬한 게 속에 들어 있는 걸 확 토해내 버리고 싶을 땐, 뭐니 뭐니 해도 곡차만한 게 어디 있겠나? 원래 술은 신이 마시던 신성한 음식이었지만, 부처님이 술을 금하신 이유는 술이 변화가 많은 음식이라 실수할까 봐 못 마시게 하신 것 같어. 하나 술을 마시고 티를 안 내면 또 뭐 하러 술을 마시겠는가? 지저분한 우리네 속을 한 자락 깔지 않고 홀랑 까뒤집어 보이려면 어디 술만한 게 있어야지……. 허허허, 안 그런가?"

이렇게 말하며 주저주저하는 처사에게 술잔을 쥐어주고 재빨리 곡차를 따르고는 본인도 잔을 내민다.

"자, 어디 한 번 그뜩 따라보게나."

선묵 스님은 늘 모름지기 중생구제란 주제꼴도 안 되면서 부처님 말씀만 팔아먹어서 되는 건 아니라고 말한다. 속이 불편한 이한테는 겉보리 서 말보다 푸석 방귀 한 방이 더 낫다고 하면서……. 과연 그다운 기막힌 표현이며 또한 진리 중의 진리가 아닌가.

랑연은 문득 언젠가 모 불교신문에 한 시인이 썼던 진묵震默 스님의 얘기가 생각났다. 그는 17세기 조선사회의 난맥상을 살아가는 민초들에게 난세의 영웅으로 남았으며, 한국의 위인시리즈에 원효, 의상, 서산, 사명 대사와 함께 반드시 등장하는 인물이다. 그럼에도 진묵 스님은 그들처럼 학문적 유산을 남기지도 않았고, 위급에 처한 나라를 구하지도 않았으며, 선맥禪脈을 전해 일가를 이루지도 않았다.

그럼에도 진묵 스님이 위인의 반열에 오른 건 수많은 일화 때문이라고 했다. 상식을 초월한 자유자재한 도인의 풍모와 더없이 자비로운 불심과 더불어 아무것에도 걸림이 없는 수행자이기에 부처님의 화신이라는 세간의 인정을 받은 것이리라.

그런 진묵 스님의 곡차에 관한 유명한 일화가 있다. 그도 곡차를 좋아하였으나 곡차라고 하면 마시고 술이라 하면 마시지 않았다고 한다.

한 스님이 술을 거르는데, "그대가 거르는 것이 무엇이냐?"고 물었더니 "술을 거르고 있습니다."라고 대답했다.

스님은 아무 말 않고 물러갔다가 다시 가서 "그대가 거르는 것이 무엇이냐?"고 물었으나 그의 대답은 마찬가지였다.

그러기를 여러 차례, 끝내 '술을 거른다'라는 대답만 되풀이하자 실망하고 돌아가 버렸다. 잠시 후 금강역사金剛力士가 나타나 쇠몽둥이로 술 거르는 스님을 후려쳤다고.

물고기에 관한 일화도 있다. 진묵 스님이 길을 가다가 소년들이 물고기를 잡아 끓이고 있는 광경을 보고는 탄식했다.

"잘 놀던 물고기들이 죄 없이 삶아지는 고통을 받는구나……." 하자 한 소년이 스님을 놀렸다.

"스님께서도 고깃국을 잡숫고 싶은 게로군요."

"준다면 잘 먹지."

"그럼 이 한 솥을 다 드십시오."라고 하기가 무섭게 스님이 단숨에 솥을 번쩍 들어 마셔버리자 소년들이 놀라, "부처님께서 살생을 금하셨는데 고깃국을 드셨으니 어찌 참다운 스님이라 하겠소?"

"물고기를 죽인 것은 내가 아니지만 살리는 일은 내 하기에 달렸지." 하고는 아랫도리를 벗고 냇물을 등지고 앉아 냅다 설사를 했다. 그러자 수많은 물고기가 쏟아져 나와 물속으로 들어갔고, 스님은 멀리 바다로 나가 다시는 삶아지는 고통을 받지 말라고 소리 치셨다고 한다.

이러한 이야기들은 그대로 믿기는 어렵겠지만 극과 극을 완전히 통달한 도인만이 넘나들 수 있는 세계의 이야기가 아닌가 싶다.

오늘같이 승가僧伽의 계율을 다소 벗어난 듯한 선묵 스님의 행동이나 말을 보고 듣는 날엔 왠지 자신의 부도浮屠가 하얗게 되면 메시아처럼 다시 오겠다던 진묵 스님의 얘기가 더욱 선명하게 가슴에 와 닿는다.

일본 비구니 아미의 말도 생각난다.

"왜 세상 사람들은 이곳 스님을 모르는 걸까요? 누구든지 이곳에 와서 스님 말씀을 듣는다면 저절로 구제가 될 텐데…… 정말 아쉽습니다. 전 이제부터 일본에 돌아가면 늘 한 사람이라도 선묵 스님을 더 많이 만나 뵐 수 있도록 노력할 생각입니다. 그게 제가 할 일인 것 같아요. 저는 이렇게 다 보이고 느껴지는데…… 안타깝습니다. 언젠가는 지니신 능력을 좇는 이가 많아지리라 확신합니다."

누구보다 평범해 보이는 스님이지만, 그의 정신세계에는 비범함이 칼날같이 예리하게 도사리고 있음을 랑연은 절실히 느끼며 살고 있다.

실타래처럼 답답하게 엉켜 있는 마음을 단번에 풀어주기라도 하듯이 속 시원한 그만의 독특한 법문이 새삼 가슴에 찡하게 와 닿는 오늘 같은 느낌으로 말이다. 🪷

제3장
구원

　본격적인 추위가 오는가 보다. 연일 비가 부슬부슬 내리더니, 오늘은 진눈깨비가 하늘을 가득 메우고 앞서거니 뒤서거니 대지 위에 흩날린다.

　청룡사 스님 일행이 떠난 지 오늘이 사흘째이다.

　선묵 스님은 밖에서 참나무 장작을 양동이에 잔뜩 담아 들고 난로 옆에 내려놓았다. 올 들어 처음으로 난로에 불을 지피려는 모양이다. 장작에 불이 붙자, 그가 랑연을 불렀다.

　"랑연 보살, 이리 와 봐."

　"네, 스님."

　안 그래도 갑작스런 추위에 오금을 못 펴던 랑연은 코끝을 따뜻하게 간질이는 장작 타는 냄새가 무척이나 반가웠으리라.

　"이 참나무 장작을 봐. 나무는 이렇게 죽어 고목이 되어서도 자기 몸을 남김없이 태워서 불을 일으키고 추위를 따뜻하게 녹여주잖여. 게다가 다 타고 난 시커먼 몸은 공기로 정화시키는 숯으로 또 다른 회향을 하기도 하고 말여. 자연의 섭리란 참 놀라움의 향연 그 자체이지……."

　"네에…… 스님 말씀 듣고 보니 정말 그러네요. 산사의 생활은 이런 게 좋은 거 같아요. 도시에선 느끼지 못했던 우주의 진리를 하나씩 둘씩 배워가니까요. 더구나 그런 진리를 일러주시는 스님이 곁에 계시니까 저를 비롯한 주위의 인연 맺은 모든 이가 행복한 거죠."

"허허. 너무 비행기 태우지 말거라. 어지럽다."

산사의 일상은 이렇게 흘러가고 있었다. 엄하지만 생활 속에서 잔잔하게 유머를 잊지 않고 있는 선묵 스님이 랑연은 감사할 따름이었다. 거실의 공기가 어지간히 훈훈하게 덥혀졌을 때쯤이다. 갑자기 그가 일본의 아미에게 전화를 하라고 했다. 그의 뇌리를 스쳐간 아미의 신에 대한 얘기를 전하고 싶어서였다.

"여보세요. 여긴 한국의 율림원입니다만, 아미 상 부탁합니다."

"네에. 안녕하세요. 잠시 기다려주세요."

아미의 어머니가 전화를 받았고, 이내 전화기에서는 반갑기 그지없는 아미의 목소리가 흘러나왔다.

"여보세요. 저는 일본의 아미입니다. 안녕하세요. 일전에는 신세 많이 졌습니다."

"아, 아미 상! 피곤은 좀 풀리셨나요? 다름이 아니라 저희 스님께서 아미 상을 지배하는 신은 머리에 뿔이 달리고 손은 여러 개, 얼굴도 세 개인 어찌 보면 도깨비 형상을 한 분이시래요. 그런 분을 본 적이 있나요?"

"정말요? 저는 매일 밤 수많은 부처님과 신을 만나는데 바로 그런 분을 어젯밤 꿈에서 봤습니다. 그럼 바로 그분이 저를 지배하는 신이시라는 건가요?……"

"네, 그렇다는군요. 어머, 우리가 나누는 대화는 마치 만화 같지 않아요? 우리 어느 시대 얘기를 하고 있는 거죠? 아미 상도 저희 스님도 또 중간에서 통역을 하는 저도 아무렇지 않게 이런 대화를 나누고 있으니 참……. 제정신이 맞기는 한 건지 모르겠네요. 누가 들으면 약간 정신이 나간 사람들인 줄 알겠어요. 후홋. 아미 상, 안 그런가요?"

"아, 네. 그게…… 저도 어렸을 때부터 외계인이라는 둥 약간 정신이 돈 것 같다는 얘기를 많이 들었어요. 어떨 때는 정말 내가 비정상인은 아닐까, 혹시 어느 혹성에서 온 외계인은 아닌가 하는 생각이 들 때도 많았죠. 그런데 다음에 스님을 만나 뵈러 개인적으로 방문해도 실례가 안 될지……. 꼭 다시 찾아뵙고 싶어서요. 당장 말이에요……."

"스님께 잘 말씀 드릴테니까 걱정 마세요. 나도 아미 상 다시 만나서 더 많은 얘기 나누고 싶어요. 정말 기대되네요. 그럼, 스님께 여쭤보고 바로 전화 드릴게요."

전화를 끊고 나서 랑연은 한동안 가슴이 콩닥콩닥 뛰었다. 선묵 스님만 허락하면 당장이라도 아미가 오겠다는 말을 듣고 좀처럼 흥분이 가시지 않았다. 랑연은 상기된 얼굴로 스님께 전화 내용을 그대로 전했다.

"스님, 일본의 아미 상이 스님을 만나 뵈러 혼자 다시 오겠다는데요. 어떡할까요?"

"아, 그래? 그럼 얼른 오라고 해. 나도 만나고 싶다고. 허허…… 참 묘한 인연이구만."

아미…… 가슴에 지워지지 않는 문신이 새겨진 것만 같은 이름.

무심코 허공을 바라다보는 멍한 눈. 그러나 너무 맑고 투명해서 푸른빛이 돌 만큼 새하얀 눈망울이 좀처럼 랑연의 뇌리에서 떠나지 않는다. 만일 자신이 레즈비언이라면 한번쯤 미치도록 아미와의 사랑에 빠져버리고 싶었고, 이미 그녀의 가슴은 온통 아미라는 존재로 점령당하고 말았다. 이것도 전생부터의 깊은 인연일까…….

과연 아미가 같은 여자라도 반해버릴 만큼 그렇게 미인일까? 그건 아니다.

하지만 백치미에 가까운 묘한 분위기라서 누구보다 감성적인 랑연의 예리한 시선은 아미가 한국에 머무르던 내내 그녀의 얼굴에 머물러 있었다.

랑연은 지난번 아미와 청룡사 스님 일행이 다녀간 뒤로 언제나 요시이 스님 옆에 그림자처럼 꼭 붙어 있던 아미의 모습이 무척이나 인상적이고 미스터리하게만 여겨진다.

대체 두 사람은 무슨 관계일까? 아미의 나이는 이제 서른둘, 그는 쉰여섯이라고 했는데 자그마치 스무 살도 더 차이가 나건만 자신이 지금 무슨 생각을 하는 거냐고 수없이 고개를 저어본다.

'유별나게 아끼는 제자겠지……'

그런데 그녀는 무엇 때문에 쇼크를 입고 기억상실증에 걸려 있었던 걸까?

여기까지 생각이 미치자 문득 그녀에게서 풍기는 일본여자 특유의 분위기, 마치 무라카미 하루키 소설의 주인공 같은 기묘한 향기가 랑연의 후각을 세게 자극해왔다.

무라카미의 여자 주인공은 하나같이 매력이 넘치지만 선로에서 탈선한 열차 같은 여자들이 대부분이다. 이미 탈선해버린 열차를 다시 본 궤도에 올려놓을지 말지는 결국 독자가 결정할 일이지만 무라카미 자신은 그러한 그녀들을 무척이나 사랑하는 것 같다.

버려진 것 같지만 결코 버려지지도 소외되지도 또한 실패하지도 않은 여인들……. 누구든지 그녀들을 좋아할 수 있고 가까이 갈 수도 있지만, 진정으로 그녀들을 안다고, 소유했다고, 그 안으로 깊숙이 들어갔다고 자신할 수 있는 사람은 없다.

아미도 그런 그녀들과 어딘가 비슷한 분위기로 랑연에게 다가왔다.

앞으로 아미와 좀 더 깊은 인연이 될 수 있을까?

어쨌든 오늘 전화 속의 아미는 상당히 호의적이었다. 도저히 단 한 번 한국에서 만난 사람으로는 여겨지지 않을 만큼 가깝게 느껴졌고, 그럴수록 아미에 대한 랑연의 궁금증과 호기심은 점점 깊어만 갔다.

드디어 오늘은 아미가 혼자서 한국행 비행기에 오르는 날이다.

사랑하는 연인이라도 만나는 것처럼 이른 아침부터 랑연은 들뜬 감정을 감추지 못하며 거실의 커다란 창밖을 내다보았다. 그런 그녀의 달콤한 설렘에 화답하듯 창밖에서는 뜻밖의 선물이 기다리고 있었다.

요사이 자주 내리던 진눈깨비가 그치면서 하늘은 온통 짙은 회색빛이 사방을 감싸 두르고, 호수를 둘러싸고 있는 둥그런 산 위로 뭉게뭉게 올라가는 물안개며 운무가 아름답다 못해 신비스러운 광경이 펼쳐져 있었던 것이다. 오늘따라 아침 물안개가 선녀의 너풀거리는 옷자락처럼 온 산을 휘감고 있었고, 랑연은 그 운무 속에서 오늘 만날 아미의 환영을 보았다. 드디어 그녀와 만나는 날이라 너무 보고 싶어서였을까?

선녀 같은 아미를 공항 입국장에서 만나 그녀의 검정색 에나멜 트렁크와 함께 차에 태워 절로 돌아오는 길에 차 안에서 랑연은 살며시 자신의 손등을 꼬집어보았다. 이것이 꿈인가 생시인가 확인해보고 싶었다. 순간 따끔한 통증이 그녀의 신경을 자극한다. 정녕 꿈은 아니었다.

인천공항에서 절로 돌아온 스님과 랑연, 아미 세 사람은 아미가 일본에서 선물로 가져온 말차를 마시며 회포를 풀었다.

"아미, 잘 왔어. 보고 싶었네."

"네, 그동안 안녕하셨어요? 저도 정말 만나 뵙고 싶었어요. 저, 그런데 스님을 아빠라고 불러도 될까요? 제자도 되고 싶지만 딸이 되고 싶어요."

"그래, 알았다. 그럼 아빠라고 부르렴. 여기 랑연 보살은 엄마라고 부르고…… 핫하하!"

"네, 아빠, 엄마……."

"아미야. 네가 지난번 이곳에 처음 왔을 때 난 꿈에서 널 미리 봤단다."

"넷? 저를 미리 보셨다고요? 어떻게요?"

"저 아래층 현관으로 가마니로 둘둘 말린 누군가가 들것에 실려 네 남자와 함께 들어서고 있었지. 가까이 다가가 얼굴을 들여다보니 젊은 여자였단다. 그때 너희 주지스님이나 사중스님들 앞에선 아무 말도 못했지만 사실 그 들것 속의 죽은 여자가 바로 너였어. 정확히 말하면 확실히 주검인지 아닌지는 알 수 없지만 죽은 거나 매한가지의 모습이었다. 너무나 생생했는데 그때 네 얼굴을 보고는 소스라치게 놀랐다. 하지만 난 이내 깨달을 수 있었단다. 감악산 산신님이 널 살려주시려고 내게 보내신 거란 걸……. 주검으로 온 너를 살릴 수 있을까 걱정이 더 컸지만 운명이라면 받아들일 수밖에 없었다. 앞으로 널 살릴 방도를 여러 가지로 고민해보마."

"저…… 실은 전 한두 번 죽음의 고비를 넘긴 게 아니랍니다. 정말 구급용 들것에 실려 빳빳하게 굳은 몸으로 겨우 숨만 쉬며 청룡사 법당에 실려가 저희 주지스님의 기도로 조금씩 차도를 보이기 시작한 적도 한두 번이 아니었어요. 차라리 죽고 싶었어요. 온몸의 세포가 파열돼서 산산이 흩어지는 것 같고, 머리는 들 수 없을 만큼 아프고, 제 심장 안에는 무엇이 들어 있는지 커다란 요동을 치고, 목구멍이 한없이 가늘어져 음식물은 아무것도 넘길 수 없고……. 그리고 정말 24시간을 누군가가 제 귓속을 들락거리며 무슨 말인가를 속삭여요. 그 존재가 악령들일까요? 아님 수많은 인간을 구원해줄 선신들의 존재일까요? 제 힘으론 도저히 답을 찾을 수 없을 것 같아요. 아빠……."

이 말을 하며 아미는 눈물을 글썽였다. 아미는 원래부터 선묵 스님의 딸이었던 것처럼 태연하게 그를 아빠라고 불렀다. 랑연은 문득 아미가 너무나 불쌍했다. 무슨 불치병에 걸린 것도 아닌데 죽음과 같은 고통과 싸우며 살아야

만 했던 그녀의 운명이 가엾어 죽을 것만 같았다.

"병원에서 검사를 받아보진 않았나?"

"왜요. 수도 없이 온갖 검사를 받아봤지만 속 시원한 병명을 듣기는커녕 양미간을 찌푸린 채 입술을 한쪽으로 실룩거리는 의사선생님의 얼굴을 보는게 전부였어요. 전 이제 병원은 아예 안 갑니다. 병원의 링거조차 왠지 제 몸에서 받아들이지 않는 느낌이 들 정도니까요."

"인위적인 병원치료는 네 몸에서 받아들일 수 없을 거다. 어떻게든 아빠가너의 병을 낫게 해줄게. 너무 걱정하지 말거라."

"정말 고맙습니다. 왠지 아빠라면 절 고쳐주실 수 있을 것 같아요. 전 어렸을 때부터 안 가본 데가 없어요. 한여름 뜨겁게 달아오른 자갈 위를 맨발로화상을 입어가면서도 관세음보살을 외우며 높다란 관세음보살 석불을 돌고또 돌았어요. 차가운 날씨에도 폭포 아래 가부좌를 틀고 앉아 온몸이 고드름이 될 것처럼 꽁꽁 얼어붙은 채 신께 빌고 또 빌었어요. 절 살려달라고요.제발 아프지 말게 해달라고요. 그렇게 해야만 제 병이 낫는다고 여러 스님께서 온갖 방법을 알려주시곤 했죠. 하지만 결과는 항상 똑같았어요. 아무런변화가 없었답니다. 신은 잔인하게 절 버리셨다고 생각한 적이 한두 번이 아니에요. 도대체 얼마나 뭘 더해야 신은 만족해하실지 몰랐어요. 저희 부모님은 날마다 저 때문에 울면서 하루를 보내셨구요.

한번은 기치료를 하는 유명한 스님이 저희 집에 오셔서 온몸을 만지며 기치료를 시작했어요. 한참을 뭔가 하는 듯하더니 마치 도망을 치듯 밖으로 나가버리시더군요. 황급히 대문까지 쫓아나간 엄마에게 그 스님은 고개를 절레절레 흔들면서 따님의 기가 너무 세서 자신의 힘으론 도저히 치료가 불가능할뿐더러 오히려 자신이 죽을 것 같더래요. 정말이지 일본 국내에선 절 치료할 수 있는 곳은 아무 데도 없으며 치료할 수 있는 사람은 한 사람도 없다는 절망감에 저를 비롯한 가족 모두 오열을 토하고 말았죠……."

"아미야. 그렇게 한다고 네 병이 낫는 게 아니란다. 네 병은 이곳 감악산 산신님만이 고쳐줄 수 있지. 그래서 네가 멀리 현해탄을 건너 여기까지 오게 된겨."

아미는 이내 눈에서 닭똥 같은 눈물을 하염없이 쏟아내고 있었다. 얼마나 그동안의 삶이 고달팠으면 낯선 한국 땅까지 와서 낯선 사람들 앞에서 저리도 서글픈 눈물을 흘리는 것일까.

선묵 스님은 저 눈물의 의미를 알고 있을 것이다. 그동안 살아온 게 서럽기도 하고 또한 이제야 내가 사는구나 하는 안도감 비슷한 감정이 솟구친 건 아니었을까.

"아미야. 넌 많은 것을 알고 있고 그 능력으로 충분히 중생구제를 할 수 있지만……. 의사가 진찰만 잘하고 처방을 내리지 못한다면 그게 어디 명의라 할 수 있겠느냐. 너도 처방을 하지 못하기 때문에 네 앞에 있는 중생의 아픔과 고통이 그대로 네게 쏟아져 들어가 정신적 공황 상태가 되거나 쓰러지거나 하는 것이고, 네가 진짜 아픈 것이 아니지. 그래 가지고는 너도 못 살고 너의 도움을 필요로 하는 수많은 중생도 살지 못하는 거여."

"아빠, 정말정말 고맙습니다. 전 아빠를 위해서라면 죽을 수도 있습니다."

아미의 선묵 스님에 대한 이러한 충성 맹세를 듣는 순간, 랑연은 일본인의 '하라기리', 요컨대 '할복割腹'이라는 단어가 떠올랐다. 그리고 마음속으로 혼자 중얼거렸다.

'그래, 아미에겐 일본인의 피가 흐르고 있어. 그리고 그녀라면 충분히 그럴 수 있을 거야. 스님을 위해서 죽을 수도 있을 거라고.'

이제 겨우 두 번째 만나는 낯선 일본인에게 이런 죽음의 충성 맹세를 듣는다는 것만으로도 오늘밤의 분위기는 완전히 환상적이었다. 어디서부터 어떻게 생겨난 믿음인지는 모르겠지만, 아미를 믿고 싶어 하는 랑연의 본능을 너무 성급한 판단이라고 책망하는 이성理性이 이기지는 못했다.

아미는 과연 신녀가 틀림없을까?

그리스 로마 신화에서 존재했던 신녀들. 로마의 포로 로마노(Foro Romanno)에 가면 지금도 베스타(Vesta) 신녀의 조각상이 남아 있다. 정결을 맹세하고 여신의 제단에 성화를 지켰던 신녀이며, 그리스에는 헤스티아(Hestia) 신녀가 올림푸스 산에서 조용히 머물며 가정의 수호신으로서 국가적으로 매우 중요한 신으로 받들어졌던 것이다. 우리나라 고대시대 역시 신녀가 존재했다. 철저한 근신생활을 하면서 차원이 높은 법신의 계시를 받아 나라의 길흉을 알려주는 중요한 역할을 담당했다.

아미는 확실히 일반 무속인하고는 근본적으로 차원이 다른 듯 보였다. 정녕 랑연의 눈앞에 있는 아미의 존재는 신비스럽다 못해 온몸에 소름이 끼칠 정도의 오묘한 분위기로 그녀를 압도해왔다.

지금은 청룡사 주지 곁에서 신녀의 역할을 하고 있지만, 요시이 스님은 아미가 언젠가 일본의 마더 테레사가 될 거라고 했다. 랑연도 그 말이 허황된 말로만은 들리지 않았다. 적어도 한국에서 그런 사람을 본 적이 없고 아마 일본에서도 아미 같은 사람은 없을 거라는 확신이 들 만큼 그녀에게서 느껴지는 감각은 특별했다.

정말 아미가 마더 테레사 같은 존재가 될지도 모른다는 생각이 들자 랑연의 가슴에 경련이 일었다. 아니 할 수만 있다면 무슨 일이 있어도 그녀를 그런 존재로 만드는 데 작은 도움이라도 되어야겠다는 의지와 희망으로 가슴이 터져버릴 것만 같았다.

인간인지 신인지 구별이 잘 가지 않는 그녀의 존재가 랑연에게 새로운 세상을 보여줄 것만 같은 환상에 온몸이 마비되어 갔다. 자신이 미친 것일까……

아미와 감악산. 왜 그녀는 그 많은 곳을 놔두고 이곳 산신의 계시를 받고 이 먼 곳까지 와 인연을 맺게 되었을까?

많은 사람이 감악산의 기를 받으러 이곳에 온다. 분명히 산신이 주재한다는 믿음을 주기에도 부족함이 없다. 또한 7년 전 선묵 스님이 절터를 찾아 전국의 명당자리를 찾으러 발품을 팔았지만 결국 자신의 뼈를 묻을 도량으로 선택한 곳도 이 감악산이다.

감악산은 개성의 송악산, 원주의 치악산, 충주의 월악산, 한양의 관악산과 함께 5대 악산의 하나로 손꼽히는 산이며, 특히 예부터 부귀길창의 기운을 받을 수 있는 산이라는 얘기가 전해 내려오는데, 바위 사이로 검은빛과 푸른빛이 동시에 흘러나온다 하여 감악紺岳, 즉 감색바위라 부른 것이 유래가 되었다고 들었다. 이런 이름이 붙여진 것도 지금 일어나고 있는 일들과 결코 무관하지만은 않은 듯했다.

모든 것에 대한 해답을 얻기 위한 시간은 충분하다. 열심히 생각하고 파헤치고 연구하고 관찰하고 기도하노라면 그 해답은 반드시 얻어질 것이다. 아미에 대한 해답, 선묵 스님에 대한 해답, 그리고 자신이 이곳에 꽉 붙들려 매여 있는 이유에 대한 해답 말이다.

주위 사람들이 그녀에게 미쳤다고 해도 좋다. 환상에 취한 신비주의자라고 손가락질해도 좋다. 결국 랑연은 해낼 것이다. 그녀가 믿는 부처님, 산신, 그리고 절에 들어오기 전 모태신앙으로 믿었던 하느님과 성모마리아가 현실에서도 존재할 수 있다는 것을 그녀 나름의 믿음과 신념으로 밝혀낼 것이다. 그것이 곧 중생구제의 산 증거로 이 세상에 남을 것이란 것을 그녀는 의심하지 않기 때문이다. ✿

제 4 장
그녀의 숙명

며칠 있으면 동지법회가 돌아온다. 율림원에는 얼마 전 동짓날 시작되는 신중기도 입재를 하기 위해 일본의 아미가 와 있었다. 일본의 절은 양력 1월이 일 년 중 가장 바쁜 시기이기 때문에 동지가 지나면 그녀는 바로 일본으로 돌아갈 예정이다.

랑연이 아침에 눈을 떠보니 세상은 온통 새하얀 설국이었다. 밤새 쌓인 눈으로 앞뜰 소나무며 주목에 솜사탕을 살포시 얹어놓은 것 같기도 하고, 조그만 아기구름들이 나뭇가지들을 타고 노는 것 같기도 했다. 이곳 산사 주변의 경치가 사시사철 아름답지 않은 적이 없지만, 특히 한겨울의 설경은 새하얀 웨딩드레스를 입은 신부를 연상시킬 만큼 너무나 우아한 자태를 뿜어냈다.

일본문학의 거장 가와바타 야스나리川端康成는 『눈고장雪国』을 써서 노벨문학상을 수상했다. 도쿄東京 출신의 시마무라島村라는 남자가 작은 시골 온천장의 게이샤였던 고마코駒子를 만나러 눈고장을 세 번이나 찾아가면서 벌어지는 슬프고도 관능적인 이야기이다. 니가타新潟의 설경이 얼마나 아름답기에 그곳을 배경으로 일본 최고의 문학이 탄생했을까……. 눈앞에 보이는 감악산의 설경 앞에서도 대자연의 신비로움에 그녀는 왠지 숙연해지는 느낌이었다.

아미가 살고 있는 일본 가고시마에서는 눈 구경하기가 하늘의 별 따기였다. 눈을 보자 신기한 나머지 그녀는 혼자 호숫가를 산책하기도 하고 눈으로 조그만 눈사람을 만들기도 하면서 이른 아침부터 분주했다.

이곳에서는 몸도 마음도 가볍다고 하니 아마 이곳과 기가 맞는 모양이다. 처음 먹어보는 한국의 매운 음식을 아미는 몹시 좋아했다. 전생에 한국인이었나 싶을 정도로 그녀는 매운 음식을 즐겼다. 예전에 청룡사의 스님들과 해인사를 순례한 적이 있었는데, 대웅전에 들어서자 그녀는 자신이 아주 어린 소녀가 되어 해인사의 수많은 사중스님이 사경을 하고 계신 사이를 이리저리 뛰어다니며 노는 모습을 보았다고 한다. 아마 전생에 그녀는 한국인으로서 해인사에 간 적이 있었는지도 모른다.

그동안 아미와 많은 얘기를 나누고 이젠 아주 속에 있는 깊은 얘기까지도 나눌 수 있을 만큼 랑연은 아미와 가까워졌다. 저녁 설거지를 하면서 랑연은 그녀 자신이 30대의 젊은 나이일 때의 스스로의 감정을 되돌아보며 중얼거렸다.

"아미는 지금 한창 나이일 텐데…… 그녀는 왜 여태 결혼을 하지 않은 걸까?"

내심 궁금했지만 기회가 없었는데, 오늘은 저녁공양을 일찌감치 끝냈으니 아미의 방에 가서 기필코 물어볼 작정이었다.

"아미는 그렇게 예쁘고 매력적인데 왜 여태 결혼을 안 한 거지?"

"글쎄요…… 후훗…… 제가 매력이 없나 보죠."

"말도 안 돼. 그건 아니고 눈이 너무 높은 거 아냐?"

"엄마! 저, 엄마에겐 뭐든지 말할 수 있을 것 같아요. 전 아무래도 결혼 같은 건 할 수 없을 것 같아요. 그냥 보통사람들이 얘기하는 결혼이나 연애 같은 얘기를 들으면 사비시이요(쓸쓸해요). 너무너무 쓸쓸해서 견딜 수 없어요."

아미의 입에서 자주 튀어나오는 '사비시이'라는 단어를 들을 때마다 랑연은 가슴이 찢겨져 나가는 듯한 아픔이 느껴졌다.

"왜 그런 생각을……."

"저를 좋아한다고 하는 사람은 많아요. 그런데 지금까지 저를 좋아하는 모든 남자들은 나쁜 운명에 처해졌어요. 그게 너무 속상해 미칠 것 같아요. 그들이 잘못된 것이 순전히 제 탓인 것만 같은 생각이 들어 죄의식마저 느껴지니까요."

"그게 무슨 소리야? 어떻게 나쁜 운명에 처해진다는 거지? 그 남자들이……."

"고등학교 때 남자친구는 오토바이 사고가 나서 크게 다쳤고, 미국에서 만난 미국인은 저를 좋아한 이후로 잘되던 사업도 주저앉고 주위도 전혀 돌보지 않았어요. 결국 빚을 많이 지게 되어 어머니 집까지 다 팔아야 했어요. 그래도 제가 좋다고 지금까지 연락이 온답니다. 그 어머니는 자신의 아들이 잘못된 게 제 탓인 것 같다고 저와 연락하는 걸 왠지 못마땅해 하시는 것 같았어요. 그 이후에도 저를 좋아한 많은 남자가 다 마찬가지예요. 남자들은 아무래도 저한테 한번 마음을 주면 완전히 올인해 버리죠. 정말 저 말고는 아무것도 생각하지 않게 되는 걸까요……. 그리고 절 여자라기보다 신으로 생각해요……. 그래서 전 남자를 만나는 게 두려워요. 또 저 때문에 잘못 될까봐……."

"……."

아미의 얘기를 듣는 동안 랑연은 그녀의 말이 정말 사실일까 의구심이 들었다. 정말 한 번도 어김없이 상대 남자에게 안 좋은 일이 생긴다는 말을 어떻게 해석해야 할까?

신의 질투라고 해야 하나? 아미가 신녀이기 때문에? 물론 그것도 이유가 되겠지……. 하지만 혹시 아미 자신에게 내재되어 있는 깊은 무의식의 세계에 인간을 오묘하게 변하게 만드는 능력이 있는 건 아닐는지…….

혹 그녀가 남자를 늑대로 만드는 건 아닐까?

늑대는 평생 한 마리의 암컷만을 위해 산다고 한다. 다른 암컷은 쳐다보지도 않은 채…… 자신의 그룹에서 암컷이 위협을 받으면 거의 목숨을 내놓고 싸운다.

그렇게 한 마리의 암컷에게 충실한 늑대가 우리 인간들 사회에선 응큼하고 나쁜 남자에 비교될 때가 한두 번이 아니다. 왜일까? 아마도 아미의 남자들은 늑대의 습성처럼 아미 한 여자에게는 목숨을 내놓고 사랑을 맹세하지만, 아미 주변 사람들을 함께 돌보는 마음이 사라지는 습성을 가진 모양이다.

한 여자를 사랑하게 되면 주변의 모든 상황과 환경도 무시해서는 안 되는 법이다. 그러나 정말 한 마리 야수 늑대처럼 사랑하는 여자에게만 몰두하고 주위를 돌아다보지 않게 된다면 좋은 결과를 맺기는 어려울 것이다. 인간은 어울려 살아가는 동물이기 때문이다.

하지만 이건 순전히 인간적인 해석일 뿐, 만일 신의 조화가 있는 것이라면 아무것도 논리적으로 설명할 수도 이해할 수도 없는 일이리라.

"그런데요, 엄마. 전 그 누구도 제 안에 소유할 수 없어요. 그들을 좋아하지 않는 것과는 얘기가 다르죠. 저의 내부에는 수많은 문이 있어서 몇 개의 문을 그들이 열었다고 해도 나머지 그 많은 문을 열 수 있는 사람은 없는 거죠. 결국 전 숙명적으로 외로운 존재로 태어났는지도 몰라요. 정말 전 남들처럼 평범한 여자로 살아갈 수는 없는 걸까요……."

"아미. 그건 아닐 거야. 언젠가 아미가 깨달음의 공부를 마치고 어엿한 스님이 되면 신은 네게 꼭 맞는 좋은 사람을 주실 거야. 반드시 말이야. 아직은 때가 아닐 거야. 그러니까 너무 절망하지 말고 천천히 때를 기다려."

랑연은 아미에게 이렇게 말은 했지만 어쩌면 그녀 스스로 말하듯 정말 결혼을 못할지도 모른다는 생각이 삐주름히 고개를 쳐드는 것도 사실이다. 가

없은 아미……. 하지만 지금은 아무것도 결론짓지 말자고 랑연 스스로도 마음을 다져먹었다. 결혼이 그녀의 몫이 아니라면 신은 분명히 그녀에게 커다란 능력을 주실 것이다. 그 누구도 가질 수 없는 능력 말이다.

랑연에게 가슴 속 깊이 간직해오던 자신의 얘기를 털어놓으면서 아미의 마음도 조금씩 가벼워지는 듯이 보였다.

"네, 엄마. 고마워요."

"들어봐 아미야."

"네, 엄마."

"며칠만 있으면 이제 동짓날인데, 한국에서는 동짓날 절에서 팥죽을 쑤는데, 얼마나 맛있는지 몰라. 일본에서는 이런 관습이 없으니까 좀 신기하지? 후훗, 이 동지팥죽에 얽힌 설화가 있는데 읽어줄게. 엄마도 이 얘기에 큰 깨달음을 얻었단다. 모름지기 우리 같은 수행자는 번뇌 망상이 혜안을 가릴 때마다 수행정진을 게을리 하면 안 되거든. 잠깐 마음이 혼란해진 틈을 타고 마군이 들어와 버리니까 이럴 때 큰 실수를 하기 쉽다는 교훈을 주는 것으로 공부가 많이 될 거다."

"네, 엄마. 좋아요. 잘 부탁합니다."

"이봐요, 공양주."

"왜 그래요……?"

"왜 그래요가 다 뭐요? 오늘이 무슨 날인데 잠만 자고 있습니까? 어서 일어나요."

"무슨 날은 무슨 날이에요, 해 뜨는 날이죠."

"허참! 오늘이 동짓날 아닙니까, 동짓날. 팥죽을 쑤어서 공양 올려야지요."

세상모르고 늦잠을 자던 공양주 보살은 해봉 스님의 이 말에 정신이 번쩍 들었다.

"아이고! 이거 야단났군, 야단났어. 내 정신 좀 봐. 동짓날 팥죽 쑤는 것을 잊고 늦잠을 자다니."

공양주보살은 놀란 토끼처럼 자리를 차고 일어나 옷을 허겁지겁 주워 입고는 부엌으로 들어갔다.

"어휴, 이를 어쩌나……."

아궁이 불씨가 꺼져 재만 남은 것이 아닌가.

해는 벌써 앞뜰 소나무 가지에 걸렸는데 언제 불을 지펴 죽을 쑤어야 할지 공양주보살은 앞이 캄캄했다.

정말 큰일이 아닐 수 없었다.

부처님의 벌은 고사하고 주지스님의 불호령이 곧 떨어질 것만 같아 안절부절못했다. 생각다 못해 공양주보살은 산등성이에 사는 나무꾼 김 서방 집에 가서 불씨를 얻으려고 길을 나섰다.

동짓날 찬바람이 매서운데다 눈이 발목까지 올라와 걸음이 잘 걸리지 않았다. 마음이 급하다 보니 김 서방 집이 오늘따라 천리 길처럼 멀기만 했다.

"경을 칠…… 오늘따라 왜 눈은 와서 속을 썩인담."

공양주는 허덕이며 산등성이를 내려왔다. 양지바른 언덕 김 서방 집 굴뚝에서 모락모락 연기가 피어오르고 있었다. 공양주는 반가웠다.

걸음이 빨라지다 못해 뛰기 시작했다. 사립문을 열고 들어선 공양주는 숨을 몰아쉬며 소리쳤다.

"어보슈~ 김 서방."

"누구세요?"

"나예요."

"아니 아침부터 공양주보살님이 웬일이세요?"

김 서방 댁이 의아한 듯 맞는다.

"불씨 좀 얻으러 왔어요."

"불씨라뇨?"

"네, 그만 늦잠을 자다가 오늘이 동짓날인 것을 깜박 잊었지 뭐유. 아궁이에 불씨가 꺼져버렸어요."

"아니, 아까 행자님이 오셔서 불씨를 얻어갔는데 불이 또 꺼졌나요?"

"네엣?"

공양주는 무슨 소린가 싶어 놀랐다.

"행자님이요?"

"네. 배가 고프다고 해서 한 그릇 드렸더니 다 잡수시고 갔어요."

공양주는 마치 도깨비한테 홀린 듯했다.

"우리 절에는 행자님이 없어요."

"네?"

"틀림없이 부처님이 다녀가신 겁니다."

공양주보살은 이 말을 남기고 다시 바쁜 걸음으로 절로 향했다.

절에 도착하자마자 공양주보살은 해봉 스님에게 물었다.

"스님, 우리 절에 행자님이 있어요?"

"행자라니, 갑자기 무슨 소리요?"

"아니, 있나 없나만 대답하세요."

"그거야 밥그릇 세는 공양주가 나보다 더 잘 알 거 아니요?"

공양주는 부엌으로 들어갔다.

아이쿠, 정말 놀라운 일이었다. 아궁이에는 장작불이 훨훨 타고 있지 않은가.

공양주는 김이 무럭무럭 나는 솥을 열어보았다. 더운 물이 끓고 있었다.

공양주는 급히 팥을 삶기 시작했다.

이때 주지스님이 들어왔다.

"공양주보살, 아직도 공양이 안 되었나?"

"네, 곧 올리겠습니다."

"어서 올리도록 하게나."

크게 꾸중 듣지 않음을 다행으로 여긴 공양주보살은 서둘러 팥죽을 쑤었다. 먼저 한 그릇 떠서 대웅전으로 갔다. 다시 팥죽을 들고 나한전으로 간 공양주는 나한님 앞에 팥죽을 내려놓다가 그만 까무러치게 놀랐다.

"어이고 나한님."

공양주는 고개를 못 들고 그대로 엎드려 크게 절했다.

공양주를 내려다보면서 빙그레 웃고 있는 나한님의 입가에 붉은 팥죽이 묻어 있는 것이 아닌가.

동짓날 늦잠을 잔 공양주의 버릇을 깨우쳐주기 위해 김 서방 집에 가서 팥죽을 먹고 불씨를 얻어온 행자는 바로 나한님이었던 것이다.

공양주는 황공해서 절만 하고 있었다. 이때 법당을 진동하는 커다란 음성이 들렸다.

"공양주야, 이제 네 과오를 알겠느냐?"

"예, 깊이 깨달았습니다. 나무아미타불."

이 일이 있은 후 공양주는 크게 각성하여 새벽이면 일어나 목욕재계하고 공양 올리기를 게을리 하지 않았다. 나한전 나한님의 미소어린 입술의 붉은 색은 바로 그 팥죽이 묻어 있기 때문이라고 한다.

"어때? 아미야. 재미있지?"

랑연은 이 말과 함께 더 열심히 공부하고 수행정진하자며 그녀의 두 손을 마주잡았다.

"네, 엄마. 한국에서는 동지에 팥죽을 쑤어 부처님께 공양을 올리는 게 참 독특하네요. 한국의 좋은 관습을 많이 배워서 일본에 돌아가서 제 암자가 생기면 그대로 해보고 싶어요."

먼 나라까지 와서 한국의 불교를 배우고 체험하고 있는 아미의 얼굴에 비로소 환한 미소가 번져갔다.

어느새 창문에 비친 밤하늘에는 무수하게 많은 별이 한바탕 잔치를 벌이고 있었다. 순간 랑연이 가장 좋아하는 슬프지만 아름다운 새소리가 귓전을 울린다. 가난한 집안에 시집간 어느 며느리가 솥이 작아 자신이 먹을 밥은 항상 모자라므로 그것이 한이 되어 죽어 새가 되었는데 '솥쩍다, 솥쩍다……' 하고 울며 이 산 저 산을 날아다닌다고 언젠가 스님이 가르쳐준 소쩍새의 전설이 생각난다.

오늘도 어김없이 찾아온 감악산의 밤. 앞산, 뒷산, 옆산 여기저기서 슬픈 소쩍새가 하염없이 울었다. 우리네 인생은 슬픔도 한도 많은지라 아미도 랑연도 함께 눈물이 글썽글썽하여 두 손을 마주잡은 채 밤은 점점 새까맣게 재를 남기며 깊어만 갔다.

그리고 며칠 후 동짓날 법회 때 선묵 스님은 다음과 같이 법문을 했다.

"오늘은 신중기도를 입재했습니다. 욕심은 욕심을 당연히 부르고 끝이 없는 것입니다. 이것은 내가 취했노라, 이것은 내 것이다, 이것은 내 맘대로 해도 된다, 이것은 내 뜻에 따르라……. 이런들 우리에게 남는 게 무엇이겠습니까? 다 부질없는 소치이지요. 내가 낳아 기른 자식도 마찬가지인 것을……. 올해의 지나간 얼룩들은 이따가 법회 끝나고 공양시간에 동지팥죽들 드시고 이 자리에서 다 깨끗이 지우세요. 그리고 지금이라도 나 자신을 중심으로 그래프를 그려보세요. 과거, 현재, 미래, 가족, 친척, 이웃, 친구 모두를 그려보며 지금의 나를 바라보세요. 가장 존귀한 새는 그가 머무르던 자리에 흔적을 남기지 않고, 가장 아름다운 소리는 소리가 없는 곳에서 들리는 법입니다."

스님의 법문을 듣고 랑연은 그녀가 머무르던 자리에 어떤 얼룩이나 흔적을 남기지 않고 죽을 수만 있다면 그것이 최상의 삶이 아닌가 생각하면서 마음속으로 부처님께 기도했다.

"부처님, 이제 그만 전생의 업장을 다 소멸해주시고, 이번 생에서는 제가 머무르던 이 자리에 어떠한 흔적이나 얼룩도 남기지 않게 해주세요……."

제 5 장
누가 당신의 수레바퀴를 돌렸나요?

*** 수레바퀴 이야기 하나

랑연이 아홉 살쯤 되었을 때, 지나가던 스님이 그녀의 어머니한테 물 한 잔을 청해 달게 들이켜고는 어린 랑연을 힐끗 쳐다보며 말했다.

"이 아이는 만 스무 살이 되고 나면 온몸에서 금빛이 날 겁니다. 웬만한 사내란 사낸 따님을 좋아하게 되죠. 그 금빛 때문에…… 많이 조심시키시지 않으면 에구, 인기도 너무 많으면 골치 아프죠. 차라리 부처님의 황금빛 품안으로 들어가면 모를까……. 쯧쯧…… 나무 관세음보살. 물 잘 마셨습니다."

육남매의 막내였던 그녀는 손위형제들이 다 빨아먹어 잘 나오지도 않는 어머니의 축 늘어진 젖을 서너 살 때까지도 물고 빨고 했던 귀염둥이 딸인지라 늘 어머니 곁을 떠날 줄 몰랐다. 고사리 같은 손으로 어머니의 치맛자락을 꼭 쥐고는 머리가 반들반들한 그 스님을 신기한 듯 말끄러미 바라보았다. 훗날 랑연의 운명을 그대로 말씀해주신 스님이라는 걸 그녀는 알았던 것일까…….

좁은 한국 땅이 싫어서 보다 넓은 세계를 공부하고 싶었던 랑연은 지리학과를 선택했다. 그러나 지리학과는 그녀와 전혀 맞지 않았고 무의미한 대학 생활이 2년이나 지나가고 말았다. 아니, 어쩌면 그녀의 정해진 인생행로가 중

고등학교 지리교사가 되는 직선코스는 아니었는지도 모른다. 3학년 개강을 바로 코앞에 둔 어느 날, 그런 답답한 심정의 그녀에게 섬광과도 같은 희망의 빛을 선사하며 재미교포였던 오빠의 고등학교 동창생이 화려하게 등장했다. 달콤했지만 무척이나 아팠던 첫사랑……. 자신이 만든 25센트짜리 주화 목걸이를 목에 걸어주며 그녀에게 아메리칸 드림을 꿈꾸게 했던…….

그러나 행복은 결코 그녀의 몫이 아니었다. 학교도 자퇴하고 영어학원만 다니며 오로지 미국에 가서 결혼과 유학, 두 마리 토끼를 잡겠다던 랑연에겐 결국 아무런 결과도 없이 쓰디쓴 실연의 상처만이 남게 되었고, 그때 처음으로 사람들이 왜 자살충동을 느끼는지 알게 되었다.

여느 때와 다름없이 방과 후 대문을 들어선 초등학교 5학년의 랑연은 사람들의 웅성거림이 낯설게 느껴지는 집안 분위기를 두고두고 잊지 못한다. '엄마' 하고 부르며 안방 문을 연 순간이다. 활짝 웃는 엄마의 얼굴 대신 조용히 눈을 감고 누워 있는 아버지와 그 앞에서 목을 놓고 울고 있는 어머니의 연신 들썩들썩하는 등짝만이 그녀를 맞이했다. 어린 마음에도 뭔가 심상치 않은 일이 일어난 게 틀림없다는 생각이 들었다. 그리고 아버지가 그녀 곁에서 신기루처럼 사라져버렸다는 충격적인 느낌은 어린 랑연에게 두고두고 뽑히지 않는 굵은 대못이 되어 박혔다.

서울 토박이에 유난히 청렴결백한 성격의 소유자였던 그녀의 아버지는 다니던 회사에서 부하직원의 횡령사건에 연루되었다. 뜻하지 않은 이 사건으로 궁지에 몰리게 되자 이를 견디지 못하고 끝내 집에서 목을 매 억울하게 생을 마쳤다.

잠결에 뒤척이는 소리에 잠을 깬 그녀가 살그머니 실눈을 뜨면, 알몸인 아버지와 어머니의 어슴푸레한 실루엣이 격렬하게 물결치곤 했다. 싸움 한 번

하지 않고 아버지와 어머니가 사랑하고 또 사랑한 바로 그 방에서 아버지는 홀로 먼 길을 떠났다.

이제 당신의 나이 겨우 마흔한 살……. 살림밖엔 몰랐던 여린 아내에게 줄줄이 다섯이나 되는 자식을 떠맡기기가 쉽지는 않았을 터인데……. 그 무겁고 혹독한 기나긴 세월을 고스란히 물려준 채, 그렇게 아버지는 가버렸다.

"아이고…… 흑흑…… 어제 목욕도 하고 이발도 하고 온갖 단장을 다하더니 이렇게 먼 길 떠나려고. 흑흑…… 잔인한 사람, 날보고 어떻게 살라고 흑흑……"

어머니는 한 달 동안 그 방에 들어가지 않았다. 그리고 아이들이 옹기종기 모여 앉아 겨울이면 내복을 훌러덩 벗어 이를 잡거나, 성적이 떨어지면 호랑이 둘째언니한테 회초리로 종아리에 피가 나도록 매를 맞곤 하던 건넌방에서 두문불출했다. 초점 없이 멍한 눈으로 허공을 바라다보는가 하면 느닷없이 대성통곡을 하기도 했다. 식사도 하는 둥 마는 둥 하면서, 잔인한 고문과도 같은 배우자를 잃은 슬픔의 한 달이 흘러갔다.

그 일이 있은 후 어머니는 남자라면 치가 떨린다고 했다. 이 세상에서 남자가 제일 싫다고 했다. 그리고…… 이제 겨우 서른댓 살의 어머니를 험한 세상에 혼자 버리고 간 아버지 때문에 치러야 할 온갖 고통을 그 방에 묻어둔 채, 그녀는 가장 냉혹한 결심을 했다.

주변에서 아무리 말려도 기어이 선택한 어머니의 일. 그건 새벽마다 마장동 우시장에 나가 내장을 떼다 파는 일이었다. 집안 곳곳에 여기저기 널려 있던 팔다 남은 시뻘건 선지며 내장들은 그녀의 희망이며 동시에 이루 말할 수 없는 고통의 증거물이었다. 곱디고운 어머니가 자식을 위해서 선택한 내장 장사. 혹독한 세상살이에 시달리며 어머니가 흘린 눈물은 선지의 피눈물이고, 자신을 배신하고 홀로 두고 간 아버지를 원망하는 피맺힌 눈물이었다.

*** 수레바퀴 이야기 둘

순결의 첫사랑을 떠나보내고 가까스로 정신을 차린 랑연은 다시 3학년에
편입학을 했고 전공은 일어일문학이었다. 그리고 대학을 졸업하던 해 그녀는
꿈에도 그리던 일본유학길에 오르는 행운을 잡았다.

그때 한국으로 돌아오는 귀국행 비행기를 타지 않았더라면 그녀의 인생이
어떻게 달라졌을까?

1982년 일본 오사카. 거리를 현란하게 비추는 화려한 파칭코 빌딩은 시끄
러운 음악 소리와 그것들과 제멋대로 뒤섞여 쏟아지는 쇠구슬소리, 의자 뒤
로 수북이 쌓인 쇠구슬 상자, 시선이 오로지 기계 화면에만 고정되어 있는 사
람들이 후끈 내뿜는 열기로 가득했다.

지금은 간사이関西국제공항이지만, 그 당시만 해도 오사카大阪국제공항에서
부푼 꿈을 안고 난생처음 일본 땅에 발을 디딘 랑연의 눈과 귀에 제일먼저
들어온 광경이다.

일본인의 국민오락인 파칭코의 원조고장 오사카 히가시쿠東区는 재일교포
가 가장 많이 밀집해서 사는 곳이다. 스물다섯 살의 그녀는 이곳에서 자그
마치 이런 파칭코 빌딩을 다섯 개나 가지고 있는 재일교포 재력가의 빌딩 중
한 곳으로, 또 한 번의 비상飛上을 꿈꾸며 날아왔다. 일본의 파칭코는 90퍼센
트 가까이 재일한국인이 기반을 쌓고 운영하고 있는 거대 사업이었으니까 이
빌딩의 주인은 그중 한 명의 꽤 성공한 재일한국인인 셈이다.

파칭코 빌딩의 외동딸 K여사는 서울 모 명문대 출신의 외과의와 결혼하여
두 딸을 두었다. 랑연은 훗날 그 부부가 별거하기 전까지 살던 성북동의 호

화로운 저택에서 아이들의 가정교사를 했다. 서울 근교에서 꽤 규모가 큰 외과병원을 운영하고 있는 박사였던 그녀의 남편은 정말 인자하고 좋은 사람이었다.

그런데 랑연이 그곳에서 가정교사를 시작한 지 일 년쯤 지나서 갑자기 그들은 이유 없는 별거를 하게 되었다. 물론 대외적인 이유는 아이들 조기유학이었지만…… 어째서 그 박사는 모든 걸 완벽하게 다 갖춘 중년의 나이에 어이없는 기러기 아빠의 길을 선택한 것일까.

졸업 후 랑연이 몇 달간 그 집에서 상주했을 때 그들은 자주 말다툼을 하는 것 같기도 했고, 그럴 때마다 뭐라 형언할 수 없는 어색한 냉기류가 그 큰 집안 곳곳을 흘러 다녔다.

그러나 랑연은 그렇게 꿈꾸던 일본유학 티켓을 그들의 별거 덕에 쉽게 얻게 되었다. K여사는 일본에 들어가면 아이들을 돌봐줄 사람이 없으니 유학도 하고 아이들 가정교사도 해달라는 고마운 제의를 해왔고, 일말의 망설임도 없이 랑연은 흔쾌히 그 제의를 받아들였다. 누구에게나 이런 기회가 오는 건 아니라고, 그래도 자신은 꽤 운이 좋은 사람이라고 생각하면서…….

그녀가 머물게 된 파칭코 빌딩은 오사카 시내 중심가에 위치하고 있었는데, 1층은 파칭코, 2층은 랑연을 포함한 그 집 세 식구가 살 집, 그리고 3층은 그전부터 K여사의 친정 부모가 살고 있었다.

1층은 따발총처럼 쉼 없이 불협화음의 쇠구슬소리를 내며 게임을 즐기고 있는 사람들로 늘 북적였다. 이 세상 돈은 마치 이 파칭코의 주인이 다 가져가는 게 아닐까 걱정될 만큼 연일 만원사례였으니까.

이따금 화면 속의 그림 세 개가 똑같이 맞아 "오오아타리(빙고)!"라고 고함을 지르는 사람들, 회사에서 쌓인 스트레스를 쇠구슬소리와 함께 날려 보내려는 회사원들, 아예 아침부터 파칭코 빌딩으로 출근해버린 할 일 없는 어르신들, 이곳 파칭코 빌딩에서 데이트를 하는 젊은 아베크족들, 그리고 저녁준비를 위해 시장에 나왔던 주부들까지 발 들여놓을 틈이 없을 적이 많았다.

빌딩 앞에는 꽁무니에 장바구니가 매달린 형형색색의 자전거들이 주부들의 저녁시간을 재촉이나 하듯 질서정연하게 기다리는 모습이 애처롭기까지 했다. 한편 게임장 안 여기저기에는 주르륵주르륵 떨어지는 쇠구슬에 밥보다 더 중요한 인생의 의미가 있다는 듯, 장바구니의 주인들이 무표정한 얼굴로 연신 구슬을 쏟아내고 있었다. 그녀들은 바로 옆에 앉아 있는 남자들과 이곳에서만큼은 같은 레일선상에서 경주를 할 수 있다는 듯 무언의 항쟁을 하고 있는 것만 같았다.

몇몇 주부는 쇠구슬과 간단한 생활용품인 세제나 목욕용품 등의 경품과 맞바꿔 그것을 시장바구니에 들어 있는 쇼핑물건들과 함께 다시 자전거 꽁무니에 싣고서 힘겨운 발길질로 자전거 페달을 밟으며 각자의 집을 향해 씽씽 달려갔다. 그녀들은 내일이면 또 습관처럼 이 길을 달려올지도 모른다는 생각을 하고 있을까……

일본사람들의 생활 속에서 파칭코는 분명 도박하고는 조금 거리가 있는 듯 보였다. 물론 평범한 서민들이 파칭코에 빠져 월급을 날리거나 빚을 지는 사람들도 많긴 했지만, 그들만의 독특한 문화이고 스트레스를 날려 보내는 없어서는 안 될 공간이라는 것만은 분명해 보였다. 하필 랑연이 간 곳이 파칭코 빌딩이었으니, 그곳이 그녀의 머릿속에 무엇보다 선명하게 각인된 기억의 조각들이었을 것이다.

그런 속에서도 그녀는 단 한 번도 게임장 안에 들어가 보지 못했다. 그곳에서 날릴 만한 돈도 시간적 여유도 물론 없었지만, 그곳의 분위기는 자신과는 전혀 상관없는 영화 속 한 장면처럼 현실감이 느껴지지 않았다. 혹 그녀가 지금 머물면서 공부하고 일하는 이 빌딩이 손으로 세게 만지면 신기루처럼 눈앞에서 사라져버릴 것만 같은 불안감이 있었던 건 아니었을까.

랑연은 이 빌딩에서 전철을 타고 학교로, 학교에서 다시 이곳 빌딩으로 왕복하는 항상 똑같은 생활을 계속했다. 학교에서 돌아오는 길에는 전철역 부근의 뒷골목들을 하루도 빠짐없이 돌아다녔다. 그때만 해도 일본은 한국과는 30년 정도의 차이가 날 만큼 모든 것이 발달되어 있는 상황이어서 도심 뒷골목의 작은 상점들조차 어딜 가나 볼거리가 넘쳐났다. 상점 내부의 인테리어나 진열해놓은 예쁜 소품들은 어느 것이나 그녀의 시선을 자극하는 것들 뿐이었다. 마치 유럽에 와 있는 것만 같은 착각이 들 정도로……. 돈이 없어서 비록 살 수는 없었지만, 눈요기만으로도 랑연은 행복을 느꼈다.

하루하루가 똑같은 일상 속에서도 앞으로 자신의 인생에 무슨 일이 일어날지 그녀의 가슴은 늘 두근두근 뛰었다. 성격이 좀 까다롭기는 해도 학비 걱정이나 생활비 걱정은 하지 않아도 된다는 K여사의 약속은 적어도 믿을 만 했으니까. 파칭코 빌딩에서의 무지갯빛 꿈은 그렇게 찬란하게 랑연의 눈앞에 아른거리고 있었다.

"오늘은 꼭 소개해주고 싶은 분이 있어서 외출할 거니까 얼른 옷 갈아입으래이."

"넷? 누구신데요?"

"으응, 부영사관님. 나하고는 친구야. 그분이 도와줘야 장차 오사카 외대도 무난히 입학하고…… 아무튼 가보면 안대이. 어서 준비해.""네, 알겠습니다."

어느 날 K여사는 경상도 특유의 강한 악센트를 탁구공이 통통 튕기듯이 유난히 경쾌하게 내뱉더니 랑연의 손목을 이끌고 그녀의 검정색 벤츠 세단에 올라탔다. 평소에 화장을 전혀 하지 않고 주로 진을 즐겨 입던 그녀가 그날은 마스카라까지 하고 화려한 원피스를 입고 운전석에 앉았다. 뭔가 들뜬 분위기가 물씬 풍겼다.

일본에서 미술을 전공한 그녀는 훤칠한 키에 서구적인 외모를 가진 조금은 강해 보이는 여자였다. 남편과 열 살 가까운 나이 차이 때문인지 그녀의 표정 뒤엔 풍요 속의 빈곤처럼 어딘지 모르게 쓸쓸함의 감정이 묻어날 때도 많았고, 종종 뭔가에 쫓기고 있는 듯한 기색이 엿보이기도 했다.

무엇보다 그동안 그녀의 남편이 그녀를 다정하게 대해주었다는 느낌은 들지 않았다. 그저 상투적으로 대하는 느낌이랄까? 의학박사와 미술학도······ 아마도 지나치게 논리적일 수 있는 박사의 정서와 감정의 세계를 화려한 컬러로 채색해내는 미술학도와의 갭이 눈에는 잘 보이지 않지만 상당한 갭이 존재했을 수도 있다.

그녀는 외로웠던 것일까? 그들은 아이들 때문이 아닌 정말로 감정적인 별거를 하고 있는 것일까?

옆자리 운전석의 K여사한테선 평소엔 느낄 수 없었던 진한 분 냄새와 향수 냄새가 뒤섞여 랑연의 코를 묘하게 자극해왔는데, 이례적인 일이었다. 한참 시내 중심가를 달리던 검정색 벤츠 세단은 추오쿠(中央区)에 있는 오사카 한국총영사관이라는 간판이 걸린 고풍스런 건물 앞에서 끼익 하며 멈춰 섰다. 처음 와보는 장소라 좀 긴장한 탓인지 랑연은 뒷목이 뻣뻣해짐을 느꼈다. 하지만 곧 부영사실 문을 당당하게 노크하는 K여사의 태도를 보는 순간 두려움이 사라졌다. 그렇게 언제나 당당해 보이는 그녀를 본받고 싶다는 생각이 그동안 문득문득 들었던 것도 사실이었다.

미리 한 약속이라 부영사는 푹신해 보이는 그의 브라운색 1인용 소파에 느긋하게 등을 기대고 앉아 있었다.

"이쪽은 저희 아이들을 봐주는 가정교사 랑연 양이에요. 아주 똑똑하답니다. 내년쯤 오사카외국어대학에 입학시켜서 대학원까지 공부시킬 생각인데, 부영사님이 많이 좀 도와주세요. 나중에 대학 강단에 서고 싶다는 포부가 큰 학생이죠. 호호호~"

K여사는 오늘따라 전에 없는 너스레를 떤다. 남들 앞에서 랑연을 저토록 칭찬하는 건 처음 봤다. 자신을 치켜세워주고 이렇게 영사관까지 데려와서 장래를 걱정해주는 건 고마웠지만, 분위기는 왠지 어색하고 썰렁했다. 대단한 미인은 아니었지만 늘씬한 키에 얼굴선이 굵직굵직했기 때문에 시크한 분위기는 충분히 가지고 있었던 그녀가 오늘은 난생처음 꽃무늬 원피스를 입고 선을 보는 수줍은 시골처녀 같다는 느낌을 지울 수 없었다. 하지만 평소 그녀의 완고함이라는 껍질을 부수고, 아니 가면을 벗고 처음으로 편안하고 여성스러운 부드러움과 귀여움이 느껴져 오히려 자연스럽고 별로 보기 나쁘진 않았다.

"아, 네~. 누구 부탁인데요……. 정말 똑똑해 보이는 학생이군요. 그런데 오늘따라 아름다우십니다. K여사는 볼 때마다 더 젊어지시는데, 무슨 비결이라도 있으신가~? 핫하하"

부영사가 한술 더 뜬다. 좀 마른 체격에 가느다란 눈을 한 부영사는 그의 사회적 지위에 비해 과장된 위엄을 풍기는 것 같지는 않았다. 덕분에 랑연은 조금 전 차 안에서보다는 긴장감에서 조금은 해방될 수 있었다. 게다가 K여사와는 꽤 친분이 있는지 가벼운 농담도 오고갔으니까…….

"어머나, 왜 이러세요? 영사님이 농담을 다 하시구……."

자못 농염한 미소를 입가에 띠면서 소파에 두 다리를 나란히 붙이고 앉아 있던 K여사가 갑자기 다리를 꼬면서 말했다.

"아무튼 다음에 제가 한턱 진하게 쏘겠습니다. 여사님 덕분에 요즘 제가 관내에서 목에 좀 힘을 주거든요. 핫하하"

한 시간여를 이런저런 얘기를 나누다가 K여사와 랑연은 자리에서 일어났다. K여사가 앞서 나가고 랑연이 뒤를 따라 부영사실 문을 나서는데, 뒤따라 나오던 그가 뒤에서 '잘 가요' 하면서 슬쩍 그녀의 어깨에 팔을 감쌌다.

그리고 그한테서 뜻밖의 전화가 온 것은 그리 오랜 시간이 지나지 않아서였다.

"랑연 양. 나, 부영사인데 K여사에겐 말하지 말고 내일 학교 끝나면 나한테 좀 들러요. 별일은 아니니까 부담 가질 필요는 없고. 그럼 내일 봅시다."

전화를 끊고 랑연은 조금 당황스러웠다. 그가 왜 자신을 보자고 할까 몹시 궁금했지만, 어쨌든 다음날 랑연은 영사관 주변의 한국식당에서 그를 만났다.

"랑연 양. 공부하겠다고 먼 일본 땅까지 와서 고생이 많군요. 부디 열심히 해서 꼭 성공하기 바라요. 내가 도움이 될 수 있다면 좋겠는데……. 난 유학생들이 여기 와서 온갖 고생을 하는 걸 보면 어쩌나 마음이 아픈지 말예요. 하긴 젊었을 때 고생은 사서도 한다니까 뭐 죽을 각오로 한다면 반드시 꿈을 이룰 거라 믿어요."

"고맙습니다. K여사님 덕분에 이렇게 부영사님 같이 훌륭한 분도 만나 뵙고……. 열심히 하겠습니다."

"그런데 K여사 말예요. 우리 영사관에 좋은 일 많이 했어요. 기부도 많이 하고……. 다만 좀 생색을 내지만 않으면 금상첨화일 텐데……. 하기야 뭐 거침없고 화끈한 성격은 맘에 들지만……. 다 장단점이 있는 거니까, 후훗. 아~

아~, K여사 얘기는 그만하고 랑연 양. 가끔 영사관에 좀 들러요. 왠지 랑연 양과는 대화가 잘 통할 것 같아서 말예요. 내가 지금까지 보던 다른 유학생들하곤 좀 다른 느낌이 들기도 하고……."

순간 랑연은 이 말을 그렇게 기분 좋은 일로만 받아들일 수 없다는 것을 너무나 잘 알고 있었다. 잘못하면 자신이 결코 원한 적이 없는 일, 즉 부영사와 K여사와의 사이에 끼게 되는 운명에 처할지도 모르는 일이었다.

K여사는 분명히 그를 친구라고 표현했다. 사회적 지위가 있는 중년의 나이에 친구관계라면 단순히 지인이라는 말은 아니지 않은가? 꽤 좋은 우정을 나누고 있는지도 모른다. 다시 말해서 랑연이 그 둘 사이에 낄 수 있는 여지는 전혀 없다는 얘기도 된다. 왠지 불길한 예감이 그녀의 예리한 육감을 자극해왔다. 오로지 공부만 열심히 해서 언젠가 귀국하여 할 수만 있다면 강단에 서고 싶은 생각밖에 없는 그녀였건만, 걸음걸이 하나하나마다 마치 돌부리에 채듯이 남자라는 존재가 발에 챈다.

사실 그의 인격을 믿고 그의 사회적 체면을 생각해보더라도 그런 사람은 아니리라 확신하지만, 그래도 랑연은 자격지심에 그가 자신을 그저 그런 힘없고 가난한 여학생으로 본 건 아닌지 의구심이 들기 시작했다. 또 설사 그가 그녀를 진심으로 대했다고 하더라도 어차피 자연스럽게 끌고나갈 상황은 아니라고 생각했다. 앞으로 무슨 일이 더 일어날지 아무도 모르는 일이 아닌가?

정신 똑바로 차리고 중심 잡지 않으면……. 랑연은 고개를 가로저었다. 자칫 잘못하다간 유학은 커녕 엉뚱한 구설수에나 오르지 않을지 걱정이 앞섰다. 그녀는 이제 두 번 다시 그와 단둘이서는 밥도 같이 안 먹겠다고 굳은 결심을 하면서 이를 악물었다. 여기까지 어떻게 왔는데…….

그러나 영화나 연극, TV드라마는 예고편을 해주지만 인생은 예고편을 해주지 않는다. 정작 그녀의 순탄한 유학길을 가로막는 엄청난 바윗돌은 따로 있었다.

말이 가정교사지 2층과 3층의 가정부나 다름없는 유학생활이 계속되던 어느 날, 서울에서 박사가 파칭코 빌딩을 찾아왔고, 랑연은 또 한 번 어이없는 삼각관계의 소용돌이에 휘말리게 되었다.

그날 K여사는 오랜만에 온 남편의 저녁식탁을 정성스레 준비했고, 3층에 사는 그녀의 친정부모까지 내려와서 환영만찬을 들었다. 일찍 쉬어야겠다는 아이들의 할머니, 할아버지는 3층으로 올라가고 랑연은 설거지를 마친 후 이것저것 뒷정리를 하던 참이었다. 등 뒤에서 박사가 그녀를 불렀다.

"랑연 양!"

"네, 박사님."

"잠깐 얘기 좀 하지."

"네."

그녀는 앞치마에 대충 젖은 손을 닦고 거실 소파에 앉아 있는 박사님 맞은편에 다소 상기된 얼굴로 앉았다.

"무슨 말씀이신지……."

"일본어 공부 열심히 해요. 내가 앞으로 오사카에 암센터를 건립할 생각인데, 그곳의 책임자를 맡길 예정이니까."

"넷? 제가 어떻게……."

"얼마든지 할 수 있어요. 달리 믿을 사람이 없어서 말이야. 일본말만 잘 하면 랑연 양은 총명하니까 아주 잘할 거예요."

"네에……."

바로 그때 랑연은 방에서 거실 쪽으로 나오던 K여사의 생전 처음 보는 양미간의 깊은 주름과 무섭고 날카로운 눈빛과 마주쳐야 했다. 세상일이 모두 그렇듯이 그리 간단하지 않다. 다시 말해서 누군가에게 크게 인정받는다고 해서 반드시 그것이 성공과 직결되지는 않는다. 지난번에는 친구 사이에 낄 뻔했으나 이번에는 부부 사이에 끼게 되었으니, 더욱 나쁜 상황에 처해지게 된 것이다. 적어도 이 세상의 반은 남자이고 반은 여자인데, 그 절반인 남자가 절반인 여자에게 이런 제안을 했을 때, 세상 이치는 여자에게 99퍼센트 불리하게 작용하기 마련이니까.

당연한 일이지만, 이 일로 가뜩이나 냉기류가 흐르던 부부 사이는 삽시간에 더욱 차갑게 얼어붙고 말았다. K여사는 남편에 대한 배신감으로 몸을 떠는 듯이 보였다. 당신한테 한마디 상의도 없이 가정부나 다름없는 어린 학생에게 암센터의 책임을 맡기겠다는 말을 어떻게 곱게만 받아들일 수 있었겠는가?

그때부터 그다지 상냥한 성격은 아니었지만, 친동생처럼 편하게 대해주던 K여사의 태도는 눈에 띄게 달라졌다. 박사가 서울로 돌아간 후, 그녀한테선 찬 바람이 쌩쌩 불었다. 그 집안에서 랑연이 설 자리는 더 이상 없어진 것 같았다. 뭐라 형언할 수 없을 만큼 어색한 공기가 집안 곳곳에 무겁게 가라앉아 있었다.

그리고…… 랑연은 그 일이 있은 지 정확히 한 달 만에 그 파칭코 빌딩과의 인연을 끊기로 결심했다. 아니, 일본유학에의 꿈을 접었다고 하는 게 좀 더 정확한 표현일 것이다. 랑연은 K여사에게 이유 불문하고 한국으로 돌아가겠다고 말한 후, 앞으로 또 언제 짐을 꾸리게 될지도 몰라 장롱 위에 높이 올려놨던 무거운 트렁크를 끙끙대며 내려서 짐을 꾸리기 시작했다. 서글픈 눈물이 주체할 수 없을 만큼 주룩주룩 흘러내렸다.

그래도 도리가 아니다 싶어 랑연이 부영사관에게 K여사와 약간의 문제가 생겨 귀국하게 되었다는 인사를 전화로 전했을 때, 그는 그녀에게 가장 거부하기 힘든 달콤한 제의를 해왔다.

"오사카엔 K여사 말고도 학비를 지원해줄 수 있는 가정교사 자리가 많아요. 랑연 양 정도라면 얼마든지 소개할 자리가 많으니까 아무 걱정 말아요. 아니 어떻게 온 유학인데 그렇게 쉽게 포기하죠?"

그러나 그가 오사카의 그 좁은 재일교포 사회에서 어떤 집을 소개해준들 완전한 비밀보장은 쉽지 않을 듯싶었다. 무엇보다 "나하고는 친구야."라고 환하게 웃으면서 말했던 K여사의 얼굴을 랑연은 잊을 수 없었다. 자신 때문에 K여사가 또다시 배신감을 느끼게 될 수밖에 없을지도 모른다. 그런 불행의 연속은 굳이 예고편을 보지 않아도 예견할 수 있는 일이 아닌가. 강직한 성격의 그녀가 명분 없는 길을 갈 리가 없었다.

결국 랑연은 그 길로 어렵게 얻은 일본유학을 포기해야 했다. 지금까지도 그랬듯이 행운의 여신은 이번에도 여지없이 그녀 곁을 빗겨가고 말았다. 그녀에게 정녕 용기가 없어서였을까. 아니면 그것이 그녀가 마지막으로 지키고 싶었던 자존심이었을까.

이번에도 그녀는 뒤돌아서 생각해본다. 만일 그때 부영사의 제의를 받아들여 어떻게 해서든 일본유학을 포기하지 말았더라면 그녀의 인생이 어떻게 달라졌을까? 그냥 아무것도 생각하지 말고, 남의 일 따위는 걱정하지 말고 그의 제의를 받아들일 걸 그랬나? 한편 잘한 거라고 자신을 위로하다가도 또한편 나만 당당하고 떳떳하면 되는 거 아니었느냐고 용기 없는 자신을 원망하고 책망했다.

그리고…… 무엇이든 시작만 해놓고 끝을 맺지 못하는 지지리도 못난 자신이 한심스러워 미칠 것만 같은 회한이 언제나 꼬리표처럼 그녀를 따라다니며 괴롭히는 인생의 또 한 페이지가 이렇게 넘어갔다.

성악을 전공하고 조계사에서 찬불가 합창단 지휘자였던 절친한 대학 동문은 만날 때마다 항상 불교 관련 책을 가지고 다니며 읽었다. 어느 날 그녀는 랑연에게 말했다.

"랑연아, 너 그러지 말고 제발 불교에 관심을 좀 가져봐. 어떻게 나하고 그렇게 잘 맞는 세상에 둘도 없는 친구가 불교를 모를 수 있니? 난 이해가 안 된다. 난 종교적인 얘기를 하려는 게 아냐. 종교는 누구나 다 자유니까……."

"그럼 뭐야? 너 내가 뿌리 깊은 가톨릭 집안이라는 거 몰라서 그래?"

"야, 그런 얘기가 아니고, 너 같은 정신세계의 소유자라면 불교 책 아무거나 한 권만 읽어봐도 깊이 빠져들걸. 내가 내 이름을 걸고 장담한다니까."

"도대체 그 안에 뭐가 쓰여 있는데? 하지만 난 정말 관심 없다. 불교엔…… 왠지 고리타분한 거 같고, 생각만 해도 몸이 축축 늘어지는 기분이란 말야."

"참 답답하긴. 무식한 소리 하지도 마. 여기에 얼마나 심오한 우주의 섭리와 철학이 들어 있는 줄 알아? 니가 몰라서 그런다니까. 어휴 갑갑해."

"됐어. 됐다니깐. 야, 난 이런 대화만 나눠도 얼른 성당으로 달려가서 신부님께 고백성사 받아야 할 거 같아서 무지 찜찜하거든. 우리 이런 얘긴 그만하고 다른 얘기 하자. 응?"

"너, 내가 장담하는데 언젠가 필시 불교에 귀의할걸? 네 얼굴에 그렇게 쓰여 있어. 너의 정신세계가 그렇게 말해주고 있다고."

만약 그때 그 친구의 말에 조금만 귀를 기울였다면 자신의 인생이 어떻게 달라졌을까? 좀 더 빨리 불교를 알고 부처님을 알고 스승을 만났더라면 그렇게 정처 없이 헤매지도, 파란만장한 삶을 힘겹게 살지도 않았을 거라고 훗날 절에 들어와서 깨닫게 된 사실이다.

결국 그녀도 법정 스님처럼 시절인연이 다 가시자 여러 생에 길들인 인연의 끄나풀 같은 것이 그녀를 그 길로 이끌었던 것일까? 수레가 가진 원형의 딜

레마 속에 빠져서 운명의 수레바퀴를 수없이 헛돌리고 나서야 톱니를 제대로 맞출 수 있게 된 사람처럼 말이다.

*** 수레바퀴 이야기 셋

"앗! 쥐다."

어느 날 찾아온 그리 반갑지 않은 손님의 이름은 서생원이었다. 가만히 누워서 무심코 바라본 환기창 팬 사이로 시커먼 것이 들어오고 있었다. 순간 온몸이 뭔가 기분 나쁘고 뭉클한 액체 같은 것을 밟은 느낌처럼 뭐라 말할 수 없는 불쾌감에 닭살 같은 소름이 좍 돋았다.

쥐라는 말을 듣는 것만으로도 공포감을 충분히 조성해주는 쥐 말이다. 이 방에 유일하게 괜찮은 바깥공기를 들여보내주는 고마운 환기창이 감히 인간이 살고 있는 방에 도도하게 등장하는 쥐님의 레드카펫이 되어버리다니…….

늘 습습한 곰팡이 냄새가 이제는 몸에 뱄다. 좁은 지하 공간. 코딱지 만한 화장실 겸 욕실을 제외하곤 전체가 한 공간이다. 요즘으로 말하면 원룸인 셈. 지하창고를 개조해 만든 방이니 당연히 창문은 없고 지상의 공기가 간간이 흘러들어오는 팬이 돌아가는 환기창을 제외하곤 꽉 막힌 공간이다.

이내 벽을 타고 내려온 쥐는 쏜살같이 그 작은 집안 어딘가에 숨어 모습을 감추고 말았다. 아뿔싸! 어떡하나. 랑연과 어린 아들의 하나밖에 없는 보금자리가 아닌가? 쥐와의 공생?

쥐는 인간의 손바닥 만 한 크기의 동물에 불과하다. 그러니까 잡으면 된다. 하지만 쥐가 확 덮쳐올 것만 같은 환상에 두렵고 죽을 것만 같다. 그래, 그냥 조용히 하고 있으면 돼. 사람이 있는데 튀어나오진 않겠지…….

"빌어먹을 인간. 먹여 살리라곤 안 할 테니 빨리 집구석에 들어와서 쥐나 잡아주지……."

그녀는 창피해서 아무에게도 쥐가 집에 들어왔다고 말하지 못했다. 인간이 어디까지 나약하고 어리석어질 수 있는지 충분히 그리고 절실히 깨달았다. 인간이 만물의 영장이라고? 아니, 인간은 자신이 쳐놓은 체면과 자존심이라는 철책 안에서 옴짝달싹못하고 자신보다 훨씬 미물 앞에서 벌벌 떨며,

"오! 쥐님. 제발 우리 불쌍한 아들과 나한테 덮치지 말아 주십시오. 우리가 자는 동안 우리 옆에 오지 마십시오. 우리 눈에 띄지 마십시오. 그냥 가만히 없는 듯이 계십시오."

하면서 싱크대와 요가 깔린 침실 쪽 사이로 최대한 높은 이불 담장을 쳐놓았다. 쥐가 이불은 기어오르지 못하겠냐만……. 그래도 왠지 조금은 마음이 놓이는 것 같았다. 만일 하늘에서 지붕을 투과하는 카메라로 공중촬영을 한다면 얼마나 우스꽝스러운 광경이 펼쳐질까?

일주일이 넘도록 바깥잠을 자며 실컷 두드리다가 들어온 그 집 남자는

"어떡해. 할 수 없지. 어디 있는지 알고 잡아. 쥐가 뭐가 무섭다고 그래. 우리 시골 살 땐 어렸을 때 만날 같이 살다시피 했는데……. 언젠가 죽든지 나가든지 하겠지 뭐……."

하룻밤 쥐와 동침하더니 실컷 돈타령만 하다가 그 집 남자는 잽싸게 나가버렸다. 결국 창피를 무릅쓰고 오빠에게 부탁해 오빠가 끈끈이를 싱크대 밑에 놔주었고, 그 녀석은 그동안 더 튼실하게 자라서 나와 아들에게 아쉬운 이별을 고하며 버둥거리다 생을 마감했다.

도박은 정신질환이다. 멀쩡하고 괜찮은 남자가 도박에 빠지자 가족이나 가정에 관한 관심은 눈곱만큼도 없다. 누구를 원망하고 무엇을 탓할꼬. 자신의 운명이나 팔자를 원망하면 뭐하고 부모를 원망하면 뭐하겠는가. 또한 사랑을 탓하면 무엇하겠는가……. 모든 것은 나라는 자신에게 뿌리박고 있는 정체모

를 성향과 인연에 있는지도 모른다.

언젠가 초하루법회 때 들었던 선묵 스님의 법문이 날카로운 비수처럼 지난 날 랑연의 여린 가슴팍을 찌른다.

"우리는 자기의 분수를 알아야 합니다.
사랑하던 사람과는 사랑하는 방법을 모르고 만났으니 억울한 이별이요
부모가 무엇인지 모르고 부모짓을 해 자식을 얻으면 자식이 불행이요
부부가 무엇인지 모르고 가정을 이루었으니 아내가 죄스럽고
공부가 무엇인지 모르고 훈장질했으니 아이가 바로 배우지 못하고
우정이 무엇인지 모르고 친구를 사귀었으니 그 친구가 가슴 아프고
자신을 똑바로 세우지 못하고 담벼락 벽돌 되니 그 집이 온전하겠는가?
이 큰 죄를 누구에게 빌고 갚을 수 있으리요……."

이런 법문을 듣고 랑연은 자신의 옳고 그름의 분별력이 없이 원치 않았던 지난날의 삶이 알고도 모르고도 진 자신의 죄일지 모른다는 생각에 가슴이 미어져 올 만큼 슬펐다. 다시 떠올리기 싫은 기억의 모습 모습이 어쩔 수 없이 가슴팍을 파고들고…….

크고 큰 온갖 얼룩이 헤어짐의 깊은 수렁에 사지를 허우적거리는 그 과정을 넘어 랑연은 생채기 나고 부러진 날개를 달고 가슴을 쓸어내리며 살게 되었다. 그녀는 인생에 되풀이되어 찾아오는 헤어짐과 헤맴에서 정서의 기대임마저 잃고 길고 어두운 터널 속을 헤매고 있었다.

어려서부터 단 한 번도 경제적인 여유를 느껴보지 못한 랑연은 잘못된 인

연과의 만남으로 또다시 극심한 경제난에 허덕여야 했고, 그것을 벗어나고자 헤어짐을 감행했지만 그 인연이 선물로 남겨준 빚더미에서 도저히 헤어날 길이 없는 상황이 계속되었다.

현실이라는 것이 이렇듯 피할 수 없는 운명과 숙명 앞에서는 아무런 힘을 갖지 못하고 인간을 스러지게 할 수 있다는 사실도 점점 깨달아가게 되었다. 이런 고난의 시절 TV에 혹간 비춰지는 사연 중에 한강에 투신하는 사람들은 아마도 자신이 스스로의 현실을 도피하기 위하여 선택하는 길일 것이다. 뛰어내리는 순간에 느끼는 찰나의 고통 이후엔 모든 현실의 어려움이 해결된다고 믿기 때문이다. 순간순간 랑연 자신도 그 주인공이 되어 이후의 행복을 동경하던 존재의 한 사람이었다.

이즈음 랑연도 험난한 인생길의 수레바퀴를 돌리고 돌려 이제 다시 한 번 자신의 현실을 접어보고 싶은 충동에 온몸이 떨렸다. 어떻게 접는 것이 가장 빠르고 쉬운 방법일까 궁리도 많이 했다. 능력은 갖추었고 하루 세 끼 해결하는 기본이야 어찌 되었을지도 모른다.

하지만 노력하면 성공할 수 있고 잘살 수 있다는 교과서적인 믿음은 마음자락 바닥에 펼쳐 있던 터라, 그 믿음에 엄청난 자괴감이 번번이 가슴을 억누르는 맷돌장이 되어 드디어 우울증까지 겹치게 된 것이 아닌가……

이상과 현실의 괴리…… 정상은 저만치서 손을 흔들고 있는데, 오르려다가 다시 미끄러져 떨어지고, 다시 오르려다가 또 미끄러져 떨어지는 일을 계속 되풀이할 뿐이었다. 헤쳐 나가기 너무나 힘든 허탈함과 앙상하게 말라버린 바람만이 그녀에게 달라붙어 주위사람의 마음을 아리게 한 모양이었다.

그런 그녀를 보다 못해 어느 날 이웃에 사는 친구가 그녀의 손목을 이끌고 데려다준 곳은 서울 변두리의 자그마한 포교원이었다. 모태신앙부터 천주교 신자였던 그녀에겐 너무도 낯선 곳이었지만, 스님은 어디인가를 몰라 부질없이 헤매던 그녀의 두 손을 꼭 잡아주었다.

그리고 어느 날 어린 아들의 손목을 이끌고 그녀는 부처님 도량으로 들어왔다. 결코 랑연의 힘으론 끊을 수 없던 인연들의 끈끈한 모든 타래를 하나 없이 끊어주신 부처님께…… 즐거우나 괴로우나 한결같이 혹여 속히 깨닫지 못함이 있어도 너그러이 그녀의 앞길을 보살펴 주옵소서 두 손과 무릎을 모으고 합장하며 예를 갖추었다.

어느 누구라도 쉬이 선택할 수 없는 길이 깨우침의 길일 것이니……. 하지만 누구이건 자신을 힘찬 뜻으로 붙들어주는 튼튼한 삶이 그를 기다리고 있다면 우리네 부질없는 중생은 얼마든지 지난날을 깨끗이 꾸리고 다른 운명의 수레로 바꿔 탈 수도 있는 것이리라. 자신의 힘으로 뛰어넘지 못할 인생의 역경은 신께 의지할 수밖에 없는지도 모른다. 신께 의지하며 더 나약해 지기 위해서가 아니고, 더 강인해지기 위해서 그녀는 신을 선택했다. 그녀가 이젠 당당하게 살아 있는 모든 것을 위해서 기도해주는 수행자로 거듭 나기 위해서 선택한 길이니까.

랑연은 자신을 올바른, 그리고 뚜렷한 길로 이끌어줄 그 무엇인가가 절실히 필요했다. 깨우침의 극치에 가까운 사람. 아니 후회하지 않을 삶의 지표를 정확히 제시해줄 존귀한 분이 말이다.

어느 날 랑연은 문득 자신의 전생의 모습은 무엇이었을까 궁금해지기 시작했다. 현재를 보면 과거를 알 수 있고, 또한 지금 현재를 보면 훗날의 미래도 알 수 있다고 하는 말이 있다. 그렇지만 자신의 전생체험을 해보고 싶다는 호기심을 누를 수 없었다. 랑연의 청으로 어느 날 선묵 스님은 랑연에게 최면으로 전생체험을 하게 했다. 거기서 그녀의 존재는 어이없게도 고대 이집트의 마지막 여왕이었던 클레오파트라였다.

클레오파트라는 악녀, 요녀로 추문이 난 당대 최고의 미녀이지만, 과연 그녀가 아름다움만으로 시저나 안토니우스를 유혹했을까? 역사적 기록이 보여주듯 4개 국어에 능통하고 천문학, 철학, 물리학 등 모든 학문을 통달했으며 언변과 지혜가 뛰어난 총명한 여인이었기에 가능한 일이었으리라.

최면에서 깨어나 랑연이 스님에게 물었다.

"전생에 제가 클레오파트라였다고요? 그게 가능한 일인가요?"

"가능하고말고. 랑연 보살은 클레오파트라와 얼굴만 달랐지 비슷한 부분이 많아. 다만 클레오파트라는 최후가 너무 비극적이라 그것만은 닮지 말아야 해. 그녀는 마지막에 스스로 독사에게 물려서 자살했으니까……. 난 우리 랑연이 그녀와 같은 처참한 말로를 걷게 하고 싶지 않았어. 내가 이끌지 않았다면, 아니 부처님 품안에 들어오지 않았다면 그야말로 랑연 보살의 최후는 그보다 더 비참했을 거여. 부처님 품안이 아니었으면 정신적으로 사지가 찢겨져 나가는 듯한 고통을 겪었을 테니까. 결국 랑연 보살 스스로 택할 수밖에 없는 길은 한 길이었겠지. 그러니까 군소리 말고 나 죽었소 하고 자신을 좀 더 숙이고 베푸는 겸양지덕을 갖추어 부처님 무르팍에서 놀아보라는 얘기여."

이 말을 들으면서 랑연은 십여 년 전 선묵 스님을 친견했을 때 그녀에게 한 말이 가슴을 철렁하게 했다.

"지금 보살님은 대여섯 명의 남자가 사지를 잡아당기고 있어요. 지금 보살님의 때가…… 모래알 같이 많은 사람이 있으면 뭐하겠어요. 보석이 없군요. 결국 보살님 한 몸을 잡아당기는 사람은 한 사람도 없어요. 어떡하겠어요. 그게 보살님 운명인 걸……. 다 부질없습니다. 말로만 사랑한다고 매달려도 그들은 보살님의 팔 한쪽, 다리 한쪽을 잡고서 마치 보살님 전부를 포용하고

있는 양 허세를 부릴지도 모르겠군요. 우선 부처님한테 편안히 온몸을 맡겨
보세요. 그 다음 일은 다음에 생각하기로 하고 경솔한 판단은 하지 않는 것
이……"

순간 랑연은 쇠망치로 세게 머리를 한 대 맞은 것 같았다.

"대여섯 명이?…… 스님이 어떻게……"

그러나 그녀 자신 역시 말은 그럴싸한 그들이지만 주위 모두를 믿을 수 없
는 사람들이었다는 것을 어렴풋이 느끼고 있었다. 이후 랑연이 선묵 스님을
한층 신뢰하게 된 것은 당연한 일이었다.

*** 수레바퀴 이야기 넷

나선은 중인도 사람으로 북인도 샤아가라성에 와서 불교를 전파한 고승이
다. 샤아가라성의 왕으로 즉위한 미란은 특별히 불교는 믿지 않았으나 불교
에 깊은 관심이 있었으므로 나선 스님이 그 성에 들어온다는 말을 듣고 친히
찾아가 불교교리에 관한 여러 가지 문답을 주고받았는데, 그것을 모아 편집
한 것이 〈나선비구경那先比丘經〉이다. 그 경에 실린 설화 중에 수레바퀴의 철학
에 관한 비유가 있다.

왕이 물었다.

"존자여, 당신은 어떻게 해서 이 세상에 알려졌습니까? 당신 이름이 무엇입
니까?"

"왕이여, 나는 나의 부모님께서 나선이란 이름을 붙여주었으므로 그 이름
으로 널리 알려졌습니다. 그러나 그것은 다만 세상 사람들이 인정하는 나선

일 뿐 진짜 나선은 그 이름 가운데 포함되어 있지 않습니다."

"그렇다면 진짜 나선은 어떤 것입니까? 당신의 머리카락입니까? 몸에 난 털입니까?"

"아닙니다."

"그러면 손톱이 나선입니까? 이가 나선입니까? 그렇지 않으면 피부, 근골, 뼈, 내장 내지 혈액이 나선입니까?"

"아닙니다."

"그러면 그 모든 것을 합한 것입니까?"

"아닙니다."

"그러면 의식입니까? 지각입니까? 아니면 그 모든 것을 합한 것입니까?"

"아닙니다."

"그러면 그것 말고 또 나선이 있습니까?"

"그것도 아닙니다."

"만일 그렇다면 나는 나선이란 것을 발견할 수 없습니다. 필경 그것은 공허한 음성에 불과한 것입니까? 그렇다면 지금 여기 계시는 나선은 대체 무엇입니까? 암만 해도 나는 존자의 말을 참되게 이해할 수 없습니다."

"왕이여, 당신은 무엇을 타고 여기에 오셨습니까?"

"수레를 타고 왔습니다."

"그러면 한 가지 묻겠습니다. 대체 수레는 무엇을 가리켜서 수레라 합니까? 축을 말합니까? 바퀴를 말합니까? 아니면 멍에를 말합니까?"

"아닙니다."

"그러면 살입니까?"

"그것도 아닙니다."

"그러면 그것 말고 또 달리 수레란 것이 있습니까?"

"그것도 아닙니다."

"그렇다면 당신이 먼저 나에게 말한 것 같이 나에게도 수레란 것을 발견할 수 없지 않습니까? 필경 그것은 공허한 음성, 그것이라 하여 좋을까요? 도대체 대왕께서 타고 오신 수레는 어떤 것입니까? 아무리 생각해도 대왕의 말씀을 이해할 수 없습니다. 여러분, 지금 폐하께서는 분명 수레를 여기까지 타고 오셨다고 말씀하시면서도 수레란 무엇이냐 한 질문에 대답할 수 없게 되었습니다. 이러고서야 어찌 기뻐할 수 있겠습니까?"

하고 빈정댔다. 종자들은 박수갈채를 보내면서 왕을 향해,

"폐하, 저런 말을 듣고서도 좋은 답변을 하지 않으면 안 됩니다."

하고 왕을 흥분시켰다. 그러나 왕은

"나는 거짓말을 하지 않는다. 수레는 굴레, 바퀴, 멍에, 살 등과 같은 여러 가지 인연을 통틀어 방편상 세상 사람들이 부르는 명칭에 불과하다."

"그렇습니다. 바로 그것입니다. 대왕은 수레의 의미를 잘 체득했습니다. 먼저 대왕께서 저에게 물은 것도 꼭 그와 같습니다."

"아, 참으로 기묘한 일입니다. 나는 대단히 어려운 문제를 가지고 존자를 괴롭게 했으나 당신은 교묘한 대답을 하여 의심이 얼음같이 녹아 사라졌습니다. 만일 불타가 오셨다면 반드시 당신의 응답을 크게 칭찬하셨을 것입니다."

하고 감사하였다.

이것은 불교의 공空, 무아無我사상을 교묘하게 드러내 보인 대화다. 그야말로 천 편의 논문보다, 백 편의 소설보다 나은 비근하고도 적절한 비유인 것이다. 존재의 참모습은 한마디로 형용할 수 없는 것이다. 인간은 하늘에서 뚝 떨어진 것도 아니고 땅에서 푹 솟은 것도 아니며, 인과 연이 한데 모여 하나의 과를 형성한 데 이름을 붙인 것뿐이다. 그런데도 사람들은 그 공허한 이

름에 집착하여 희로애락을 연출하는 것이다.

우리 인생은 상승과 하락으로 가득 차 있으며, 어려움과 번영의 시기가 항상 지속되는 것은 없다. 우리의 삶은 항상 변화하며 그 변화에 적응하는 것을 배워야 수레바퀴의 살 속에 끼여서 바퀴를 헛돌리는 일을 하지 않게 되는 것 같다. 운명 그 자체는 스스로 조절할 수 있는 것이고, 수레바퀴는 분명히 누군가의 손에 의해서 돌려진다는 것을 랑연은 깊이깊이 깨닫고 있다. 더구나 그 운명의 수레와 살과 바퀴 그 어느 것도 정해진 의미는 없다는 것도 알게 되었다.

'공수래공수거空手來空手去'. 인생은 빈손으로 왔다 빈손으로 가는 것이거늘…… 무엇에 집착하고 무엇에 근심하랴. '걱정해서 해결될 일이라면 걱정할 필요가 없고, 걱정해도 해결 안 될 일이라면 걱정할 필요가 없다'라고 한 티베트의 경구처럼 말이다.

이제 랑연은 과거부터 두텁게 쌓인 업장을 녹여내려고 있는 힘을 다해 수행정진에 힘쓰고 있지만, 이따금씩 솟아올라오는 온갖 쓸데없는 번뇌 망상이 머릿속을 어지럽힐 때도 많다. 아직도 이것들을 완전히 끊어내지 못하다니 원망스럽기만 하다. 인간의 번뇌 망상이 얼마나 많기에 108가지의 번뇌가 있다고 한 것일까…….

그녀가 누구보다 번뇌가 깊다는 것을 선묵 스님은 알고 있었던 것일까? 랑연이 절에 들어와서 제일 먼저 그가 가르쳐준 것이 바로 '108번뇌煩惱'였다.

108번뇌란 소리[耳], 색[目], 맛[口], 냄새[鼻], 뜻[心], 감각[體]의 6가지에 좋음[好], 나쁨[惡], 중간[平等]의 3가지, 탐냄[貪], 탐내지 않음[不貪] 2가지, 전생[過去], 현생[現在], 내생[未來] 3가지를 모두 곱하여 나오는 숫자만큼의 번뇌를 말한다고 했다. 사람들의 마음이 모든 경계와 합일이 안 될 때 나타나는 온갖 현상을 바로 번뇌라고 하는데, 이토록 많은 번뇌의 굴레에서 우리 중생은 헤매는 것이라고 했다. 이 108번뇌를 다 끊어내면 그때는 해탈解脫의 경지에 드는 것이리라.

자신이 저지른 과오는 빠르면 즉시, 수년 후에, 수십 년 후에, 그것도 아니면 다음 생에 그대로 돌려받는다고 한다. 현생에 저지른 과오에 대한 벌을 현생에 다 받는다면 내생에선 행복할 수 있을지도 모른다고 스스로를 위로하며 고된 수행생활을 견뎌내고 있는 랑연이었다. 이따금 불쑥불쑥 랑연에게 내리치는 선묵 스님의 회초리가 너무 아프지만 한편 달콤했는지도 모른다.

"랑연아, 네가 과거에 어찌 살았든 그걸 탓할 사람은 아무도 없어. 하지만 항상 지나간 일을 참회하는 마음을 잊어선 안 된다. 또 어느 사람이고 자신을 과시해서도 안 된다. 겸손하고 양보하는 겸양지덕이 삶의 근본이요, 자신을 감싸주는 울타리니까. 뿔은 나 자신을 보호하고 상대를 제압하는 것이나, 오히려 가지에 걸려 내 몸을 망칠 수도 있음을 깨달아야 한다. 그 깨달음은 무슨 형식조건에 따르지 아니하고 내 본모습을 밝혀 이웃과 더불어 오붓이 살려야 되기에 겸손하고 양보함이 세상 가장 큰 덕목이라 믿고 살거라. 그렇게 자비慈悲의 마음으로 내 집을 짓게 되고, 인욕忍辱의 마음으로 내 옷을 삼아 산 이야말로 진정한 수행자가 되는 법이지."

이렇게 당근과 채찍을 함께 받으며 랑연은 스님의 그림자를 좇아 한발 한발 부처님의 자비로운 품안으로 다가서고 있었다. 속세에서의 랑연은 인정은 받지만 제대로 펼치지는 못하는 운명을 거스를 수 없었다. 그녀가 초등학생 때 큰언니의 단짝친구가 했던 말이 씨가 되었을까…….

"네 동생이 이다음에 성장해서 수녀나 보살, 스님이 되지 않는다면 내 손에 장을 지진다. 두고 봐. 내 말이 맞을 테니."

지나가는 말로 내던진 한마디였지만, 그녀는 결국 지금과 같은 모습으로 살 운명이었는지도 모른다. 스님이 그녀를 반강제적으로 부처님 품안으로 끌어들인 것도 바로 그런 이유였을 테니까……

　지금까지 아직 풋내기 어설픈 수행자로서 그 넓은 도량의 청소를 혼자 해내면서도 자신의 묵은 때를 함께 벗겨내고 있는 랑연에게 수시로 날아오는 스님의 채찍은 언제나 고마운 선물이 되고 있다.

　"인간은 누구나 다 정해진 시나리오대로 살다가 죽는 거여. 그러니까 생각대로 안 되면 안 되는 대로 생각해보면 답이 나오지. 금 중에서 제일 소중한 금은 바로 지금이니까 늘 '오유지족吾唯知足'의 삶을 살면 되는 거여.

　'오유지족'은 너와 내가 만족하니 더 이상 바랄 것이 없다. 오로지 나 스스로 만족하다고 느끼면서 사는 것, 현실을 긍정으로 받아주는 것을 의미하지. 한 시간 전보다는 바로 지금이 인간은 죽음을 향해 더 가까이 다가간 셈이거늘 뭘 분노하고 뭘 욕심내고 뭘 망설이겠는가? 허허허…… 그래서 부처님도 '탐食·진瞋·치痴' 삼독을 없애는 것이 바로 수행이라고 하신 게지……. 아무리 귀한 물건이라도 어리석은 사람이 지니면 남을 위해 베풀지도 못하고 자기를 위해 쓰지도 못하고 움켜쥐느라 갖은 애를 쓰다가 임종과 함께 잃게 되느니. 아함경에 나온 부처님의 귀한 말씀이시다."

　운명은 어느 날 갑자기 닥치는 것이 아닐지도 모른다. 우리의 흐르는 삶 속에 수많은 물음이 있고 그 안에서 우린 답을 얻거나 앞으로의 일을 짐작할 수도 있기 때문이다. 대부분 운명이었다고 말하지만 실은 자기 자신이 그렇게 만들어버렸다는 것은 까맣게 잊어버리기 십상인 것이다.

　빛과 그림자처럼……

랑연. 오늘도 먼 산을 바라보며 혼자 생각에 잠긴다.

'내 운명의 수레바퀴는 과연 누가 돌렸을까?'라고……. 🌼

제 6 장
윤회와 업보

    요즘 눈발이 자주 날리더니 창밖으로 보이는 감악산 산등성이에 쌓인 눈이 좀처럼 녹을 생각을 하지 않는다. 눈 치우는 것이 조금 힘겹기는 하지만, 장관을 이룬 감악산의 새하얀 설경을 접하는 것이야말로 겨울 산사에서만 느낄 수 있는 또 하나의 행복이다.

    조용히 창밖의 설경을 내다보던 선묵 스님이 이내 운을 뗀다.

    "시절 따라 살다 보니 법회에 참석하는 신도들의 숫자가 날이 갈수록 줄어들고 있어. 먹고 살기도 힘든 세상인데, 일일이 법회에 동참하기 위해 먼 산사까지 찾아온다는 게 쉬운 일은 아닐 게야."

    요즘 들어 혼잣말처럼 하는 이런 얘기를 랑연은 자주 듣고 있다.

    "하지만 불법을 설하거나 죽은 이를 위하여 재를 올리는 의식이 법회이니만큼 법회는 불자가 부처님의 가르침을 배우는 가장 거룩한 공간이고 생활을 점검하고 삶의 자세를 가다듬는 중요한 기회니까 의식 자체를 소홀히 해서는 안 되는 건데 참으로 걱정이구만. 또 이런 법회를 통해 불보살님께 향, 등(초), 과일, 차, 꽃, 쌀 같은 것을 공양하는 불공을 드리며 불자들의 소원성취를 빌 수 있는 것이고……. 불보살님께 올리는 상단불공, 신중단에 올리는 중단불공, 산신단, 영단에 올리는 하단불공 이 세 가지 의식은 불심을 키우는 데 꼭 필요한 것임을 모르는 불자가 많은 것이 안타까워."

"네, 스님. 신도들이 꾸준히 초하루 법회에 참석하시지 못하는 게 안타까워요. 저마다 사는 게 힘드신 걸 보고 이해를 안 할 수도 없는 형편이고, 그러면서 한편으론 옛날에는 아무리 멀고 힘들어도 어지간하면 법회에 참석한다는 불심으로 다니신 불자님들이 많았는데, 시절이 이만큼 변한 것이 안타깝기도 하네요. 지금 일본 청룡사처럼 큰 사찰도 법회에 참석하는 신도수가 반으로 줄었다나 봐요. 세상이 변하고 초과학적으로 발달하는 만큼 정말 미래에는 종교라는 의미 자체가 사라져버리는 건 아닐까 걱정스러워요, 스님."

"아니여. 물론 신앙심이 점점 사라져가는 현상도 심화되긴 하겠지만, 반대로 물질이 발달하면 할수록 사람들이 정신적인 믿음의 세계를 추구하는 현상도 오히려 깊어질 수는 있을 걸로 봐."

"스님 말씀을 듣고 보니 오늘날 종교가 떠안고 가야 할 확실한 지표 설정이 무엇보다 중요한 것 같아요. 이천오백 년 전에도, 지금도, 또 앞으로도 부처님이 계시는 건 엄연한 사실이잖아요."

다음날은 12월 초하루 법회였다. 선묵 스님은 법회에서 부처님이 설한 윤회의 실상에 대해 법문을 했다.

법문의 내용은 부처님이 법화경法華經을 설법할 때의 모임인 영산회상靈山會相에 계실 때 천이백 대중과 부처님의 십대 제자 중의 한 명인 아난존자를 위하여 말씀해주신 인과경因果經에 나온 이야기였다. 윤회나 업보에 대한 얘기는 불자들이 절에 다니는 이유나 가장 궁금하게 생각하고 있는 부분이기도 하니까 랑연을 비롯한 신도들은 두 눈을 반짝거리면서 그의 법문을 들었다.

"부처님 말씀에…… 인간의 행복이나 부귀영화 등 존귀함은 다 전생에 닦은 바 인연이 바탕이 되어 얻어지는 법이라 했습니다. 따라서 한 인간은 몸으로 태어나서 손과 눈이 같으며, 또 같은 태양과 달 아래서 같은 공기를 마시며 살았으되 착한 사람과 악한 사람, 또 잘사는 사람과 못사는 사람으로 나누어져서 그 삶이 각양각색이니 그 까닭은 자작자수_{自作自收}요, 인과응보_{因果應報}인지라, 곧 스스로 지어서 받기 때문입니다……

인간이 계속 업을 짓는다면 그 인간의 몸은 영원히 육도윤회_{六道輪廻}를 벗어나기 어렵다고 했는데, 육도윤회란 지옥, 아귀, 아수라, 축생, 인간, 천상의 세계를 하나의 영혼이 몸을 바꾸어 윤회하는 것을 말하며 그 모든 중생이 업을 소멸하여 깨달음을 가지면 불보살이나 부처의 세계로 영원히 윤회의 고통에서 해탈한다는 것입니다. 좀 길지만 우리 불자님들이 가장 궁금해 하는 얘기니까 잘 들어보시기 바랍니다.

금생에 태어나 사람으로서의 존귀함을 알고 이를 지켜 타인으로부터 칭송을 받으며 존경을 받는 사람은 전생에 부처님의 말씀과 그 법을 지키고 이를 끊임없이 남을 위해 가르쳐준 공덕입니다. 금생에 남의 스승이 되어 남을 가르치는 사람은 전생에 부처님의 경전을 설할 때 청정한 마음으로 듣고 새겨 행한 까닭입니다.

금생에 지혜가 높은 사람은 전생에 부처님의 말씀을 받들어 솔선하여 행하였기 때문입니다. 금생에 총명하여 재주가 좋은 사람은 전생에 경전을 널리 보급하여 스님이나 공부하는 이에게 도움을 준 인연입니다. 금생에 높은 자리에 올라 사람들을 통솔하는 이는 전생에 불상을 조성하였거나 불쌍한 사람들을 구제해준 까닭입니다.

금생에 건강하고 안락하게 잘사는 사람은 전생에 좋은 약을 공부하는 사람이나 스님에게 기꺼이 희사한 탓입니다. 금생에 부부 화목하고 귀자다복한 사람은 전생에 정법을 숭상하고 많은 선근의 인연을 맺은 까닭입니다. 금생에 음성이 고와서 사람들을 즐겁게 해주는 사람은 전생에 쇠를 희사하여 범종불사를 잘하였기 때문입니다.

금생에 많은 사람의 공경을 받는 사람은 전생에 빈부귀천을 가리지 않고 사람의 가치가 존귀함을 스스로 깨달아 이를 남들에게 가르쳐준 연고입니다. 금생에 눈빛이 맑고 얼굴이 밝은 사람은 전생에 부처님 앞에서 등불을 밝혀 고운 마음씨를 가졌기 때문입니다. 금생에 용모가 단정하고 우아하게 보이는 이는 전생에 향기로운 향이며 아름다운 꽃을 불전에 헌공한 공덕입니다. 금생에 즐거움을 잊지 않고 살아가는 사람은 전생에 꽃을 잘 가꾸고 자연을 사랑한 탓입니다.

금생에 부모를 모시고 화목하게 사는 사람은 전생에 여러 사람과 더불어 한 자리에 모여서 도를 닦고 불경을 청정한 마음으로 읽은 사람입니다. 금생에 부부 간에 화목하고 금실이 좋은 사람은 전생에 약속을 잘 지키고 신의를 존중한 탓입니다. 금생에 좋은 배필을 만나 행복을 누리며 잘살아가는 사람은 전생에 부처님의 경전을 많이 펴내서 널리 법보시 공덕을 베푼 인연입니다. 금생에 부귀영화를 누리는 사람은 전생에 재물을 탐내어 인색하지 않고 가난한 사람을 위해 서슴없이 보시 희사하였기 때문입니다.

금생에 남에게 시기를 당하거나 부당하게 천대받는 사람은 전생에 부처님 앞에서 절하면서 의심을 품은 탓입니다. 금생에 비천하여 사람답게 살지 못하는 이는 전생에 남을 학대하고 남에게 도움이 되는 일을 하지 아니하였으며, 또 비록 재물이 없어 보시공덕을 못 지을 적에 남에게라도 선행을 권유하는 일을 꺼린 연고입니다. 금생에 남에게 부림을 받아가며 갖은 일로 평생토록 살아가는 이는 전생에 손아랫사람이나 짐승을 함부로 학대하고 괴롭힌 과보입니다. 금생에 몸이 쇠약해서 병이 많은 사람은 전생에 악취를 남에게 뿌리며 부처님 앞을 더럽힌 탓입니다.

금생에 수명이 길고 그 이름을 떨쳐 태산 같이 높은 사람은 전생에 많은 생명을 보호하고 방생공덕을 베푼 때문입니다. 금생에 음식솜씨가 좋고 살림을 잘하는 여자는 전생에 부처님 앞에 지성껏 공양한 공덕입니다. 금생에 화합으로 매사를 도모해 나가는 사람은 전생에 거짓말을 하지 않고 청정한 계행을 지켜 항상 깨끗한 손으로 부처님께 향을 올렸기 때문입니다. 금생에 싸움을 일삼고 시비곡절을 지나치게 따지는 사람은 전생에 많은 사람을 괴롭힌 과보입니다.

금생에 자식에게 학대받는 남자는 전생에 처자를 돌보지 않고 다른 여자와 정을 통한 까닭입니다. 금생에 방탕한 자식을 두어 고통 받는 사람은 전생에 자식들이 보는 앞에서 음행을 하였기 때문입니다. 금생에 아들딸이 없어서 외롭게 사는 사람은 전생에 꽃을 함부로 꺾고 자연을 해친 업보입니다. 금생에 남편을 잃고 혼자 고독하게 사는 여자는 전생에 사람들을 괴롭히고 남편을 괄시하여 학대한 탓입니다. 금생에 상처하고 혼자 홀아비로 지내는 사람은 전생에 연약한 사람들을 구박하고 자기 아내를 천대하며 괄시한 연고입니다.

금생에 일찍이 부모를 잃고 고아로 살아가는 이는 전생에 부모를 업신여기며 학대하거나 윗사람을 업신여긴 업보입니다. 금생에 약한 사람을 괴롭히고 강한 사람에게 아부하는 이는 전생에 권세를 믿고 방자하게 행동하고 간교한 짓을 일삼았기 때문입니다. 금생에 뜻하지 않은 재난으로 불구의 몸이 되거나 가족을 잃는 이는 전생에 불경의 말씀이나 스승의 가르침을 어기고 많은 사람의 뜻을 거역한 탓입니다.

금생에 단명한 사람은 전생에 함부로 살생하고 뭇사람의 마음과 몸을 괴롭힌 과보입니다. 금생에 맛좋은 음식을 두고도 위장이 나빠서 먹지 못하는 사람은 전생에 부처님 앞에 놓여 있는 음식을 훔쳐 먹었거나 남보다 먼저 먹은 탓입니다. 금생에 눈이 붉고 충혈이 심한 사람은 전생에 길 인도를 잘못한 때문입니다. 금생에 살다가 우연찮게 어두워지는 것은 전생에 부처님 앞의 등불을 입으로 불어 끈 탓입니다. 금생에 병신이 된 사람은 전생에 부처님 앞에 있는 향로를 타넘고 경전을 타넘은 업보입니다.

금생에 몸에서 악취가 나는 사람은 전생에 부처님 앞이나 남의 면전에서 추한 모습을 보였거나 더러운 꼴로 출입한 탓입니다. 금생에 성불구가 되어 고통을 받는 이는 전생에 자기 배우자가 아닌 사람과 통정을 하였거나 강제로 음욕을 채운 과보입니다. 금생에 얼굴이 누추하여 보기 흉한 사람은 전생에 몸맵시가 좋은 사람을 시기하되 스스로 몸을 돌보지 않은 까닭입니다. 금생에 짐승으로 태어나 소와 말의 신세로 고생하는 것은 전생에 은혜와 의리를 저버리고 남의 빚을 갚지 않았기 때문입니다.

금생에 제 명대로 못살고 자살하는 사람은 전생에 개천 물을 막고 독약을 풀어서 물고기를 잡은 업보입니다. 금생에 천재지변을 만나 참변을 당하는 사람은 전생에 재물을 탐내 저울이나 말수를 속여 가로챈 탓입니다. 금생에 맹수나 독사에게 물린 이는 전생에 불법승 삼보를 거역하고 싸움질로 원수를 갚았기 때문입니다.

이 중에서도 불법승 삼보를 거역함이 제일가는 죄업이 되고 부모를 거역하며 은혜를 저버리는 것은 결국 사람다운 사람이 될 수 없으며 죽어서 지옥이나 악도에 떨어지게 됩니다.

윤회설에 관한 법문을 하면서 선묵 스님은 개에 얽힌 재미있는 불교설화도 곁들였는데, 특히 불자들에게 개를 음식으로 먹는 것을 금하는 이유를 강조하고 있었다.

머리가 파뿌리처럼 흰 노파 하나가 염라대왕 앞에 끌려 나왔습니다.

"그래, 너는 어디서 뭘 하다 왔느냐?"

"예, 신라 땅에서 농사를 지으며 살다 왔사옵니다."

"신라 땅이라니, 그 넓은 땅 어디서 살았단 말이냐?"

"예. 경주라는 고을이옵니다."

"평생 뭘 하고 살았는지 재미있는 세상 이야기를 좀 자세히 말해봐라."

"예, 분부대로 아뢰겠습니다."

노파는 허리를 굽실거리며 이야기를 시작했어요.

"저는 일찍이 남편을 여의고 어린 딸과 아들 하나를 키우느라 평생 고생하며 살았습니다."

"그래, 혼자서 아들딸을 키웠단 말이냐?"

"예, 시집 장가 보내놓고도 줄곧 집에만 있어 별다른 이야기가 없사옵니다."

노파의 말에 염라대왕은 싱겁다는 듯 좌중을 한 바퀴 돌고는 한마디 더 건넸다.

"그래, 집밖 세상은 제대로 구경도 못했단 말이냐?"

"그러하옵니다. 저는 집만 지켰기에 방귀신이나 다름없사옵니다."

"뭐 방귀신? 이 늙은이 입이 매우 사납구나."

염라대왕은 화가 머리끝까지 올라 벽력같이 고함을 쳤습니다.

"방귀신이었다니, 개새끼나 되어 아들 집이나 지키게 해라."

염라대왕의 불호령이 떨어지자 나졸들은 노파를 끌고나가 개로 만들었습니다. 이승에 있던 노파 아들 박 씨 집에서는 개 한 마리를 기르고 있었는데 갑자기 배가 불러지더니 한 마리의 새끼를 낳았답니다.

"어쩌면 꼭 한 마리만 낳았을까?"

아내가 예뻐 어쩔 줄을 몰라 하자 남편도 곁에서 맞장구를 치며 좋아했지요.

"고거 참 예쁘기도 하구나. 아무래도 보통 강아지가 아닌 것 같구려."

이렇듯 내외의 사랑을 받으며 강아지는 날이 갈수록 건강하게 무럭무럭 자랐습니다.

강아지가 커서 중개가 되자 박 씨 내외는 집안을 개에게 맡겨두고 온종일 들판에 나가 일했는데, 대낮에 도둑이 들었다가도 개가 어찌나 사납게 덤벼들어 물고 늘어지는지 도둑은 혼비백산하여 짚신마저 팽개치고 달아났어요. 그러나 신통하게도 동네사람에겐 꼬리를 흔들며 더없이 얌전하고 친절하게 반겼고, 그래서 동네사람들은 이 개를 영물이라 부르며 귀여워했습니다.

그러던 어느 날, 삼복더위에 밭일을 마치고 돌아온 박 씨는 갑자기 개를 잡아먹고픈 마음이 생겼지요.

"저걸 그냥 푹 삶아놓으면 먹음직하겠구나. 거기다 술 한 잔을 곁들이면 그 맛이란……."

박 씨는 생각만 해도 군침이 돌았고, 그는 이튿날 아침 동이 트는 대로 개를 잡으리라 마음먹었어요. 개를 잡으면 혼자만 먹을 것이 아니라, 오랫동안 고기 구경을 하지 못한 마누라도 포식 좀 하게 하고, 건넛마을 누이 집과 고개 넘어 딸네집도 다리 하나씩 보내리라 작정했습니다.

그러나 자고 나니 개가 기척이 없이 자취를 감춰버렸어요. 마을 어디 있으려니 싶어 아내를 내보내 찾도록 한 박 씨는 콧노래를 부르며 숫돌에 칼을 갈았어요. 칼날을 세워놓고 아무리 기다려도 개를 찾으러 나간 아내는 점심때가 되도록 돌아오질 않았고, 기다리다 지친 박 씨는 그만 화가나서 아내를 탓하며 자기도 찾아 나서는데 마침 아내가 마당으로 들어섰습니다.

"아니 여보, 개는 어떡하고……?"

"아무리 찾아도 흔적조차 없습니다."

"이런 빌어먹을……."

아내를 나무라며 개를 찾아 나선 박 씨 역시 해질녘 빈손으로 돌아왔습니다. 누구 하나 본 사람조차 없다니 참으로 이상한 일이었지요.

한편 고개 넘어 박 씨 딸은 새벽밥을 짓다가 성큼 부엌으로 들어오는 개를 보고 깜짝 놀랐습니다.

자세히 보니 친정집 개였고, 반가워서 쓰다듬어 주니 개는 눈물을 주룩주룩 흘리며 숨겨달라는 듯했습니다. 아무래도 이상하다 싶어 박 씨 딸은 밥을 주고 마루 밑에 자리를 마련해놨는데, 개는 다시 눈물을 흘리며 마루밑에 들어가 꼼짝도 하지 않았어요. 그런 일이 있은 지 며칠 후 박 씨 집에 스님 한 분이 들렀습니다.

스님은 문 앞에 선 채 말없이 박 씨의 얼굴을 뚫어지게 쳐다봤어요.

"아니, 스님, 왜 그리 쳐다보십니까?"

"허허, 큰 잘못을 저지르려 하는구려."

"스님, 무슨 말씀이신지요?"

"댁에 분명히 개 한 마리가 있었지요?"

"아니, 그걸 어떻게 아십니까?"

"그 개가 며칠 전 자취를 감췄지요?"

박 씨는 의아하게 생각돼 스님을 안으로 모셨는데, 천천히 걸음을 옮겨 마루에 걸터앉은 스님은 뭔가 골똘히 생각하더니 다시 입을 열었지요.

"그 개가 바로 돌아가신 당신 어머니입니다. 당신 집을 지켜주려고 개로 환생하여 오셨는데 잡아먹으려 하다니, 쯧쯧쯧!"

"아니 뭐, 뭐라고요? 개가 어머니라고요? 마, 말씀을 자세히 해주세요."

기겁을 한 박 씨는 스님의 장삼자락을 잡고 어쩔 줄 몰라 했지만, 스님은 눈썹 하나 까딱 않고 말을 이었습니다.

"그 개가 지금 재 너머 당신 딸네 집에 숨어 있으니 얼른 모셔다 효성을 다

하도록 하시오. 그렇지 않으면 대대로 가운이 멸할 것입니다."

뒤통수를 얻어맞은 듯 넋을 잃고 서 있던 박 씨는 부랴부랴 누이의 집으로 달려갔어요. 이 사연을 들은 누이도 펄쩍 뛰었습니다. 두 사람은 다시 개가 숨어 있는 박 씨의 딸네 집으로 줄달음쳤습니다.

"어머니 어디 계시냐?"

숨이 턱에 차게 몰아쉬며 다급하게 묻는 말에 박 씨의 딸은 영문을 몰라 어안이 벙벙했어요.

"아, 네 할머니 말이다. 할머니."

"할머니라뇨?"

"응, 저기 계시구나! 어머니, 어머니!"

박 씨는 마루 밑으로 기어들어가며 울부짖듯 '어머니'를 외쳤지요.

고모를 통해 자초지종 사연을 들은 딸도 그제야 눈물을 흘렸습니다.

"어머님, 전생에 못한 효성 이제라도 해 드리겠습니다."

박 씨는 개를 등에 업고 팔도유람을 시작하여 이튿날부터 명승고적과 명찰을 두루 살폈습니다.

그러던 어느 날, 고향 근처에 다다른 박 씨는 잠시 쉬다가 자기도 모르게 잠이 들었는데, 잠깐 졸다가 깨보니 등에 업은 개가 없어졌습니다. 사방을 찾아보니 개는 앞발로 흙을 긁어 작은 웅덩이를 마련해놓고 자는 듯 죽어 있었지요. 박 씨는 슬퍼하며 그곳에 묘를 쓰고 장사지냈습니다. 그후 박 씨 일가는 가세가 번창하여 부자가 됐습니다. 경북 월성군 내남면 이조리 마을엔 아직도 이 무덤이 남아 있어 오가는 이에게 효심을 일러주고 있다고 합니다.

"개는 절대 먹이 주는 사람의 뒤꿈치를 물지 않는 법입니다. 하물며 사람이 자신을 위해준 사람의 등에 비수를 꽂는 것과 마찬가지의 행동을 한다면 개만도 못한 인간이 되지 않겠어요? 또한 개는 의리와 충성이 강한 동물이니만큼 적어도 윤회사상을 믿는 불자라면, 말로만 반려동물이라 하지 말고 음식으로 섭생하는 개고기는 삼가는 게 좋습니다. 개는 죽어서 사람으로 환생하고, 또한 사람이 죽어서 개로 환생할 경우가 제일 많기 때문입니다."

　오늘 법문은 이렇게 끝을 맺었는데, 선묵 스님은 설화를 예로 들어 자주 법문을 하는 편이다. 아마 재미있는 설화를 통해 불자들에게 보다 쉽고 재미있게 불법을 전하려고 하는 뜻일 것이다.

　율림원에도 밖을 지켜주는 해탈이, 곰순이, 곰돌이가 있고, 안을 지켜주는 금강이까지 네 마리의 개를 키우는데, 이제는 피를 나눈 가족보다 더 진한 정을 느끼는 둘도 없는 절 식구가 되었다. 단 하루의 휴가 한번 없이 밤낮을 꼼짝 않고 절을 지킨다. 절대 깊은 잠 한번 자지 않고 말이다. 그뿐인가. 주인을 발견했을 때 단 한 번도 꼬리를 흔들지 않은 적이 없었다. 생각하면 할수록 고맙기 그지없는 존재가 바로 그들이 아닌가?

　랑연은 부처님의 윤회와 업보에 관한 법문을 들으니 모골이 송연해짐을 느꼈다. 또 왜 사람은 저마다 다른 처지와 상황을 가지고 태어나고 살고 죽게 되는 것인가 항상 궁금했는데, 오늘 그 해답을 얻은 것만 같았다. 아무 죄도 저지르지 않은 순진무구한 갓난아기도 기형아가 있는가 하면 소아암 같은 못된 질병에 걸리는 일도 있기 때문이다. 아마도 현생에서 저지른 죄가 아닐지라도 전생에서 저지른 죄로 인한 업보일 것이다.

　불교시집의 하나인 〈출요경出曜經〉에 보면, "나무를 베되 뿌리를 베지 않으면 나무는 다시 자란다. 집착과 애착, 애정의 나무를 베더라도 그 뿌리를 뽑지 않으면 집착과 애정은 다시 자란다. 마치 우리가 만든 화살이 우리 자신을 해치듯 집착과 애정이라는 화살은 우리 중생을 다치게 한다."고 했다. 이렇듯 갈애와 탐욕의 화살은 우리를 끊임없이 육도생사 속에서 유전케 하니 이 얼마나 고통스러운 일인가?

어떻게 하면 끊임없이 타오르는 애욕의 불길을 잠재워 윤회의 고통을 벗어날 수 있을까? 그것은 바로 지혜의 빛으로 업장과 무명을 비추어 밝히는 것이며, 지혜의 날카로운 칼로 윤회의 쇠사슬을 끊어버리는 것이리라.

랑연은 이제라도 이런 윤회의 사이클을 알도록 부처님 도량으로 길을 이끌어준 선묵 스님에게 다시금 고마움을 느낀다. 새삼 사방의 순백의 설산이며 푸른 산이 다 보이도록 커다란 유리창으로 둘러싸인 이 신식 절간도 고맙기는 마찬가지다. 산천경지를 유리창 너머로 바라보며 그녀의 깨달음도 조금씩 조금씩 깊이를 더해가고 있었다. ✤

제 7 장
전생 이야기

산사로 올라오는 언덕길이 풀 향기로 가득히 채워지기 시작하면, 때는 바야흐로 봄의 계절이다. 랑연은 봄만 되면 이 풀내음에 취해 온몸이 마비되는 것만 같은 짜릿한 전율을 느꼈다.

따사하게 스치는 봄바람을 맞으며 돌 틈 사이의 온갖 꽃들, 풀들…… 엉겅퀴보다 조금 작은 지칭개, 만지면 노란 물이 들어 지워지지도 않는 애기똥풀, 쑥, 돼지풀, 칡넝쿨들이 무수히 촉을 틔운다.

애기똥풀은 줄기를 자르면 노란 진액이 나오는데, 마치 애기똥 같은 색깔을 띠므로 그런 이름이 지어졌다. 고 녀석이 회향목이나 철쭉 사이로 삐죽 고개를 비집고 나오면 랑연은 얼른 뿌리째 뽑아버리기 일쑤였다. 그런데 이 흔한 비호감非好感 잡초가 만병통치약으로도 쓰인다니 참 재미있는 자연의 섭리가 아닌가? 지천에 깔린 지칭개 역시 상처 난 데 붙이면 그만이라니…….

골칫거리에다 지저분하게만 느껴졌던 잡초들이 꽤 쓸 만한 구석도 있다는 생각이 들자 그녀는 새삼 자연의 모든 살아 있는 것에 대한 경외감이 느껴졌다.

선과 악. 이 두 가지가 교묘하게 공존하고 있는 세상. 그 한가운데에 낯설게 서 있는 인간이란 존재는 선과 악 양편에 어정쩡하게 다리 하나씩을 걸치고 서서 이쪽저쪽을 오가며 힘겨운 생의 여정을 하루하루 꾸려가고 있는 건 아닐까…….

이제껏 여러 차례 한국에 들어온 아미는 조금씩조금씩 몸도 마음도 치유되고 있는지 처음에 창백했던 안색도 많이 좋아진 것 같았다.

따스한 햇살이 포근히 내려앉는 어느 봄날.

아래 요사채 옥상에 말리고 있는 약쑥을 걷으러 랑연이 옥상으로 오르는 철 계단을 반쯤 올랐을 때였다. 뒤쪽에서 갑자기 쿵하는 굉음이 들려 깜짝 놀라 돌아보니, 아미가 5층 사리탑 앞에 쓰러져 있었다.

랑연을 뒤쫓아 오던 아미가 평지의 잔디밭에 맥없이 쓰러져 있는 것이었다. 혹시 숨을 쉬지 않는 건 아닐까 놀란 나머지 랑연은 두 발이 그 자리에 얼어붙는 것만 같았다.

일본에서도 쇼핑을 하다가 갑자기 길바닥에 쓰러져 의식을 잃고 또 아무렇지도 않게 툭툭 털고 일어나곤 했다는 얘기를 듣기는 했지만, 실제로 눈앞에서 쓰러져 있는 아미를 보니 어이가 없었다.

"아미, 아미, 왜 그래? 정신 좀 차려봐! 아, 어떡하지?"

아무리 흔들어 깨워도 아미는 의식이 돌아오지 않았다. 마치 깊은 잠에 빠져버린 잠자는 숲속의 공주처럼…….

그러나 다행히 숨은 잘 쉬고 있었다. 전혀 아픈 곳도 없는 듯 평온하고 고운 얼굴. 어딘가 모르게 미소마저 머금고 있는 얼굴이었다.

한참을 잔디밭에 누인 채 바라볼 수밖에 없었던 그녀는 하는 수 없이 온 힘을 다해 키가 크고 하체의 근육이 꽤 발달해 제법 체중이 나가는 아미를 억지로 일으켜 세우기로 했다. 반쯤 일으켜 세우고 랑연 쪽으로 상체를 기대고 보니 다행히 어디 하나 다친 데도 없고 무사해 보였다.

얼마 후 그녀는 조금 정신이 돌아오는 듯했다.

"엄마…… 아, 괜찮아요. 미안해요. 저 때문에 놀라셨죠?"

"아냐, 난 괜찮아. 정말 괜찮은 거야? 대체 무슨 일이야?"

"그게…… 흑흑…… 오빠가 쫓기고 있었어요. 사람들이 마구 싸우고…… 오빠는 동굴 쪽으로 도망쳤는데, 어디로 갔는지 모르겠어요. 오빠를 구해야 하는데……."

"오빠? 무슨 오빠? 아미한테 오빠가 있었어?"

"아뇨. 아마 전생에 저의 오빠였던 것 같아요."

"무엇 때문에 오빠가 도망을 쳤는데?"

"오빠는 순교자였어요. 무수한 사람이 오빠를 따랐고, 그들을 박해하는 사람들이 쳐들어와 큰 싸움이 일어난 것 같았어요. 근데 제가 오빠 손을 꼭 붙잡고 있다가 그만 놓치고 말았어요. 오빠가 쫓기고 있었어요. 어떡해요? 오빠를 구해야 하는데……. 많은 사람이 다치고 죽었어요. 아, 오빠……."

"아미야. 우선 정신을 차리고 안으로 들어가서 좀 쉬자."

"네, 그럴게요."

랑연의 부축을 받아 2층 그녀의 방으로 간신히 올라간 아미는 방바닥에 푹 쓰러지듯 누워버렸다. 아마 잔디밭에 쓰러져 있는 동안 전생의 세계에 다녀온 모양이었다. 어떻게 이런 일이 있을 수 있을까? 최면에 걸린 것도 아니고, 조용히 잠을 자다가 꿈을 꾼 것도 아니고, 훤한 대낮에 약쑥 걸으러 옥상에 올라가던 그녀가 어떻게……. 혹시 그녀가 잠깐 동안 유체이탈幽體離脫이라도 했다는 것인가…….

아미가 다시 눈을 감아버리자 그녀는 조용히 문을 닫고 나왔다. 좀 쉬게 할 작정이었다.

얼마나 지났을까? 조금 걱정이 되어 다시 아미의 방으로 들어가 보았다. 아미는 자리에서 일어나 침대에 등을 기대고 조용히 앉아 있었다.

"그런데요. 엄마."

"응. 왜?"

"방금 저 혼자 눈을 감고 있는데, 오빠 친구라면서 어떤 남자가 다녀갔어요. 모습이 동양인은 아닌 것 같았어요."

"그럼 전생에 너와 너의 오빠는 서양인?"

"네, 그곳은 분명히 이탈리아였어요. 그 오빠 친구라는 분이 저와 오빠는 쌍둥이였대요. 그리고…… 오빠는 저처럼 이 세상 어딘가에서 살고 있을 텐데 다시 만날 수는 없는 걸까요? 엄마. 그 말을 들으니까 정말 오빠가 보고 싶고 마음이 아팠어요. 아까 제가 오빠를 지켜주지 못했으니까……."

아미는 눈에 눈물이 그득 고여 왔다. 문득 랑연은 지금 이 순간이 꿈인지 현실인지 도통 짐작할 수 없었다.

"그리고…… 그 오빠의 친구는 저를 스콜라스티카라고 불렀어요. 스콜라스티카? 그녀는 누구일까요?"

모태신앙이 천주교였던 랑연은 스콜라스티카라는 이름을 어디선가 들어본 듯한 느낌이 들었다. 너무 궁금해서 인터넷으로 스콜라스티카라는 이름을 검색창에 치고 엔터키를 누른 순간 깜짝 놀라지 않을 수 없었다.

스콜라스티카…… 그녀는 그 유명한 베네딕토 성인의 쌍둥이 누이동생이었던 것이다. 아…… 아미가 전생에 베네딕토 성인의 쌍둥이 누이동생인 스콜라스티카였다고? 남들은 믿거나 말거나 랑연은 정말 그랬을지도 모른다는 생각에 머리끝이 쭈뼛하게 서는 것 같은 전율을 느꼈다.

베네딕토 성인은 480년경 이탈리아의 명문가에서 태어나 로마에서 공부하던 중 도덕적 타락과 분열된 교리, 사람들이 전쟁으로 고통 받던 당시의 로마에 회의를 느끼고 신부가 되었다. 그러나 그곳에서 자신이 일으킨 기적을 숨기고자 결국 수비아코의 한 동굴에서 3년 동안 은둔생활을 하기에 이르렀다.

그의 성덕을 시기한 악마는 그에게 아름다운 여인의 모습을 떠오르게 하여 정욕을 일으켰으나 가시밭에 맨몸을 뒹굴려 유혹을 물리침으로써 정욕에서 해방되었고, 그의 금욕주의는 마침내 중세 수도원 규칙의 핵심이 되었다.

성녀 스콜라스티카 역시 그와 얼마 떨어져 있지 않은 곳에 수녀원을 세우고, 쌍둥이 남매는 죽을 때까지 일 년에 한 번씩 만나 영적 문제를 토론하면서 만남의 시간을 가졌다.

아미와 성녀 스콜라스티카⋯⋯. 선묵 스님이 아미에게 최면을 걸었을 때도 아미는 그 세계 속에서 자신이 많은 사람과 큰 지도자인 오빠와 함께 동굴에 있었다고 했다. 그때는 그냥 그런가보다 생각했지만, 그녀가 현실 속에서도 전생의 세계를 갔다 오기도 하고 구체적으로 성녀의 이름까지 언급하고 있다고 생각하니 기가 막힐 따름이었다. 정말이지 이젠 랑연조차 현실에서 이탈되어버린 듯한 멍한 상태로 아미의 방으로 향했다.

"아미야. 넌 어쩌면 정말로 성녀였는지도 몰라. 너의 쌍둥이 오빠는 베네딕토 성인이래. 어떻게 이런 일이 있을 수 있니⋯⋯. 넌 지금까지 한 번도 남에게 화를 내본 적이 없다고 했지? 사람이면 어떻게 화를 내지 않을 수 있을까 의심했는데, 넌 전생에 정말 성녀였을지도 몰라."

랑연은 불현듯 청룡사 주지 요시이 스님이 떠올랐다. 지난번에 아미가 요시이 스님과 사중스님들, 그리고 50여 명의 신도와 함께 미국 캘리포니아 주에 있는 요세미티 국립공원의 파워 스폿에 다녀온 일이 있었다. 그곳에서 그녀는 2,000m 고지에서 그들과 함께 머물며 열흘 동안 기도를 하고 왔는데, 그때 주지스님과 자신은 전생에 쌍둥이였다는 메시지를 받았다고 했다.

요세미티 국립공원은 미국 시에라네바다 산맥 서쪽의 산악지대에 있으며, 정상은 해발 2,800m나 된다. 청룡사에서는 매년 한두 번씩 이 요세미티 국립공원의 파워 스폿 순례를 가고 있는데, 2,000m 고지에 있는 방갈로 같은 데서 숙박을 하고 간단한 먹을 것으로 식사를 해결하는 고행의 순례를 한다고 한다. 그곳에서 아미는 요시이 스님을 도와 신도들에게 수많은 메시지를 받아 알려주는 신녀의 역할을 하고 있었다.

요시이 스님은 아미와 아주 닮은 점이 많다. 아미가 아프면 거의 그도 아팠다. 서로 떨어져 있을 때도 마치 이란성 쌍둥이처럼 많은 부분을 같이 느끼고 있지만, 현실적으로는 그저 스승과 제자의 관계일 뿐이다. 평범한 사제관계라면 그렇게 늘 그림자처럼 붙어 있을 수는 없을 것이다.

그녀가 한국에 있을 때의 상태를 전화 속에서 그는 거의 정확하게 알아맞힌다. 그가 스님으로서 어떤 능력을 가지고 있는지는 모르지만, 적어도 아미와는 아무리 먼 거리라도 보이지 않는 투명한 줄로 연결되어 있는 것만 같다.

영적인 신의 세계에서는 아미가 선묵 스님의 세계로 연결되어 있지만, 물리적으로는 틀림없이 그 요시이 스님과 밀접하게 연결되어 있는 것이라고 랑연은 느끼고 있었다.

"아미야. 혹시 너희 주지스님이 너의 쌍둥이 오빠인 베네딕토 성인 아닐까? 내가 너무 오버하는 건지는 몰라도…… 아무리 생각해도 주지스님과 너와의 관계는 특이하다는 생각밖에 안 들어. 너도 요세미티에서 주지스님과 쌍둥이였다는 메시지를 받았다고 했지?"

"어머나, 엄마, 맞아요. 그때 제가 쌍둥이라는 말을 했죠? 이제 기억나요. 너무 신기해요."

"맞아, 아마 틀림없을 거야. 그렇지 않고서는 너희 주지스님과 너와의 기묘한 관계는 도저히 설명이 안 돼."

"네. 그럴지도 몰라요. 저하고는 이상이 맞지 않는 부분도 더러 있지만 저를 가장 잘 알고 느끼는 분인 것도 사실이니까요."

"오늘 있었던 얘기를 한번 해봐. 뭐라고 그러시나······."

"네, 엄마. 그럴게요."

사실 그녀를 일본의 마더 테레사로 만들고 싶다고 한 사람은 요시이 스님이었다. 단 두세 명의 신도를 가지고 오두막 같은 법당으로 시작한 절이 세계적인 유명잡지에까지 실릴 정도의 현재 청룡사로 거듭나기까지 아미의 역할은 지대한 것이었다. 자그마치 15년 동안 아미는 그의 옆에서 그림자처럼 그를 도왔고 그와 고락을 함께했다. 어떻게 생각하면 일반 남녀 사이로 오해받을 만큼 가까운 거리에 그녀가 항상 있었지만, 단순한 관계로 생각하기에는 너무나 미스터리한 부분이 많은 게 사실이었다.

그는 정말 아미의 쌍둥이 오빠였을까······.

이제야 요시이 스님과 자신의 미스터리한 관계를 풀 수 있는 열쇠를 쥐게 되었다는 듯 아미는 혼자서 고개를 끄덕이다가 이내 말을 이었다.

"엄마. 어제는 낮에 잠깐 누워 있는데 땅이 갈라지는 거예요. 그러더니 온천물처럼 뜨거운 물이 부글부글 끓고 있는데 누군가가 저보고 그 물에 들어가면 수많은 지옥에 빠진 중생이 살려달라고 아우성을 치고 있다는 거예요. 네가 그 물에 들어가서 그들을 구제해줄 수 있겠냐고 묻더라고요. 단, 그 물에 한번 들어가면 다시는 못 나오게 될지도 모른다고 하면서······.

전 곧바로 대답했죠. 들어가겠다고. 영영 돌아오지 못하더라도 들어가서 그들을 구제하겠다고 말예요. 그러곤 들어갔어요. 쑤욱······ 마치 늪에 빠지는 것만 같은 기분이었어요. 아주 많이 두려웠죠. 하지만 전 주저하지 않았어요. 죽음은 이미 제겐 아무런 의미가 없는 거라는 걸 늘 느끼면서 살아왔으니까요. 깊은 곳에 이르자 정말 수많은 사람이 그 지옥 같은 곳을 빠져나오려고 아우성치는 모습이 아수라장이 따로 없는 광경이었어요.

전 말했어요. '제가 구해드릴게요. 조금만 기다리세요.'라고요. 그러곤 어느

샌가 제 몸이 붕 떠오르는 것 같더니 이내 전 그 열탕 밖으로 머리를 내밀고 있었어요. 전 죽지 않았던 거죠. 신은 제게 어떤 일을 시키시려고 이토록 시험을 하시는 건지……. 이런 식의 환영을 보거나 꿈을 꾸는 건 저의 일상이에요, 엄마."

이런 얘기를 할 때의 아미는 너무나 청순한 어린 소녀 같았다. 마치 아이들이 보는 판타지 만화 얘기를 듣는 것 같았기 때문이지만, 한편 가슴이 섬뜩하리만큼 그녀가 신비한 존재로 보이기도 했다.

그녀는 정말 초능력을 갖춘 존재일까? 아무리 현실 속에서 일어나는 일이 아니지만, 어떻게 그 열탕 속에 들어가겠다고 태연히 말할 수 있었단 말인가? 랑연은 이 이야기를 들으면서 아미가 우리네 보통 인간들과는 한참 다른 인간이라는 생각밖에 들지 않았다. 아미는 현생에서 과연 어떤 모습으로 삶을 꾸려갈지…….

이제 얼마 안 있으면 사월 초파일이 돌아온다. 이날은 석가모니불의 탄생일로서 불자들은 꽃과 연등을 불전에 공양하고 거리 곳곳에서 제등행렬도 화려하게 펼쳐질 것이다. 일본은 양력을 쇠니까 부처님 탄생일이 양력 4월 8일이고, 우리는 음력 4월 8일이다. 같은 불교국가이지만 부처님의 탄신일도 다른 날에 지낸다는 게 신기하게만 여겨진다.

옛 인도에서는 부자들의 등은 비바람 몰아친 밤에 모두 꺼졌고, 가난한 여인이 지극한 마음으로 켜 올린 등불 하나는 오래도록 꺼지지 않았다고 하는 '빈자일등貧者—燈'의 이야기가 전해져온다.

연등은 가난한 이의 가슴에 황금이 되어 박히고, 고통 받는 이나 슬픔에 눈먼 사람의 눈가로는 한 떨기 미소가 되어 타오르기도 한다. 부처님께 바치는 육법공양 중에 으뜸은 바로 지혜를 뜻하는 등공양인데, 등은 번뇌와 무지로 어두운 무명無名의 세계를 부처의 지혜로 밝혀 달라고 바치는 것.

어둠을 살라 욕심과 노여움과 어리석음, 삼독三毒을 지워달라고 공양을 올리는 것이다.

선묵 스님은 아무리 어려운 일이 닥칠지라도 그 어둠만을 저주하기보다 토막촛불이라도 한 구석에 밝히는 지혜가 필요하다고 했다. 해마다 이맘때쯤이면 랑연은 이 빈자일등의 이야기처럼 지혜의 등불을 켜서 가슴속에서 절대 꺼뜨리지 말아야겠다고 다시금 다짐한다. 🪷

제 8 장
스쳐간 발자취

"혼자만 부른 배뙤지. 토해내라! 토해내라!"

회사 건물 현관 앞으로 여러 장의 현수막이 나부꼈다. 바람에 너풀거리는 하얀 현수막 위론 핏빛으로 갈겨 쓴 이 같은 문구들이 난무했다.

푸른 꿈을 안고 입사한 직장이 일 년도 채 지나지 않아 아수라장이 된 것이다. 기나긴 방황을 끝내고 공채로 입사한 대형 출판사. 랑연의 나이 아직 스물아홉 살. 지금 생각하니 청춘이다.

노조였다. 지금 같으면 붉은 악마의 붉은 티셔츠가 나라의 상징적인 색깔이 되어 전 세계에 붉은 물결을 수놓기도 하지만, 그 당시만 해도 붉은색은 그들만의 상징적인 색깔인 듯했다.

"빨갱이 새끼들…… 가만 안 두갔어."

이북이 고향인 회장은 특유의 강한 악센트가 들어간 이북 사투리로 화이트칼라의 편집노조를 만든 적색분자를 반드시 색출해내고야 말겠다는 강한 의지를 이렇게 내보였다.

한두 명으로 시작한 편집노조는 백여 명이나 되는 편집국 식구들 거의 대부분을 잠식해 들어가 결국은 랑연 한 사람만을 제외한 모든 편집국 직원이 노조에 가입하기에 이르렀다.

그녀는 왜 혼자서 외로운 선택을 하게 된 것일까?

편집 에디터들은 이제 더 이상 책을 만들지 않았다. 노조위원장이 그녀를 몇 번이고 찾아와 좋은 말로 가입을 종용했다.

"도대체 왜 노조를 만든 거죠?"

"회장이 혼자서만 배를 불리니까……."

"이 회사가 우리에게 월급을 안 주나요?"

"그건 아니지만 더 많은 월급을 받기 위해서는 노조를 결성할 수밖에 없소."

"회장이 부자인 건 그의 몫일 뿐, 우리가 상관할 문제는 아닌 것 같은데요."

"아무튼 당장 노조에 가입하세요. 당신 때문에 우리가 불리하단 말예요."

"난 절대 노조에 가입할 생각이 없어요. 난 자유 민주국가 대한민국 국민의 한 사람으로서 누구도 내게 노조에 가입하라 마라 강요할 사람은 없다고 생각하니까……."

"그럼 노조에 가입하지 않는 이유가 무엇이오?"

"난 이념이니 사상이니 하는 건 몰라요. 노조 자체를 부정하는 것도 아니고요. 하지만 난 그저 책을 만드는 편집 에디터일 뿐, 직장생활에서조차 정치적 개념을 개입시키고 싶은 마음은 없단 말예요. 좀 더 정확히 내가 편집노조에 가입하지 않는 이유는 첫째, 이 회사가 내가 한 일에 대한 대가를 매달 꼬박꼬박 미루지 않고 지불해주었기 때문이죠. 둘째는 정신적인 노동을 하는 화이트칼라가 돈의 노예가 된 듯한 행동을 하면서 구차해지기도 싫어서고요. 그리고 셋째는 미리 돈을 지불하고 우리가 만든 잡지를 받아보기 위해서 기다리고 있는 수많은 정기 구독자를 배신할 수 없어서예요. 이 세 번째 이유가 가장 큰 이유일 거예요. 어찌 보면 우리가 하는 일은 전 국민을 상대로 하는 일이 될 수도 있죠. 이렇게 책을 만들지 않고 시위만 하는 건 당신들은 이 회사대표를 겨냥하고 하는 행동이겠지만, 어찌 보면 전 국민에 대한 약속위

반이고 배신이에요. 내 말이 지나쳤나요?"

"지독한 여자구만……"

"어쨌든 난 하늘이 두 쪽이 나도 나 자신이 인정할 수 없는 명분 없는 일은 할 수 없어요."

"흥! 두고 보자고. 진짜 끝까지 가입을 안 할 수 있는지 말이오……"

평사원은 그녀 한 사람, 나머지는 전부 간부들이 임시사무실 하나를 만들어 안에서 문을 잠그고 잡지를 만들기 시작했다.

임시 사무실 밖에서는 쇠망치 같이 묵직한 도구로 문을 부수려고 하는 소리가 쉴 새 없이 들려왔다. 뿐만 아니라 퇴근하고 버스에 안전하게 올라탈 때까지 수없이 뒤를 돌아보며 누가 따라오지 않나 안위를 염려해야만 했다.

사실 랑연 자신도 두렵지 않은 건 아니었다. 한참 신혼이었던 그녀가 생명의 위험을 느끼면서까지 노조에 가입하지 않고 회사를 다닌다는 건 보통 강심장이 아니면 불가능한 일이었다. 혼자서 가입하지 않고 있는 저 여자는 면사돈에 친척이 됐든, 아무튼 로열패밀리일 것이라는 추측성 소문이 난무했다. 그렇지 않고서는 상식적으로 도저히 이해가 되지 않는다는 것이다.

하지만 그녀는 정말 회사 측과 아무런 관계도 없는 인물이었다. 오히려 회사 측에서 그녀의 그러한 행동에 대해 이해할 수 없다는 얘기가 분분했다. 하긴 오랜 세월이 지난 지금까지도 그들이 옳았던 건지 그녀가 옳았던 건지 아무도 정답을 얘기할 수는 없을 것이다. 그저 진심이 시키는 대로 사심 없이 마음이 가는 대로 행동했다면 그것으로 충분히 가치는 있는 일이었다고 그녀는 믿고 싶었다.

꼭 그녀 때문인지는 알 수 없으나 결국 노조는 해산됐다. 뚜렷한 명분이 서지 않는 노조 결성은 끝내 힘을 유지하지 못하고 무너졌는지도 몰랐다. 주동자 몇 명은 색출되어 경찰조사를 받았는데, 역시 그 시절에 흔히 사회 곳곳에 숨어들고 있는 적색분자였다는 뒷소문도 들려왔다.

　결코 그녀가 의도했던 바는 아니었지만, 그 뒤로 랑연의 회사생활은 말 그대로 탄탄대로였다. 당연히 사주 입장에서는 목에 칼이 들어와도 자신에게 주어진 일은 아무런 사심 없이 끝까지 책임을 지려고 하는 랑연의 고집스러움이나 결단력을 추호도 의심할 사람은 없었을 것이다.

　하지만 대중심리에 쉽게 이끌리지 않는 그녀의 행보가 과연 일반 사람들한테는 어떻게 비쳐졌을지……. 적당히 타협하지 않는 그녀만의 유별난 성격이 혹시 모난 사람으로 각인되지는 않았을지…….

　사실 절집 생활 속에서도 그녀의 그런 특이한 성품이 전혀 나타나지 않는 것은 아니다. 때론 몇몇 대중은 랑연이 못마땅하여 뒤에서 이러쿵저러쿵 서운한 마음을 표현한 적도 많았던 모양이다. 어쩌면 그녀의 성격은 각양각색의 대중이 모여드는 절집 생활과는 썩 맞지 않을지도 모른다. 자신이 옳다고 생각하면 어떤 경우에도 자신의 의견을 그대로 솔직하게 얘기해버리니까 종종 부딪히는 일이 있다.

　절의 소문이 하루에 삼백 리를 간다는 옛말이 있듯이, 그녀가 재채기만 한 번 해도 엄청난 살이 붙어 돌고 돌아 눈덩이처럼 커져서 다시 그녀의 귀에 살을 도려내는 듯한 아픔으로 들려오곤 했다.

　그런 그녀의 대중과 화합하기 어려운 면을 돌 모서리 깎아내듯이 선묵 스님은 더욱 강한 채찍질로 다스릴 때가 많았다. 대중과의 원만한 화합을 이루고 그녀에게 참다운 보살행을 가게 하고자 그녀를 더 낮은 자세로 엎드리게 했으리라. 랑연도 인간인지라 가끔은 대중이 왜 자신의 진심을 몰라줄까 서글플 때도 있다. 결국 모든 잘못은 자신에게 있다고 반성도 많이 해보지만, 인연이 다해서인지 발길을 돌리는 신도도 없지는 않다.

제대로 보살행을 하기도 어려워 마음이 착잡할 때 랑연은 석가모니 부처님의 전생담인 〈본생경本生經〉의 게송을 자주 읽곤 한다. 지금의 보살행을 하고 있는 수행자나 불자들의 현실적인 생활과 통하는 부분이 많기 때문이다.

부처님이 단지 6년 동안의 설산수행으로 부처가 된 것은 아니었을 것이다. 부처가 되기 전 다겁생을 걸쳐 보살로서 닦아온 수행기간을 거쳤기 때문에 성불할 수 있었던 것이다. 〈본생경〉을 보면 성불하기 전에 왕이나 동물 심지어는 도둑까지 된 적이 있지만, 한결같은 선행과 덕행을 베풀면서 남을 위해 봉사했다는 줄거리가 대부분이다.

기원정사祇園精舍는 인도의 석가와 그의 제자들이 가장 오랜 시간 머물며 수도한 곳인데, 그곳에서 부처님은 이런 게송을 읊으셨다고 〈본생경〉에 나와 있다.

거룩한 이가 존경받지 못하는 곳
불손한 행실만 가득 차 있다면
거기 머물러 이익 없나니
빨리 거기서 떠나야 하네
우자愚者와 현자賢者, 용자勇者와 나부懦夫
그들이 다 같이 존경을 받는다면
그러한 아무 차별이 없는
그런 산에 현자는 살지 않으리
이 산은
귀천과 중용을 구별하지 않나니
차별 없는 산이구나
우리는 빨리 이 산을 떠나리

또한 〈본생경〉에는 중인도 마가다의 대나무 숲에 둘러싸인 최초의 불교 정
사 죽림정사竹林精舍에서 이 게송을 읊으셨다고 나와 있다.

나는 믿지 않는다 나쁜 사람을
나는 믿지 않는다 거짓 사람을
나는 믿지 않는다 이기利己의 사람을
나는 믿지 않는다 꾀 많은 사람을
많은 사람들, 그들은 언제나
마치 목마른 저 소처럼
우정을 나누지만 나는 생각하나니
그들은 말뿐이요 실천이 없다
거짓 합장을 내어밀면서
말만의 그림자 그 속에 숨어
감사하는 생각을 가지지 않는
진실하지 않은 자여, 빨리 떠나라

나는 믿지 않는다 저 경박한
여자이거나 남자이거나
약속했다가 그것을 깨뜨리는
그러한 사람은 믿을 수 없다
깨끗하지 못한 행동에 떨어져
모든 생명을 덮어놓고 해치는
숨겨둔 예리한 칼날과 같은
그런 이를 나는 믿을 수 없다

벗인 듯 거짓으로 꾸미는 사람이 있다

말은 달콤하나 진정이 없이

갖가지 방편을 짓궂게 놀리는

그런 이를 나는 믿을 수 없다

먹이거나 내지 또 재물의

있는 그곳을 발견한 사람

우치한 그는 친구를 배반하고

다시 죽이려고 그리로 간다

    우리는 살면서 참으로 많은 달콤한 유혹에 휘말리며 하루하루 위기의 나날을 보내고 있다. 그러나 우리보다 먼저 깨달은 선각자의 지혜는 답답한 삶의 공허와 허무감을 가슴 속에서 걷어가고 대신 시원하게 펼쳐지는 무無와 공空의 무한대 영역을 선사해준다. 어리석음에 눈먼 자가 되지 않기 위해서 순간순간의 선택은 얼마나 소중한 것인가?

    우리의 현실은 모든 게 자기중심이 되어 자신에게는 너무 관대하고 남에게는 냉정한 세태를 각자 다시 한 번 되짚어볼 여유가 절실히 필요하다. 내 뜻이 아니면 절대 동의하지 못하고, 모든 게 법 이전의 상식이 통하는 시대가 얼마나 그리워지는 시절인가. 좀 더 나에게는 냉정하고 남과 이웃에는 너그러운 우리의 사회가 그리워짐은 그녀만의 희망사항인가…….

    또 마음에 때가 끼어 혼란스러울 때나 어떠한 걸림돌이 장애가 될 때는 〈보왕삼매론寶王三昧論〉을 아예 벽에 붙여놓고 자주 읽고 있다.

    보왕삼매론은 스님들이 수행과정에서 나타나는 장애를 극복하기 위한 10가지 지침을 담고 있는 글로, 명나라 때 묘협 스님이 만들었다고 전하는데,

이런 불교의 묘한 지혜 때문에 그녀는 이 깊은 산사에서 늘 새롭게 느껴지는 마음의 양식을 풍족하게 섭생하며 살고 있는가 보다.

첫째, 몸에 병 없기를 바라지 말라. 몸에 병이 없으면 탐욕이 생기기 쉽나니, 그로써 성인이 말씀하시되 '병고로써 양약을 삼으라' 하셨느니라.

둘째, 세상살이에 곤란함이 없기를 바라지 말라. 세상살이에 곤란함이 없으면 업신여기는 마음과 사치한 마음이 생기나니, 그래서 성인이 말씀하시되 '근심과 곤란으로써 세상을 살아가라' 하셨느니라.

셋째, 공부하는 데 마음에 장애 없기를 바라지 말라. 마음에 장애가 없으면 배우는 것이 넘치게 되나니, 그래서 성인이 말씀하시되 '장애 속에서 해탈을 얻으라' 하셨느니라.

넷째, 수행하는 데 마魔 없기를 바라지 말라. 수행하는 데 마가 없으면 서원이 굳건해지지 못하나니, 그래서 성인이 말씀하시되 '모든 마군으로서 수행을 도와주는 벗을 삼으라' 하셨느니라.

다섯째, 일을 꾀하되 쉽게 되기를 바라지 말라. 일이 쉽게 되면 뜻을 경솔한 데 두게 되나니, 그래서 성인이 말씀하시되 '여러 겁을 겪어서 일을 성취하라' 하셨느니라.

여섯 째, 친구를 사귀되 내가 이롭기를 바라지 말라. 내가 이롭고자 하면 의리를 상하게 되나니 그래서 성인이 말씀하시되 '순결로써 사귐을 길게 하라' 하셨느니라.

일곱째, 남이 내 뜻대로 순종해주기를 바라지 말라. 남이 내 뜻대로 순종해주면 마음이 스스로 교만해지나니, 그래서 성인이 말씀하시되 '내 뜻에 맞지 않는 사람들로서 원림園林을 삼으라' 하셨느니라.

여덟째, 공덕을 베풀려면 과보를 바라지 말라. 과보를 바라면 도모하는 뜻을 가지게 되나니, 그래서 성인이 말씀하시되 '덕 베푸는 것을 헌신처럼 버리라' 하셨느니라.

아홉째, 이익을 분에 넘치게 바라지 말라. 이익이 분에 넘치면 어리석은 마음이 생겨나니, 그래서 성인이 말씀하시되 '적은 이익으로써 부자가 되라' 하셨느니라.

열 번째, 억울함을 당해서 밝히려고 하지 말라. 억울함을 밝히면 원망하는 마음을 돕게 되나니, 그래서 성인이 말씀하시되 '억울함을 당하는 것으로 수행하는 문을 삼으라' 하셨느니라.

이처럼 부처님은 장애 가운데서 보리도를 얻으셨다고 하며, 부처님께 반역하는 무리에게도 수기를 주서서 성불하게 하셨다고 한다.

"부처님. 부디 이 세상 모든 어진 이에게 혜안을 주시어 젊은 날의 푸르른 꿈을 잃지 말고 초발심을 지키도록 지혜와 용기를 주소서."

랑연은 두 손을 다소곳이 모으며 향을 사뤄 부처님께 올린다. 🪷

제 9 장
고갯마루

　무엇 때문인지는 몰라도 선묵 스님이 치는 고함소리에 귀청이 떨어져나갈 것만 같다.

　"어디서 못된 대가리를 쳐들고 말대꾸를 하느냐?"

　"제가 무슨……."

　"이런, 그래도 또 아가리를 놀리느냐!"

　"잘못했습니다. 스님."

　"잘못했다고 말만 하면 모든 게 끝나는 줄 아느냐?"

　"그럼 뭐라고 해야 합니까?"

　"에잇. 꼬락서니도 보기 싫다."

　"알겠습니다."

　"알겠습니다란 말도 필요없다. '네'라고만 해."

　"네……."

　저녁 공양을 마치고 기분 좋게 이런저런 대화를 나누던 참에 갑자기 스님이 무섭게 그녀를 쏘아보면서 버럭 호통을 쳤다. 도대체 무슨 잘못을 했는지 영문을 모르던 랑연도 너무 화가 나 온몸이 굳어버리는 것만 같았고, 죽을힘을 다해 겨우 '네……'라는 말을 마지막으로 2층 거실문을 재빨리 닫고 뛰어내려왔다.

옛날 큰스님들이 하도 괴팍해서 상좌들이 혼쭐이 날 땐 정말 자신이 뭘 잘 못했는지 이유도 모른 채 야단을 맞고 억울해했다는 얘기를 더러 듣긴 했다. 정작 자기 자신이 그런 처지가 되다 보니 이겨내기가 여간 힘든 게 아니다.

그녀는 여러 사람한테 이미 죽은 사람이라는 소리를 들어왔다. 그녀 나이 서른아홉, 요즘처럼 장수하는 시대엔 꽃다운 나이라고 해도 지나치지 않다. 그 서른아홉 살 되던 해에 그녀는 이미 죽은 것이라고 했다. 한강에 가서 뛰 어내리려고 시도한 적은 없지만, 반드시 물에 빠져 죽을 운명이라고 말이다. 도대체 전생에 어떤 길을 걸어와 요절을 할 운명이었단 말인가. 그녀의 업보 는 어떤 것이었기에……

아버지는 마흔 되던 해에 스스로 자진하여 운명을 달리했다. 바로 내 아버 지가 그렇게 요절했던 것이다. 자신이라고 요절하지 말란 법은 없었으리라. 여기까지 생각이 미치자 랑연은 정말 자신이 절에 들어오지 않았으면 이미 이 세상 사람이 아니었을지도 모른다고 스스로를 달래보았다.

스님이 자신을 죽을 만큼 호통 치시는 진짜 이유는 무엇일까?

이미 죽었어야 할 목숨을 연명하고 있기 때문에 그 대가를 치르고 있는 것 일까?

스스로 목숨을 끊는 사람은 가장 큰 죄인이라고 했다. 아버지 때부터 쌓 이고 쌓인 두터운 업장을 남김없이 녹여내고 다시는 그런 죄인의 굴레에 갇 히지 않게 하기 위해 스님은 호통을 치는 것일까? 이미 오십을 훌쩍 넘어버린 중년의 나이에도 세월의 거친 흔적이 느껴지지 않을 만큼 가녀린 그녀에게 어 디 호통 칠 구석이 있다고……

이 모든 상황을 머리로는 도저히 이해할 수 없다고 생각하면서도 몸은 현 관 밖조차 나서지 못하는 엄청난 겁쟁이가 바로 랑연의 실체였다. 만일 스님 이 곁에 없다면 금방이라도 물속에서 허우적거리고 있을 자신의 환영이 그녀를 엄습해온다.

　그녀에게 악령의 존재가 있어 때로 스님은 그 모습을 보고 고함을 치는 것일지도 모른다. 무서운 공포영화는 끝까지 봐야 무섭지 않은 법. 대부분의 공포영화는 마지막에 귀신이나 끔찍한 악령의 존재가 낱낱이 밝혀져 보는 이로 하여금 앞서 느꼈던 공포심을 조금은 누그러뜨려주기 때문이다.

　랑연도 자신이 어차피 죽었어야 할 존재라면, 이 미스터리 영화 같은 수수께끼를 풀기 위해서라도 끝까지 살아볼 작정이다. 어딘가에 끝이 있을 거라 믿고 싶었다. 모든 사람한테 그토록 자비로운 선묵 스님이 유독 자신에게만 냉정한 건지…….

　그녀는 어디서부터 어떻게 이 복잡하게 얽힌 실타래를 풀어내야 할지 도통 알 수 없었다. 그녀에게 억울함이 있는 만큼 스님이 내지르는 분노의 화염 속에도 분명히 남김없이 태워버려야 할 숨겨진 절규가 내재되어 있는 것은 아닐까? 이번만큼은 날마다 더 큰 용기를 내어 업보를 깨끗이 씻어낼 때까지 결코 이 배에서 내리지 않을 것이라 그녀는 또 한 번 굳은 다짐을 해본다.

　늘 너무 일찍 결론짓고 포기해버리는 게 그녀의 단점이 아니었던가. 결과도 없이 인생의 페이지만 자꾸 넘겨버리면 나중에 무엇이 되겠는가? 스님과 랑연 어느 쪽 악령의 싸움인지는 몰라도 그 악령의 존재조차 어쩌면 신기루 같은 것이어서 깨달은 자의 눈으로 보면 어느 순간 연기처럼 사라지는 존재는 아닐까? 완전한 혜안이 뜨일 때까지 무슨 일이 있어도 참고 기다려야 한다.

　오늘처럼 너무 견디기 힘들 때 랑연은 다음 생엔 자신이 무엇으로 태어날까 생각해본다. 이번 생보다는 낫겠지. 다행히 복이 많아 절에 들어와 업장을 소멸하며 살고 있으니 다음 생엔 무엇이 되어 살아갈까 생각해본다.

　인도환생해서 이번 생보다 행복하고 아름답게 살지 못할 바에는 차라리 연꽃으로 태어나 부처님께 장엄해 드리는 꽃이 되고 싶다. 연꽃은 진흙 속에서 자라면서도 고결한 모습을 잃지 않으므로 부처님을 신성시하여 좌대를 연꽃 모양으로 수놓아 연화좌蓮花坐라 부르기도 한다. 불상의 대좌가 연화좌인 이유는 또 있다. 연꽃이 부드럽고 깨끗하므로 신력神力을 나타내어 그 위에 앉아도 꽃이 상하지 않는데다, 일반 꽃은 모두 작아 이 꽃 같이 크고 향기가 깨끗한 것이 없기 때문이다. 꽃말도 '청결, 신성, 아름다움'이라고 하니 어찌 연꽃으로 태어나고 싶지 않겠는가?

하긴 인도환생을 아무나 하는 것도 아니니까 다음 생에 사람으로 환생하기를 기대하기는 힘들 것이다. 도인의 경지에나 오르면 모를까 대부분 사람은 개로 태어날 확률이 가장 높다고 하는데, 랑연은 부디 아름다움을 한껏 피워내다가 소리 없이 지고, 이듬해에 다시 뿌리의 영양을 빨아먹고 영영 죽지 않고 피어나는 연꽃으로 태어나고 싶다.

그녀는 현실이 어둡고 무겁게 느껴질 때마다 불교설화집을 꺼내어 읽는다. 수많은 설화 속의 인간을 비롯한 온갖 중생이 수많은 윤회를 거듭하면서 인과응보因果應報의 굴레를 돌고 또 도는 광경을 바라보면서 위안도 받고 깨달음의 깊이도 더해질 수 있기 때문이다. 랑연도 이 설화 속의 연꽃처럼 귀한 인연으로 피어나고 싶다.

옛날 송나라 때 주홍이란 사람은 어려서부터 매일 금강경을 한 번씩 읽었다. 그런데 어느 날 태수 막호에게 바칠 돈 천여 관을 가지고 가다가 날이 저물어 주욱삼의 집에 투숙하였다. 그런데 욱삼이 형 욱이와 함께 주홍이 가지고 가는 재물이 탐이 나서 주홍을 죽여 5리 밖 길가에 묻었다. 태수는 그런 줄도 모르고 기한을 어겼다고 대노하여 양주부로 가던 중 길가를 지나가다가 무덤 비슷한 곳에 연꽃 한 줄기가 난 것을 보고, "고산준령에는 연꽃이 나지 않고 더러운 못 가운데만 연꽃이 핀다 하였는데 어인 일로 이 연꽃은 무덤 위에 나 있는가?" 하고 그를 꺾으려 하였으나 꺾이지 않으므로 그곳을 파보니 주홍의 시체가 나왔다. 그런데 그의 눈동자는 조금도 죽은 것 같지 않고 혀에서는 한 줄기 연꽃이 솟아나 있는데 잠시 후에 일어나 이렇게 말했다.

"나는 객점에서 모해를 당하여 18개월 동안이나 땅속에 묻혀 있습니다."

"그러면 어찌하여 죽지 않았는가? 배가 고프지 않던가?"

"처음 피살당하여 혼몽하여 땅에 묻혀 있었는데 금강신장이 연꽃을 입속에 꽂아준 후부터 지금까지 잠을 잤습니다." 하였다.

태수는 "일찍이 내 금강경에 대한 이야기는 들었으나 그의 공덕이 이렇게 불가사의할 줄은 몰랐다." 찬탄하고 곧 욱이와 욱삼 두 형제를 잡아다 사형에 처했다는 내용이 〈금강경영험록 金剛經靈驗錄〉에 나온다.

또, 〈지장보살 영험설화〉에 나온 이 얘기는 왜 부처님의 경전을 많이 읽고 사경을 해야 하는지 잘 알려주고 있다.

좌군 이화는 본래 불법을 지극히 믿었던 사람이었다. 그의 어머니 또한 지장경을 독실하게 독송하며 지냈다. 그리고 여러 가지 약을 만들어 여러 사람에게 보시하였다. 약을 만들 때는 반드시 대비주(천수다라니)를 일심으로 지송하며 만들었는데 약의 효험이 매우 좋았다.

이화가 24세 때 그의 어머니가 병이 들어 혼수상태에 빠졌다. 이화는 스님을 청하여 지장경을 3일간 지성껏 독송하였다. 그랬더니 그의 어머니는 비몽사몽간에 지장보살을 뵈었다. 위의는 스님의 모양을 나투셨고 광명이 나는 몸과 형용할 수 없는 안온감을 주는 표정은 곧 지장보살임을 알게 하였다.

"너의 수명은 벌써 다 되었다. 그러나 네가 정성껏 나를 생각하고 또한 착한 일을 많이 하였으니 수명을 12년만이라도 더 늘려주도록 하마." 하였다. 꿈

에서 깨면서부터 어머니의 병은 차차 차도가 있어 얼마 안 가 완쾌하였고 그
뒤 36년이나 더 세수를 누렸다.

모든 생명붙이는 언젠가는 죽음을 맞이하게 된다. 죽음이란 결코 우리와
멀리만 있는 것이 아니며, 어떠한 삶의 끝도 결국 죽음이라는 사실을 좀 더
친근하게 느끼고 현실적으로 냉철하게 사고해보는 것도 오늘 현재의 삶을 덜
어리석게 살 수 있는 방법이 아닌가 싶다. 수많은 불교설화나 전설에서 보듯
이 전생의 전생부터 어떠한 인연이 없었다면 오늘의 현실이 어떻게 우리에게
나타나겠는가.

천겁에 이르도록 함께 선근을 심은 자는 한 국토에 나게 되고, 2천겁이면
하루 동행을 하게 되고, 3천겁이면 하룻밤을 같이 자게 되고, 4천겁이면 한
고향에 동족으로 나게 되고, 5천겁이면 한 동네에 나서 같이 살게 되고, 6천
겁이면 하룻밤 동침하게 되고, 7천겁이면 한 집에 나서 살게 되고, 8천겁이면
부부가 되어 살게 되고, 9천겁이면 형제가 되어 살게 되고, 10천겁 동안 선근
을 심으면 부모 또는 사제 간이 된다고 한다.

1겁은 선신의 옷자락이 스쳐 십 리나 되는 어마어마한 바윗돌을 흔적도 없
이 만드는 데 걸리는 시공의 개념을 초월한 천문학적인 숫자이니, 우리와 인
연을 맺었거나 맺고 있는 사람들과의 관계가 얼마나 소중한 것인가?

답답한 마음에 밖으로 나가 마당 한 구석에 있는 조그만 연못으로 가보았
다. 수백 마리의 올챙이가 개구리로 탈바꿈할 준비로 분주하던 연못에는 때
마침 연분홍색 연꽃 봉오리가 가냘프게 맺혀 있었다. 랑연의 눈에 비친 그
연꽃 봉오리엔 전설 같은 지나간 이야기들 속에 피어났던 온갖 연꽃들이 오
버랩 되며 얼기설기 얽혀 있는 인연들의 향연을 펼치고 있었다.

저녁 공양을 지으려 안으로 들어온 그녀는 어느 날보다 만감이 교차하는 소용돌이 속에 마음을 애써 누르며 혼자 중얼거렸다.

"오늘부터 다시 금강경 사경을 해야겠다. 내가 끝까지 혜안을 뜨지 못하고 죽음의 경지를 맞이할지라도 열심히 사경을 하여 그 작은 공덕으로라도 다음 생엔 연꽃으로 피어나리라." 🪷

제 10 장
구도의 길 찾아

　산사에서 내다보이는 감악산 봉우리들은 온통 연두색 치마와 연분홍 저고리를 곱디곱게 차려입은 새색시들의 나들이 모습 같고, 아랫녘 앞산자락에 흐드러지게 핀 산벚꽃들은 저마다 예쁜 자태로 한 폭의 병풍을 두른 듯 아스라이 펼쳐져 마치 솜씨 좋은 화가의 산수화를 보는 듯하다.

　봄 내음이 뜨락에 가득하건만, 왠지 랑연은 오늘따라 저편 어디엔가 있을 듯한 구도求道의 길을 생각하니 한없이 무겁고 힘겨우며 높고 멀리만 느껴진다. 이럴 때 그녀에게 가장 큰 선지식을 주는 분이 원효대사이다.

　일연 스님이 지은 『삼국유사三國遺事』〈원효불기조元曉不羈條〉에는 원효대사에 관한 여러 가지 이야기가 자세히 적혀 있다.

　원효대사가 경상남도 통도사 앞에 있는 지금의 천성산千聖山에서 주거하고 있을 때의 일이다.

　토굴에서 눈을 감고 가부좌를 튼 채 좌선에 들었던 대사는 갑자기 혀를 차면서 걱정스런 음성으로 혼잣말처럼 뇌었다.

　"어허, 이거 참 큰일 났는걸. 어서 서둘러야지. 그렇지 않으면 많은 사람이 다치겠구나."

　원효대사는 자리에서 벌떡 일어나 주변을 두리번거리며 무엇인가를 급히 찾았다. 원효 스님을 시봉하기 위해 바로 윗방에 기거하고 있는 학진 사미는 참선 삼매에 들었던 큰방 스님이 갑자기 일어나 황급히 뭔가를 찾는 모습이 이상하기만 했다.

"스님! 무슨 일이십니까?"

"화급을 다투는 일이 생겼느니라."

사미승은 어안이 벙벙했다.

"스님, 사방이 모두 조용하기만 한데 어디서 무슨 일이 생겼습니까?"

"멀리 중국에서 변이 생길 조짐이니라."

사미승은 기가 막혔다. 중국에서 일어날 일을 알고 계시다니 도무지 믿어지지 않는다.

그도 그럴 것이 천안통을 얻어 천하를 두루 볼 수 있는 원효대사의 안목을 한낱 사미승이 어찌 이해하겠는가?

원효대사는 급한 김에 딛고 서 있던 마루의 판자를 뽑아냈다.

그러고는 '신라의 원효가 판자를 던져 중생을 구한다' 는 글을 쓰더니 공중으로 힘껏 던졌다.

판자는 마치 큰 새처럼 중국을 향해 날아갔다.

사미승은 큰스님의 괴이한 행동을 그저 의아스럽게 보고만 있을 뿐이다.

한편 천여 명의 스님과 신도들이 법당에 모여 막 법회를 시작하려던 중국 태화사에서는 난데없이 날아든 판자에 모두 놀랐다.

"아니 도대체 저게 뭘까. 이상한 물체가 이곳 법당 쪽으로 날아오고 있어요."

한 신도가 갑자기 공중을 가리키며 소리치자 몇몇 신도가 법당에서 나와 하늘을 쳐다보았다.

"정말 저게 무엇일까? 거참 이상하게 생겼네."

"나비도 아니고, 새도 아닌데 어디서 저런 이상한 물체가 날아왔을까?"

"그런데 저 이상한 물체가 법당 주위를 빙빙 돌며 더 이상 날아가지를 않는군요."

법당 밖에서 괴이한 물체가 나타났다고 사람들이 웅성거리자 법당 안에서 법회를 보려던 신도들은 이 광경을 보려고 모두 마당으로 나왔다.

이때였다.

"우르릉 쾅."

멀쩡하던 법당이 요란한 소리를 내면서 무너졌다. 마침 사람들이 모두 밖으로 나온 뒤라 아무도 피해를 입지 않았다. 갑작스런 일에 잠시 정신을 잃었던 신도들이 정신을 차려보니 그제서야 날아다니던 판자가 태화사 경내에 떨어졌다.

사람들은 우르르 몰려가 그 판자를 보았다.

"아니 이건, 저 유명한 신라의 원효 스님이 우리를 구하기 위해서 날려 보낸 판자로군요."

판자를 보려고 몰려든 사람들은 머나먼 해동의 고승 원효 스님이 천리안을 갖고 자기들을 구해준 사실을 알고는 모두 동쪽을 향해 합장 배례했다. 그러고는 원효 스님의 도력에 감탄을 연발했다.

"정말 대단하신 스님이시군요."

"일찍이 거룩하신 성자이신 줄은 알고 있었지만 이토록 크신 도력을 지니신 줄은 몰랐습니다. 이제 스승을 만났으니 그분 곁에 가서 수행을 하여야겠습니다."

법회에 설법을 하러 나왔던 한 스님이 원효 스님의 도력에 감응하여 신라로 떠나려 하자 너도나도 스님들이 줄을 이었다.

스님뿐 아니라 제자 불자들도 원효 스님을 친견하고 법을 배우겠다고 나서니 천여 명이 신라로 향했다.

원효 스님을 찾아 신라로 들어온 그들은 모두 원효 스님에게 제자가 되기를 청했다.

그러나 움막 같은 토굴에서는 천여 명이 기거할 수 없었다.

천 명의 중국인을 제자로 맞은 원효대사는 천 명이 머물 수 있는 새로운 절터를 찾아 나섰다. 스님이 산을 내려오고 있는데 어디선가 백발의 산신령이 나타났다.

"대사께선 절터를 찾고 계시지요?"

"이 산중의 계곡에 이르면 천여 명이 수행할 수 있는 아주 좋은 가람터가 있습니다. 다른 곳으로 가지 말고 곧장 그곳으로 가보시오."

원효 스님은 걸음을 되돌려 산중턱으로 갔다. 과연 그곳엔 스님을 기다리고 있는 듯한 반듯한 터가 있었다.

원효 스님은 그곳에 절을 세웠다. 지금의 통도사 말사 중의 하나인 내원사內院寺가 그곳이다. 이 이야기는 한국불교설화 중 하나로 전해지고 있는 이야기인데, 이 산 이름을 천성산이라 한 것도 중국에서 온 천 명의 대중이 원효대사의 가르침을 받고 모두 깨침을 얻어 그 산에서 천 명의 성자가 나왔다 하여 붙여진 이름이라고 한다.

신라의 고승으로 진평왕 39년 경북 경산시에서 태어난 원효대사는 구도의 길을 가면서 특정한 스승에 의존하지 않았고, 경학뿐 아니라 유학에 있어서도 당대 최고의 선지식이었다. 또한 통일신라를 이룩하는 데 기여한 대사상가이자 세계적으로 인정받는 신라불교의 전성기를 연 불교철학가였으며, 200여 권의 저서를 남긴 저술가로 귀족의 위치를 스스로 버리고 대중과 함께 산 자유로운 성자였다. 그분은 판지 하나를 날려 보내 천 명이나 되는 성자를 만들 만큼의 깊은 구도의 길을 가면서 수많은 설화를 남긴 인물이었다.

〈원효불기조〉에 나온 또 다른 이야기, 원효대사가 해골 물을 마시고 깨달음을 얻었다는 너무나도 유명한 일화는 랑연이 가고 있는 구도의 길에 가장 큰 영향을 미친 일화이다.

원효대사와 의상대사義相大師는 당시 신라 불교의 새로운 방향을 제시하고 있는 당나라로 유학을 가기로 결심하고 백제를 향하다가 밤이 늦어서 산 속의 어떤 토굴에서 이슬을 피하고 있었다. 자다가 목이 말라 잠이 깬 원효대사는 옆에 있던 바가지의 물을 아주 달게 마시고 잠이 들었다. 그러나 아침에 잠에서 깨어 다시 물을 마시려 하니 어젯밤 본 바가지의 물은 해골바가지의 썩은 물이었다. 이 사실을 알고 구역질을 하면서 그는 깨달음을 얻는다.

"마음이 일어나니 여러 가지 법法이 생겨나고,

마음이 없어지니 해골과 바가지가 둘이 아니구나."

즉 삼계三界가 오직 마음으로 이루어졌는데, 당나라에 가나 신라에 있으나 항상 그 마음은 마찬가지라 하여 다시 신라로 돌아왔다는 이야기이다. 이때부터 원효대사는 머리도 기르고 거리에서 춤도 추고 노래도 부르며 스스로를 '소성거사小姓居士'라고 부르며 다녔다. 이는 가난하고 무식한 사람들에게도 부처님의 가르침을 쉽게 전하고자 함이었다. 당시의 신라에서는 불교가 귀족 사회에서만 신앙되었기 때문에 널리 대중화시켜 누구라도 쉽게 불교를 믿고 부처님을 따를 수 있는 기틀을 마련하기 위함이었다고 한다.

그러나 한국이 낳은 최고의 고승 원효대사를 파계시킨 요석공주를 배제하고는 그를 말할 수 없을 것이다. 『삼국유사』에서도 이 요석공주와 원효대사의 관계를 '3일간의 사랑'으로 묘사하고 있고, 요석을 원효와 단 3일간을 함께하고 떠나보낸, 평생을 눈물로 살아간 비련의 여인으로 기록하고 있다.

원효는 어느 날 비틀거리며 거리에서 노래를 불렀다.

"그 누가 자루 없는 도끼를 내게 빌리겠는가. 나는 하늘 떠받칠 기둥을 찍으리."

태종무열왕이 이 노래를 듣고는 "대사가 필경 귀부인을 얻어 귀한 아들을 낳고자 하는구나. 나라에 큰 현인이 있으면 이보다 더 좋은 일이 없을 것이다." 하고는 요석궁의 과부공주에게 원효를 데려가라고 했다.

명을 받은 궁리가 원효를 찾으니 이미 남산에서 내려와 문천교를 지나는 중이었다. 이때 원효는 일부러 물에 빠져 옷을 적시고, 옷을 말리기 위해 요석궁을 찾아갔다.

3일간 요석궁에 머문 원효는 그 길로 궁을 나서고, 공주에게는 태기가 있더니 신라 십 현의 한 사람인 설총薛聰을 낳았다. 〈중략〉 원효가 기거하는 혈사 바로 옆집에 설총이 살았으며, 원효가 죽은 후에는 사랑하는 아버지의 유골을 조상으로 만들어 분황사芬皇寺에 모시고 공경의 뜻을 표했는데, 어느 날 설총이 참배하자 소상이 갑자기 돌아다보았다는 얘기가 전한다.

원효는 이렇게 그 당시 서슴없이 파계를 했을 만큼 불교의 틀을 넘어선 대자유인이었고 걸림이 없는 삶의 방식을 선택하여 평생을 유유자적하게 살아온 고승이었다. 그런 위대한 인물에게 설총 같은 아들이 태어난 건 어찌 보면 너무나 자연스러운 일일 것이다.

'구도'란 깨달음의 경지를 구하는 것.

랑연은 지금의 자신 역시 아주 멀고 먼 길을 떠나는 길손이 되어 구도의 길을 가는 여리고 여린 중생이 아닌가 싶은 생각이 들었다. 설화 속의 원효대사처럼 뛰어난 선지식과 지혜를 가질 수는 없으나, 그런 선지식과 지혜가 밝혀주는 밝은 불빛만을 길잡이 삼아 결코 길을 잃지 않는 나그네가 되고 싶었다. 우리 모두는 본래부터 외로운 나그네이고 혼자 왔다 혼자 가는 존재이니 말이다.

옛날 어떤 장자가 네 명의 부인을 거느리고 살았다. 첫째 부인은 얼굴이 못 생겨 첫날밤에 소박하고, 둘째 부인은 보통으로 생겼으나 1, 2년 데리고 살다 보니 권태증이 나 떼어놓고, 셋째 부인을 얻어 사는데 별로 볼품은 없으나 그 맛이 매우 묘하여 잠시도 그를 떠나서는 살 수 없었다. 그래서 어디를 가게 되면 꼭 품안에 넣고 다니든지 아니면 장롱 속에 깊이 감추어 두든지 하였다.

그런데 하루는 어떤 사람이 "여기 일등 미인이 하나 있으니 가서 보라."고 하였다. 가서 본즉 나이는 비록 어려 손녀딸 같으나 과연 절세미인이라 아니 얻고는 배기지 못했다. 그래서 그 여인만을 밤낮으로 안고 눕고 가고 오고 항상 옆에 끼고 다니고 거느리고 다녔다.

그런데 이 장자가 나이가 들어 병들어 눕게 되었다. 백 가지 약을 써도 효험이 없으니 오직 남은 길은 황천길밖에 없었다. 그러나 장차 혼자 갈 일을 생각하니 정신이 아득하여 어느 누구를 데리고 갈까 궁리하였다.

"옳지, 그래도 내가 제일 아끼고 사랑하던 넷째 부인을 데리고 가야지~"

이렇게 생각한 장자는 곧 그 부인을 불러 일렀다.

"내가 팔십 노령에 병이 들어 죽게 되었으니 너도 죽어 나와 같이 저승길에 동반하기로 하자."

그러나 여인은 깜짝 놀라며,

"별 끔찍한 말씀을 다 하십니다. 죽으려거든 당신 혼자나 죽지 장래가 구만 리 같은 나까지 왜 데려가려 하십니까?"

"내가 너를 끔찍이 사랑하여 호강을 시켰는데 그럴 수 있느냐?"

"내가 나이 많은 영감을 얻어 시집올 때는 귀염 받고 호강하러 온 것이지, 같이 죽기 위해 온 것은 아닙니다." 하고 거절했다.

그때 장자는 셋째 부인을 불러 물었다. 그러나 이 사람 역시, "당신이 가장 사랑하던 여인도 거절하는데 나 같은 소박데기가 어떻게 당신과 함께 동행하겠습니까?"

"그렇지만 내가 너도 그만 못지않게 사랑하여 외출할 때는 너를 다락에 가두고 장롱 속에 넣어두지 않으면 언제나 내 품에 넣고 다니지 않았느냐?"

"아이고, 말씀 마시오. 당신이 나를 사랑한답시고 여기에 가두고 저기에 가두는 바람에 한 세상 지긋지긋하게도 구속도 많이 받았소이다. 만일 지금이라도 당장 당신이 죽는다면 나는 해방되어 사방팔방으로 마음대로 돌아다닐 것이니 이 얼마나 행복하겠습니까?" 하고 빈정댔다.

그래서 하는 수 없이 둘째 부인을 불렀다. 그러나 그도 하는 말이, "당신이 돌아간다면 남의 눈을 위해서라도 당신이 묻히는 묘지까지는 가겠소이다. 그러나 땅속에까지는 들어갈 수 없습니다." 하였다.

실망한 장자는 마지막으로 첫째 부인을 찾아 그동안의 경과를 이야기하고 사정했다. 그랬더니 뜻밖에도 "여필종부인데 당신이 가시는데 내가 어찌 따라가지 않겠습니까? 그러나 그동안 너무나도 괄시하고 배반하여 먹지도 못하고 입지도 못해 죽어 귀신이 되더라도 영양실조가 되어 당신을 부축하고 가기는커녕 당신이 나를 업고 가야 할 것이니 그것이 큰 걱정이오." 하였다.

깨달음의 길을 가면서 랑연이 접한 〈아함경阿含經〉은 석가모니 부처님이 직접 설하신 것으로, 불교의 원초적인 모습을 보여주며 내용이 합리적이고 명쾌하여 신앙적 입장으로 매우 중요한 경전이었다. 이 이야기는 여러 가지 아함경 중 〈잡아함경雜阿含經〉에 나오는 부처님이 설하신 비유설화인데, 어떤 장자는 생존하는 인간이고, 넷째 부인은 신체인 몸, 셋째 부인은 재산, 둘째 부인은 부모형제와 일가친척, 첫째 부인은 마음에 각각 비유한 것이다. 우리 인간이 가장 아끼고 사랑하는 것이 돈이고, 이 몸이요, 일가친척과 부모형제이다. 그러나 그것들은 마지막 길손의 반려가 될 수는 없다.

부처님은 이 외로운 길손이며 나그네인 인간을 장자에 비유하였다. 사람은 누구나 자기 본래의 씨앗을 틔우고 나온다. 그러나 밭에 떨어진 씨앗이 그 속에 싹을 틔고 자라면서도 그 본체의 자기를 깨닫지 못하듯, 인간은 나면서부터 자시 세계를 까마득히 망각해버리고 있다. 더욱이 물질을 알고 자기라는 물건을 인식하게 되면 그토록 사랑스레 길러주신 부모형제나 일가친척 등도 다 결코 영원한 것이 아니다.

이 몸이 쇠해지면 다 버리고 떠나가 버린다. 돈도 여자도 사랑도, 이 몸도 오히려 버리고 가거늘 하물며 일가친척이겠는가?

> 남쪽에서 왔다가 북쪽으로 갔다가 동쪽, 서쪽으로 설치는 모습
> 하늘도 공空하고 땅도 공하고 해도 공하고 달도 공하고
> 왔다 갔다 왔다 갔다 어찌 있다고 할 수 있겠는가?
> 논도 공하고 밭고 공하니, 많고 적고 주인만 바뀌고
> 금도 공하고 은도 공하니, 죽은 뒤에 누가 손 가운데 돈 가진 것 보았는가.
> 처도 공하고 자식도 공하니, 황천노상에선 만나지 못한다.
> 대장경 가운데 공은 색이고, 반야경 가운데 색은 공이다.
> 아침에 서쪽에서 설치다가 저녁에 동쪽에서 설치는 모습
> 인생은 흡사 꽃 따는 벌과 같다.
> 백 가지 꽃을 따 꿀을 이루어놓았으나 머리가 닳도록 신고한 것이 또 한 가닥 꿈이로다.
> 깊은 밤 3경의 북소리는 들었는데, 몸을 뒤쳐 5경의 종소리는 듣지 못했네.
> 머리를 조아려 자세히 생각하니 곧 이것이 한 가닥 꿈이로다.

그러기에 인간은 본래 천애의 고아가 아닌가? 권속처자를 삼죽처럼 두르고 금은옥백이 노적봉처럼 쌓였을지라도 죽음에 임하여 동행하는 자 그 누구도 없는 것이니 말이다. 지금 랑연이 가고 있는 구도의 길도 죽음에 이르러서는 오직 자신 혼자만의 길을 가야 함을 준비하는 길이 될 것이다.

다만 사치스러운 소망인지는 몰라도 죽음에 이르러 후회 없이 살았노라고 누구에게나 당당하게 이야기할 수 있었으면 오죽이나 좋으련만……

"모쪼록 시간과 모든 여건에 쫓겨 헤매는 어리석은 이 중생이 부질없이 살지 않도록 밝은 지혜를 주소서."

제 11 장
그녀의 선택

율림원의 '율' 자는 밤 율 자에서 따왔을 만큼 이곳 산사 주변은 온통 밤나무로 둘러싸여 있는 곳이다. 예부터 양주에서는 밤을, 장단에서는 콩을, 가평에서는 잣을 진상품으로 바쳤을 만큼 이곳의 밤은 맛이 좋기로 유명하다.

6월이 시작되면서 슬슬 여기저기 밤나무에 쿵쿵한 밤꽃이 피기 시작했다. 아마 6월이 막바지에 이르면 흐드러지게 피어서 나지막한 산기슭 언저리는 온통 희뿌연 빛으로 물들어버릴 것이다.

밤꽃은 모양부터 여느 꽃하고는 다른데, 꽃송이가 예쁘기는커녕 다소 혐오감을 줄 정도로 요상하게 생겼다. 또 연꽃의 연향이 마음을 차분하게 가라앉혀주는 향기라고 한다면 밤꽃의 향은 외로운 여자들을 잠 못 이루게 하는 남자의 강한 양기가 뭉쳐진 듯한 비릿한 냄새, 양향陽香이 나서 역겨워하는 사람들도 적지 않다.

보통은 절 이름을 지을 때 향기롭고 아름다운 연蓮 자를 많이 붙이는데, 이곳 절 이름에 왜 하필 이런 요상한 이야기를 몰고 다니는 밤나무 율 자를 썼을까? 향기롭고 예쁘진 않아도 그만큼 소박한 꽃은 없을 것이며, 옛날엔 기근을 면하는 중요한 먹을거리였기 때문이다. 또한 밤은 원래 땅속에 들어갔던 최초의 씨밤은 그 위의 나무가 아름드리가 되어도 절대로 썩지 않고 나무 아래쪽에 그냥 매달려 있다고 한다. 이는 자손이 몇 만대를 내려가도 조상은 언제나 영적으로 연결되어 함께 있다는 것을 의미한다. 게다가 밤송이는 열매가 익기 전엔 가시송이를 열지 않는 성질이 있는데, 자손을 지키려는 선조님의 제사상에 밤이 빠지지 않는 이유가 여기에 있다.

어떤 형식이나 권위보다는 생활불교철학을 더 중시하는 선묵 스님의 깊은 뜻이 율림원이라는 이름에서도 절절이 묻어나온다.

일본의 아미는 커다란 트렁크에 잔뜩 짐을 챙겨서 아예 한국으로 와버렸다. 일본에서는 기가 맞지 않는지 노상 아프기 때문이다. 당분간 선묵 스님의 제자가 되어 정식으로 공부를 하고자 주로 한국에 머물기로 한 것이다. 아미의 일본 부모도 오죽 답답했으면 금지옥엽 키운 딸을 이런 만리타국으로 보낼까마는, 아미 자신도 그 용기가 가상하다.

스님은 아미가 공부를 열심히 하면 틀림없이 몸이 좋아질 거라고 했다. 부처님과 이곳 감악산 산신님의 가피를 입어서 몸만 좋아지는 게 아니라 대성한다고 말이다. 불교의 공부는 일본이나 한국이 마찬가지겠지만, 아미는 스님한테 특별히 다라니陀羅尼에 대한 공부를 하기 위해 오게 되었다.

다라니는 부처의 깨달음이나 서원을 나타내는 진실한 주문인 진언眞言을 말한다. 산스크리트어로는 지持, 즉 무엇인가 지니는 것을 의미하는데, 글자의 뜻은 '기억' '회상' '유지' '파악'으로, 어원적으로는 무엇인가를 쥐고 놓지 않는, 즉 무언가를 보유하고 있다는 의미이다. 따라서 이 말은 마음을 하나의 대상에 집중하는 맑은 정신 상태인 삼매三昧에 이르기 위한 과정에서 정신의 집중과 그 집중된 상태의 지속을 뜻한다.

이러한 말이 불교에 도입되면서 정신을 집중하여 경전의 문구와 내용을 잊어버리지 않고 잘 지닌다는 의미를 가지게 되었다. 또 보다 적극적인 의미로는 가르침을 잘 기억해 간직함으로써 '악惡으로부터 스스로를 보호한다'는 뜻도 지니게 된 것이다. 아미는 모든 것에 차별이 없는 너무나 순수한 정신세계를 갖고 있어 때로는 정신과 몸이 위험에 처할 때도 많다. 즉 선악善惡을 불문하고 이 세상의 수많은 기운이 아미를 에워싸기 때문에 그녀의 몸이 더 아픈 것은 아닌가 여겨져 그런 것들을 스스로 통제할 수 있는 힘을 길러주고자 스님은 다라니 공부를 시키려고 한 것이다.

선묵 스님은 율림원과 인연이 되어 오는 신도들한테 늘 〈비로자나총귀진언毘盧遮那總歸眞言〉을 새긴 다포와 그와 관련된 책도 주고 있다. 비로자나불은 석가모니불의 법신명호法身名號인데, 일체 불법이 법신에서 유출되기 때문에 이 진언은 일반적인 경전 독송의 약 7억 배의 공덕을 쌓을 수 있다는 신비의 공덕경이다.

> "오호지리 바라지리 이제미제 기사은제 지바라타니 옴 불나지리일
> 오공사진사타해 바사달마사타해 아라바자나 원각승좌도진나
> 사공사진사타해 나무항하사 아승지불 무량삼매 보문삼매
> 옴 바마나사타바 탁타니아나 나무아십타아십타 자십도류사바하
> 나무 옴 아마리다 다바베사바하 나무이바이바제 구하구하제
> 다라니제 니하라제 비나마네제사바하 옴 아리다라사바하 옴 마니반메훔"

비로자나총귀진언은 이렇게 짧은 진언이지만, '오호지리' 한마디는 화엄경華嚴經 오십 번 독송한 공덕, '바라지리' 한마디는 화엄경 팔십 번 독송한 공덕, '이제미제 기사은제 지바라타니' 한마디는 금광명경金光明經 팔십 번 독송한 공덕과 같다. '옴불나지리일' 한마디는 반야경般若經 육백 번 독송한 공덕, '오공사진사타해' 한마디는 관음경觀音經 만 번 독송한 공덕, '바사달마사타해' 한마디는 미타경彌陀經 만 번 독송한 공덕, '아라바자나'는 일대시교 무량겁 동안 독송

한 공덕, '원각승좌도진나' 한마디는 약사경藥師經 팔십 번 독송한 공덕, '사공사진사타해' 한마디는 반야경 만 번 독송한 공덕과 같다. '나무항하사아승지불무량삼매보문삼매' 한마디는 법화경法華經 일 겁 동안 독송한 공덕, '옴바마나사타바'는 이백오십계를 지닌 공덕, '탁타니아나'는 팔만대장경을 수지독송한 공덕, '나무아심타아심타자심도류사바하' 한마디는 일체 경전을 항상 독송한 공덕, '나무옴아마리다다바베사바하' 한마디는 미타경 육만 번 독송한 공덕과 같다. '나무이바이바제 구하구하제 다라니제니하라제비니마니제사바하' 한마디는 나무관세음보살을 만 겁 동안 염송한 공덕, '옴아리다라사바하' 한마디는 아미타불 법신성호로서 나무아미타불 팔십억 겁 동안 염송한 공덕, '옴마니반메훔' 한마디는 관세음보살 법신보호로서 육도六道가 폐쇄 공허되고 복덕지혜를 구족하는 공덕과 같은 것이다.

또한 불자라면 누구나 다 알고 있는 천수경의 '신묘장구대다라니'도 다라니가 의미하고 있는 심오한 내용의 비밀의 경문으로서 모든 중생의 일체의 고액苦厄을 없애고, 소원을 성취하기 위해 부처님과 보살님들을 찬탄하며 독송하는 신묘한 경이다. 이 다라니를 열심히 독송하면 죽어서 지옥 고초를 면하여 벗어나고 임종 시 독송해주면 불보살이 극락으로 인도하며, 살아 있을 때는 일체의 번뇌 망상과 모든 질병을 영영 소멸해준다고 한다.

이처럼 다라니를 주력 기도로 하고 있는 사찰도 많고, 특히 율림원에서는 비로자나총귀진언을 주력 기도문으로 삼아 정진하고 있다.

선묵 스님은 삼매에 들어가 경명주사로 그려진 금강경 탑다라니에 부처님의 귀한 말씀을 내려 신도들의 소원을 성취시키기 위해서 지니게 한다. 단순히 진단만 내려주는 것이 아니라 명상에 들어 다라니 처방을 하는 것이다. 이렇게 명상에 드는 시간은 길게는 밤을 꼬박 새울 적도 있어 기력을 많이 소모하고 있다. 그가 많은 사람을 수레에 싣고 같이 수행정진의 길을 가고자 하는 대승불교大乘佛敎의 참뜻을 몸소 실천하고 있는 셈이다.

아미는 많은 것을 알고 느끼되 처방을 할 줄 모르기 때문에 그 방편을 배우고자 스님의 제자가 되었고, 꼭 다른 스승 아닌 이곳 스님께 배워야 한다는 건 아미 스스로의 선택이었다.

하지만 아미가 한국에 와 있는 것이 아미를 십 년 넘게 지켜주었던 일본 청룡사 주지스님으로선 그리 반가운 일만은 아니었다. 원래 일본의 불교는 그 옛날 '구다라'라고 불렀던 백제에서 건너온 것을 자신들의 것으로 찬란하게 꽃피웠던 게 아닌가. 자신이 특별히 아끼는 제자가 하필이면 한국의 스님한테 무릎을 꿇고 스스로 제자가 되기를 자처하고 나섰으니 나름 자존심에 관한 문제가 없을 리 없다.

요사이 일본의 젊은 세대나 여성들 사이에서는 '한류문화'가 그들의 정신도 육체도 폭발적으로 지배하기 시작했다. 그러나 구세대나 남성들과는 별개의 문제일 수도 있고, 비록 불교가 백제에서 들어온 종교문화이긴 해도 자신들의 불교가 조금이라도 한국에 지배당할 수 있다고 생각하기가 그리 쉬운 일은 아니었을 것이다.

어찌 보면 일본 진언종의 큰 획을 긋고 있는 청룡사라는 절의 입장에서는 생각하기에 따라서 이런 아미의 행동을 받아들이기가 쉽지 않을 게 뻔한 일이었다. 덕분에 아미는 지금까지와는 또 다른 고통에 휩싸이기 시작했다. 원래 일본인들은 의리義理를 생명보다 더 소중히 여기는 문화를 가진 민족이다. 십 년이 넘게 의지하고 신앙생활을 해온 아미와 그녀의 가족은 청룡사의 주지스님을 배신하는 행동 따위는 상상도 할 수 없는 일이었다. 주지스님의 명령이나 의견은 백 퍼센트 순종하는 것이 그녀들의 사고방식이기 때문이다. 그럼에도 아미는 한국유학의 길을 포기할 수 없었다.

그녀는 요사이 스님과의 전화통화 중에 번번이 크고 작은 감정대립을 피할 수 없었다. 전화를 끊고 나서 펑펑 운 적이 한두 번이 아니었다.

"네가 미국이나 다른 나라도 아닌 한국의 율림원에서 유학을 하고 있다는 건 전적으로 나에 대한 배신이다. 내가 미국으로 유학을 보내주겠다고 했을 때도 넌 싫다고 했어. 제대로 진언종의 밀교 수업을 받게 해주려고 고야산에 있는 불교대학에 보내주겠다고 했을 때도 싫다고 했잖아. 그런데 고작 한국의 개인사찰에 가려고 전부 마다했던 거야? 정말 실망했다. 난 도저히 널 이해할 수 없구나."

"스님. 그런 게 아니라…… 전 여기가 편해요. 그리고 여기엔 산신님이 정말 계세요. 스님께서도 산신님은 인정하시잖아요. 진언종의 정법은 아니지만, 신의 존재가 분명히 있다고 늘 제게 말씀하셨잖아요. 신의 힘, 신의 원력을 스님께서도 갖고 싶다고 하셨잖아요. 전 그 힘을, 산신님의 위력을 배우고 싶은 거예요. 느끼고 싶고 경험하고 싶어요. 법당에서 이곳 산신님 앞에 가서 앉아 있으면 산신님이 나타나셔서 제게 많은 말씀을 해주세요. 정말이지 몸도 마음도 너무나 편해지죠."

"물론 나도 신을 믿지 않는 건 아니지만…… 또 율림원 주지스님의 원력을 느끼지 못하는 것도 아니고 선묵 스님을 형님처럼 좋아하고 존경한다. 그래도 왠지 네가 그렇게까지 푹 빠져서 올인 하는 건 못 마땅하구나."

"스님께서도 나중에 시간이 흐르면 분명히 절 이해하게 되실 거예요. 제가 더 이상 아프지도 않고, 스님이 하라던 중생구제도 잘하게 되고, 또 스님을 더 큰 능력으로 도와드릴 수 있게 되면요……. 지금까지 스님의 힘으로 청룡사가 이만큼 커졌지만, 스님의 꿈은 거기서 멈추지 않을 것이란 걸 전 누구보다 잘 알고 있어요. 전 알아요. 선묵 스님과 이곳 산신님의 원력이 장차 스님이 하시려고 하는 참된 중생구제와 청룡사 절의 발전을 도모하는 일까지 미칠 수 있다는 걸요……. 스님 제발 절 이해해주세요. 결코 헛된 일이 되지 않을 거란 제 말을 믿어주세요. 전 지금 상태로는 중생구제는커녕 아무 것도 할 수 없어요. 제 자신조차 컨트롤해 나가기 힘들단 말예요."

"아무튼 딱 2년이야. 더 이상은 안 돼. 명심해라."

"네……:"

고야산高野山은 일본 와카야마和歌山현에 있는 해발 1,000미터 고지의 산들을 통틀어서 말한다. 헤이안平安시대인 819년경에 홍법대사弘法大師 구카이空海의 수행장소로서 시작된 고야산 진언종의 본거지로 일본불교의 성지이다. 산내의 사원수가 자그마치 117개에 이르는 거대한 종교도시라고 할 수 있는데 유네스코 세계유산으로도 등록된 곳이다. 마을 전체가 사찰로 이루어져 있다고 하니 상상만 해도 장엄한 광경이 눈에 선하다. 언젠간 랑연도 선묵 스님과 신도들과 함께 꼭 한번 가보고 싶은 곳이다.

어쨌든 아미는 자신이 10년 이상 의지하고 믿어온 절을 떠나서 완전히 새로운 스승에게 의지하고 배우기 위해 한국으로 건너왔다. 일단 주지스님으로부터 아미는 억지춘향으로 승낙은 받아냈다. 하지만 그 후 두고두고 아미가 겪어야 할 정신적인 고통은 이만저만한 것이 아니었고, 그녀가 진정 자립하여 우뚝 설 수 있는지에 대한 의문은 언제까지나 계속될지도 모른다. 아미를 구제하는 것이 자신의 몫이 아닌 다른 사람의 능력이 된다고 하는 그 사실을 요시이 스님은 도저히 용납할 수 없었던 것이다.

그날도 한 시간 가까이 볼에 자국이 날 정도로 전화통화를 한 아미는 지칠 대로 지쳐 있었다.

스님이 그런 아미의 심정을 헤아리고 그녀를 불렀다.

"아미야. 네가 한국과 일본 사이에서 갈등과 고뇌가 얼마나 깊을지 아빠는 잘 안다."

"전 괜찮아요, 아빠. 어쩔 수 없는 일이니까요. 하지만 언젠가는 저희 주지
스님도 절 이해하고 또 아빠의 뜻을 따르게 될 거라고 굳게 믿고 있어요."

"그래. 너만 굳은 의지로 열심히 공부해서 네 뜻을 편다면, 그게 결국은 네
가 은혜를 입은 너희 절과 주지스님께 그리고 수많은 사람에게 은혜를 갚는
길이다. 네가 늘 아파서 비정상인 취급이나 받고, 뭇사람들의 입에 오르내리
는 걸 아빠는 더 이상 볼 수 없구나. 널 만나지 않았으면 몰라도 널 알게 된
이상 나도 힘들지만 저버릴 수 없어. 아빠만 믿고 따르려무나."

"네. 아무리 힘든 일에 부딪혀도 혼자서 우뚝 설 거예요. 더 이상 인형 같은
삶은 살지 않겠어요. 끝까지 저희 주지스님께 등을 돌리는 일은 없겠지만, 반드
시 그분이 절 믿고 이해할 수 있도록 만들 거예요. 아빠가 절 도와주세요."

다다미가 깔려 있는 팔각정에서 꽤 오랜 시간을 미동도 하지 않고 꼿꼿이
무릎을 꿇고 앉아 있는 아미의 자태는 그야말로 한 폭의 그림을 보는 듯했
다. 오늘은 허리 근처까지 내려오는 긴 머리를 한쪽으로 땋아 다소곳이 가슴
쪽으로 내리고 있었다. 평생을 남에게 화를 내보지 않았다던 아미. 그녀는 결
코 화를 낼 것 같지 않았다. 정말이지 하늘에서 내려온 선녀가 따로 있을까
싶을 만큼 매혹적인 아미의 얼굴에서 랑연의 시선은 언제까지고 떠날 줄 몰
랐다.

"이 세상에서 절 가장 잘 이해해주시고 느껴주시는 분은 엄마, 아빠밖에 없
어요. 일본에 있으면 모든 사람이 저와 너무 달라서 전 언제나 비정상적인 사
람처럼 느껴지고, 마치 물과 기름처럼 따로 노는 것만 같아요. 하지만 여기에
서는 달라요. 어떠한 괴리감도 느끼지 못하겠어요. 정신적으로 너무나 편안
하고…… 몸도 아픈 줄 모르겠어요."

"차라리 여기서 살거라, 아미야."

"네. 정말 저도 그러고 싶어요. 아빠와 전 왠지 동떨어져 있는 것 같지 않아요. 정신의 세계가 붙어 있어서 늘 같은 생각과 느낌을 갖고 있고 제가 멀리 일본에 가 있을 때조차 아빠의 정신세계와 전 일종의 시냇물이 졸졸졸 끊임없이 흐르듯이 무언가의 흐름이 느껴지곤 했어요. 마치 우리가 모르는 4차원 이상의 덧차원의 세계가 있는 존재하는 것처럼 말예요."

"아미야. 시공의 개념을 완전히 초월해버린 덧차원의 세계는 반드시 존재하는 거란다. 그건 과학이 발달하면 할수록 오히려 언젠가는 증명될 수 있는 과제로 우리에게 남아 있는 거지. 부처님을 물리학의 대가라고 말할 수 있는 이유도 바로 그런 까닭이다."

랑연은 모든 것이 신기하기만 했다. 부처님의 공부를 하면 할수록, 아미와 선묵 스님의 관계를 알면 알수록 점점 지금의 현실세계가 아닌 초차원超次元의 세계로 빠져드는 것만 같았다. 어쨌든 멈추지 않는 호기심에 무한한 변화를 추구하는 성격의 그녀로서는 지금 현재 처해진 삶보다 더 흥미롭고 다채로운 삶도 없을 것이란 생각이 든다.

부처님이 윤회설을 말씀하셨지만, 석가모니 부처님보다 400여 년 뒤늦게 종교의 차원을 넘어서서 서사시 형식으로 신화를 집대성한 고대 로마의 시인 오비디우스도 그의 작품 『변신 이야기』에서 윤회를 표현하고 있다.

"모든 것은 변할 뿐입니다. 없어지는 것은 하나도 없습니다. 영혼은 이리저리 방황하다가 알맞은 형상이 있으면 거기에 깃듭니다. 짐승의 육체에 있다가 인간의 육체에 깃들기도 하는 것입니다. 이렇게 돌고 돌다가 사라지는 것은 절대로 아닙니다. 〈중략〉 영혼은 어디에 가든 처음의 영혼 그대로입니다. 다만 다른 형상에 자리를 잡았을 뿐입니다."

이렇게 하나의 영혼이 계속 몸만 바꾸어 윤회한다는 윤회설과 거의 똑같은 이야기를 하고 있지 않은가.

그렇다. 윤회다. 선묵 스님과 아미, 그리고 랑연 자신 모두를 둘러싸고 벌어지는 신기한 일들은 그 윤회의 사이클에 따라 인연을 만들며 돌아가고 있는 회전목마와도 같은 것이다. 아미의 꿈에 선묵 스님이 나타나 윤장대輪藏臺 같기도 하고 회전목마 같기도 한 것을 그녀에게 가져와 돌려주었다고 하는데 그녀의 두터운 업장을 녹여주기 위함이었을까?

티베트에서는 불자들이 언제 어디서든지 항상 마니차라고도 하고 경륜經輪이라고도 하는 이 윤장대를 돌리는 모습을 볼 수 있다. 그들은 경륜을 한 바퀴 돌릴 때마다 경을 한 번 염송하는 효과가 있고, 이로써 업장을 소멸하고 많은 공덕을 쌓을 수 있다고 믿고 있다고 한다.

부처님의 법을 '법륜法輪'이라고 하고 그 법의 수레바퀴가 어디서든 굴러갈 수 있듯이, 부처님의 가르침 역시 어느 한 사람 어느 한 곳에 머물지 않고 모든 곳에서 중생을 교화하기 때문에 법륜이라 하는 것이라고.

선묵 스님과 이런저런 대화를 나누다 보니 어느새 펑펑 울던 아미의 눈가의 촉촉하던 눈물도 말라버렸다. 살려달라는 그녀의 절규와 매달림을 과연 신은 들어주실까? 한국에서는 멀쩡하던 몸이 일본으로 돌아가면 또다시 아프고, 그러다가 다시 한국으로 오면 정말 거짓말 같이 편해지고……

도대체 자신은 언제까지 이런 끝도 없는 싸움을 계속해야 하느냐고 절규하는 아미의 울먹이는 목소리를 감악산 저 너머 어딘가에 메아리로 남긴 채, 팔각정 너머로 보이는 산등성에는 빨간 노을이 정열의 불꽃을 일으키며 지고 있었다. ❀

제 12 장
단비 내리는 날 차 한 잔의 행복

봄 가뭄이 오랫동안 이어지더니 6월 중순이 되어서야 비소식이 왔다. 상막함이 들 만큼 절 앞 호수가 바닥을 막 드러내려 하던 차에 그야말로 단비가 내렸다. 몸과 마음이 푸근하고 여유로운 오후에 3층 법당 앞 팔각정에서 만물의 싱그러움을 더해가는 모습을 바라보며 선묵 스님은 아미와 랑연에게 차한 잔을 마시자고 권했다.

절 옆 부지에 신부님이 노후에 살 집을 짓느라 한창 공사가 쉴 새 없이 진행되어 귀가 시끄럽더니, 단비 덕분에 오늘은 이래저래 고즈넉이 차 한 잔 마시는 즐거움을 만끽할 수 있었다. 오늘은 터키에서 그 신부님이 사다준 홍차를 처음 개봉했다. 역시 티백 홍차와는 맛과 향이 전혀 다른 게 이 순간은 감히 행복하다고 말하고 싶은 심정이다.

피라미드 모양의 천장을 팔각의 기둥이 받치고 있고, 그 사이사이는 사방이 훤히 내다보이도록 여덟 개의 커다란 유리문으로 에워싸 조성한 팔각정. 이곳에서 선묵 스님은 조용히 명상에도 들고, 신도들과 차도 마시고, 이런저런 덕담도 들려주고 있다. 많은 신도가 이 작은 공간에서 자연에 녹아들며 스님 앞에서 눈물도 많이 흘린 곳이다.

밤이면 은하수 같은 무수한 별들이 쏟아져 내릴 듯하고, 오늘 같이 비가 오는 날엔 뾰족한 팔각정 지붕을 빗방울이 후드득후드득 두드리는 소리가 어느 작곡가의 음악 못지않다. 거기다 바람이라도 불면 빗줄기가 사선으로 쪽 간격을 맞춰 줄을 서서 떨어지는 광경이 장관이다.

만물을 촉촉하게 적시고 있는 가느다란 빗줄기를 넋을 잃고 바라보며 차를 마시던 랑연이 불현듯 선묵 스님에게 염불에 대해 알고 싶다고 질문을 던졌다. 때마침 법당에서는 너무나 아름다운 음성을 지닌 비구스님의 염불이 나지막이 들려오고 있었다.

"스님, 전 염불이 왜 그렇게 좋은지 모르겠어요. 염불만 듣고 있으면 온몸에 전율이 흘러요. 제가 처음에 아무것도 모르고 절에 들어왔을 때 법당에서 들리던 어느 비구스님의 염불소리에 반해서 '아, 이런 세계도 있었구나' 하고 일종의 쇼크를 받았던 때가 생각나네요. 세상에 어떤 소리, 어떤 음악보다도 제겐 아름답게 들렸으니까요. 그게 인연이라는 걸까요? 스님."

스님은 지그시 눈을 감고 잠시 생각에 잠겨 있었는데, 아미도 한마디 거들고 나섰다.

"네, 그래요. 아빠. 전 일본 염불보다 아빠가 제게 주신 한국 비구니 스님의 천수경 염불을 듣고 있노라면 마음이 그렇게 편해질 수 없어요. 뜻을 완전히 몰라도 그 염불을 천천히 따라하다 보면 어느새 부처님 세계에 제가 가 있는 것 같은 착각이 들 정도니까요. 일본에선 목탁을 잘 쓰지 않지만 저한테 목탁도 가르쳐주세요. 그 비구니 스님처럼 저도 목탁을 치며 한국어로 천수경 염불을 하고 싶어요. 제가 일본에 돌아가면 한국식으로 예불을 보려구요."

"그래. 랑연 보살이 아미한테 목탁 치는 법을 가르치거라."

"네, 스님."

랑연은 종단 소속 불교대학 과정을 이수해 포교사의 자격을 얻었다. 새벽 예불의 타종이며 북, 목탁, 요령, 기본적인 염불까지…… 잘은 못하지만 범패

음악으로 배웠기 때문에 아미에게 가르쳐줄 수 있는 정도의 실력은 되었다.

"아미야, 염불은 지혜와 복을 구하는 최상의 영약이다. 들어보거라. 이 세상에서 아무리 목마르고 애타게 신을 찾아 구원을 외쳐대고, 자신의 부처를 찾으며 자각을 염원하는 신앙인이나 종교인이 있더라도 길 잃은 어린아이가 어머니를 찾는 절규만은 못할 것이다.

거리에는 어머니와 똑같은 사람들이 많이 있어도 왜 어린아이는 그 엄마만을 찾는 거겠니. 그건 어머니에 대한 믿음 때문이란다. 어린아이가 엄마를 믿는 건 절대적 생명의 보호요, 의지처라는 것을 본능적으로 느끼고 있기 때문이지. 어머니의 품속에 안긴 어린아이는 죽음이 닥쳐오는 어떠한 위험 속에서도 그것이 엄마를 죽게 하고 자신도 죽게 한다는 걸 모르는 채, 안심하고 엄마의 품만을 믿고 있는 거여.

하지만 좀 더 성장하면 엄마는 자신의 생명에 대하여 무능력하다는 걸 알고 절대적인 믿음에서 필요한 사람, 제일 사랑하는 사람으로 생각이 바뀌게 되지. 인간은 누구나 자신이 성장함에 따라 점차 믿음의 대상이 변하게 되는 걸 경험하는 법이니까……. 나중에 어른이 되어선 말이다. 이 세상 그 어느 것도 자신의 고통과 번뇌를 해결해줄 수 없고 대신할 수 없다는 것을 자각하게 된다 이 말이여."

성격이 급한 랑연이 번번이 꾸중을 들으면서도 또 나선다.

"네, 참말 그렇겠네요. 스님. 그런데 염불이 왜 지혜와 복을 구하는 최상의 영약이라는 거죠?"

"급하기는. 내 얘길 쭉 들어봐. 그럼 알게 될 테지. 사람들은 말이다. 그 자각이 빠른 사람은 모든 것이 자신에게 달려 있다는 걸 알고 근신하며 노력하고 수행하는 종교인이 되는데, 자각이 늦은 사람은 세상 어딘가에 우리가 모르는 영적인 구원을 할 그 무엇이 있지 않을까 하고 주술적인 데 빠질 수 있다는 거다. 재미있는 얘기 하나 해줄까? 잘못 믿으면 이렇게 되는 거야. 잘못 믿으면 망신亡信이고, 미혹하게 믿으면 미신迷信이고, 눈감고 믿으면 맹신盲信, 병들게 믿으면 병신病信, 미쳐서 믿으면 광신狂信, 죽어도 믿으면 귀신鬼信이 되는 거야. 핫하하…… 어때? 재밌지?"

"후후, 너무 재밌어요. 어떻게 그런 걸 아세요, 스님께선."

"언젠가 나도 들은 얘기란다. 하도 재밌어서 잊히지 않는구나. 어쨌든 모든 사람은 주술적인 것이 아닌 이런 염불을 통해서 비로소 성불할 수 있는데, 설사 성불을 못하더라도 업장소멸로 괴로움을 없애고 불보살들의 가피를 입어서 저절로 질병이나 재앙 죄악 같은 것들이 소멸되는 법이지. 또 염불은 마음을 바로 지금 밝혀주는 등불이라, 염불만 하거나 들으면 늘 밝은 빛 속에 사는 거나 매한가지인겨. 그러니까 일심으로 아미타불, 관세음보살, 지장보살을 외우면 어렵게 참선에 드는 것이나 똑같은 성불을 할 수 있는 거다."

"스님. 정말이지 전 아무 경이나 진언, 정근을 하고 있으면 제가 삼매에 든 것 같은 착각이 들어요. 일체의 잡념이 없어지고 아무리 오래 계속해도 해도 지루한 줄 모르겠어요. 경을 읽고 있지 않을 때는 온갖 상념과 번뇌 망상이 하루에도 몇 번씩 고개를 쳐들지만, 예불 시간에 경을 읽거나 진언을 외우고 정근을 할 때만큼은 머릿속이 온통 무無와 공空의 세계로 바뀌어버리는 것 같고요.

비유가 맞는지 모르지만, 요즘 k-pop이 전 세계적으로 한류열풍을 일으키고 있잖아요. 그 k-pop도 가만히 들어보면 계속 비슷한 음률로 반복하는 게 특징이더라고요. 그 같은 율동과 노래를 듣다보면 좀 시끄럽긴 해도 자신을 떠나서 뭔지 모르는 세계로 몰입이 되는 효과는 충분히 있겠구나 하고 느꼈어요. 후후, 제가 또 엉뚱한 얘기를 해서 스님 심기를 어지럽히는 건 아닌가 모르겠네요. 죄송해요."

"네. 저도 k-pop 너무 좋아해요, 아빠. 한국 가수들의 노래를 일본에서는 자주 듣고 있어요. 일본 사람들한테 거의 폭발적인 인기를 누리고 있어요. 엄마 덕분에 한국말을 할 줄 알아서 노래가 얼마나 재밌는지 몰라요. 염불 공부도 그렇고…… 엄마, 정말 여러 가지로 고맙습니다."

"허허. 좀 엉뚱하긴 하지만, 근본적인 맥락은 비슷할지도 모르겠구나. 아무튼 틈날 때마다 삿된 번뇌 망상이 침입하지 않게 진언이나 염불독송을 많이 하거라."

"네에, 스님."

"네에, 아빠."

바로 옆에 집을 짓고 올 신부님은 술과 담배를 못하고 오로지 차만 마신다고 한다. 외국에 자주 성지순례를 가기 때문에 쓸 만한 차를 많이 사가지고 오시는 모양인데, 선묵 스님이 차를 좋아하는 걸 보고 좋은 보이차를 가져오겠다는 둥 차 동지를 만났다는 둥 하면서 편안해 보이는 얼굴 한가득 미소를 머금고 여간 반가워하는 기색이 아니다. 덕분에 질 좋고 맛있는 차를 더 다양하게 즐길 수 있으려나……

어쨌든 랑연에게 신부와의 인연은 끈질기게 따라다닌다. 그것도 그녀와 동갑내기 신부님이다. 처음에 스님을 만나서 개종을 하라고 권했을 때 랑연은 두 말도 하지 않고 그렇게 하겠다고 했다. 뿌리 깊은 천주교 집안에서 자란 그녀가 고민도 하지 않고 넙죽 권유를 받아들인 이유는 무엇이었을까?

스님께서 그녀에게 물었다.

"보살님, 보살님은 성당에서 미사를 드릴 때 맨 뒷자리 구석진 곳에 가서 앉으시죠?"

"네."

"성당에 가면 가뜩이나 외로웠던 마음이 더 싸해지면서 고독해지죠? 약간의 소외감도 느끼시고……."

"어머, 네. 정말 그런데요……."

"보살님은 그렇게 큰 공간이 맞지 않습니다. 절대자에게 철저하게 지배를 당하는 식의 종교는 안 맞아요. 법당처럼 작은 공간에서 조용히 자기성찰을 한다든가 신적인 존재라기보다 그냥 스승 같은 분에게 지배가 아닌 가르침 같은 걸 받는 쪽이 훨씬 마음이 안정되고 편해져요. 천주교가 나쁘다는 얘기가 아니고, 단지 보살님한테는 맞지 않는 옷 같다는 거예요.

사람에 따라 그런 종교가 잘 맞는 이들도 있어요. 보살님과는 정반대로 어느 경우엔 삼십여 년을 절에 다녀 불심이 깊은 보살님한테 오히려 천주교 성당에 다니시라고 했더니 펄쩍 뛰더군요. 그런데 몇 년 잘 다니더니 결국 천주교로 온 가족이 개종해서 인연을 접더군요. 허허허…… 각자가 가진 숙명은 피해가기가 힘든 법이지요."

선묵 스님은 부처님을 스승님이나 어지신 할아버님으로 생각해도 좋다고 했다. 랑연은 난생처음 방석을 깔고 부처님 앞에 무릎을 꿇고 앉아보았다. 부처님은 정말 아무 말씀도 하지 않고 자비로운 미소만 띠고 계셨다. 성당에서 느끼던 그 외로움은 어디로 갔을까? 처음 느껴보는 편안함과 고요함에 짐짓 놀란 그녀는 모든 것이 서먹서먹하면서도 마력과도 같이 서서히 끌려들어가는 힘을 느꼈다.

이번엔 절을 해보라고 한다. 당신이 직접 절을 하면서 따라하라고 했지만, 법당에서 몸을 바닥에 완전히 구부려 한 번도 절을 해본 적이 없는 그녀가 몹시 어색해하자,

"절을 왜 하는지 알아요? 우리가 살아가면서 업신여기고 교만한 마음이 조

금이라도 있으면 남에게 먼저 인사를 못하죠. 덕망이 있고 존경스러운 분을 대할 때는 자신도 모르게 허리를 굽히고 머리를 수그리는 법이지만. 그러니까 부처님한테 절을 하는 건 바로 교만해지기 쉬운 자신의 마음을 항복받는 것이니까 실은 부처님이라는 조상에 절을 한다고 하기보다 진정한 의미에서 참 나에게 공경하는 것이 되는 거예요.

절을 하게 되면 첫째는 어색한 마음, 쑥스러운 마음, 교만한 마음, 계면쩍은 마음, 어리석은 마음, 성내는 마음, 깨알만한 자존심, 이 모든 것을 없애주죠. 둘째는 부처님과 진리와 그리고 스님들께 지혜를 달라고 응석을 부리는 거라고 보면 돼요. 또 셋째는 우리가 살아 있는 동안 어쩔 수 없이 몸과 입과 뜻의 세 가지를 통한 행위로 살아가는데 그 행위가 바로 업이라는 것이고, 이런 업이 짓는 죄를 참회한다는 의미가 있는 거예요. 보살님은 영특하니까 빨리 알아들을 수 있을 겁니다."

아닌 게 아니라 생전 처음 듣는 스님의 법문이 그리 어렵게 느껴지지 않았다. 정말 인연이 깊었던 걸까? 스님의 말이 머릿속에 쏙쏙 들어오니까 점점 불교에 관해 알아보고 싶은 생각도 들었다. 나름 고집이 센 그녀는 누구의 말을 그렇게 열심히 경청하는 편은 아니었다. 직업이 편집 에디터니까 꼭 필요한 말만 핵심적으로 얘기하지 않으면 지루해서 듣기가 싫어진다. 책도 그런 책은 못 읽는 그녀였다.

하지만 선묵 스님은 장황하고 불필요한 걸 제일 싫어하는 분인 것 같았다. 엑기스, 핵심, 포인트, 줄거리, 요점 등등의 단어가 딱 어울리는 분이었다. 이게 그때 랑연이 그에게 느꼈던 가장 큰 매력이라면 매력이었을 것이다.

그날 집에 돌아오다가 그녀는 동네서점에 들러 책을 한 권 샀다. 불교의 기초교리를 적어놓은 얇은 책이었는데, 다음과 같이 절의 공덕에 대해 간결하게 나와 있었다.

"마음이 산란하고 탐내는 마음의 탐심, 화내는 마음의 진심, 어리석은 마음의 치심이 많은 사람이라도 절을 계속하면 나쁜 마음이 일어나지 않고 차분하게 가라앉으며 약한 마음이 굳건하게 다져진다.

산란하던 마음이 가라앉고 침착해지므로 주의력이 생기고 정신력이 생기며 따라서 지혜가 열린다. 엎드려 절을 함으로써 참회가 되고 기도가 되므로 업장이 소멸되고 액난이 사라진다.

장난이 심하던 아이라도 절을 시키면 차차 침착해지고 주의력이 늘어나 지능도 좋아지고 공부도 잘하게 된다. 또 질병으로 고생하고 가정이 불화하는 등 장애가 많은 사람도 정성으로 참회하고 절을 하여 마음을 항복받고 장애를 물리친 경우가 많다."

왜 절을 많이 해야 하는지 랑연은 그때 확실히 알게 되었다. 그 후로 13년이 지난 지금까지 그녀는 얼마나 많은 절을 했을까? 그런데도 업장이 다 소멸된 것 같지는 않다. 그만큼 그녀의 업장이 깊고도 두터운 걸까……. 대체 어디서부터 어떻게 쌓인 업장이기에.

옛날 부모님들은 자식이 힘든 일을 하고 사는 게 싫어서 공부를 가르쳤다고 한다. 랑연은 공부도 남들만큼은 한 것 같은데 왜 이렇게 고달픈 삶을 살고 있는 건지 모를 때가 있다. 업장 때문이라고 달래도 보고 스스로 위로도 해보지만 해탈의 경지에 이른 게 아니라서인지 불쑥불쑥 정말로 힘겨울때가 많다. 정말 이 생이 끝나기 전까지는 꿈도 꾸지 말아야 할런지…….

어느새 밖에서는 단비가 아니라 억수 같은 장맛비가 내리기 시작했다. 6월 이른 장마가 시작될 거라고 뉴스에서 들어서 놀랄 일은 아니었지만. 이번 비로 완벽한 가뭄을 해갈해주는 데 그치고서 여기저기 농작물 피해나 산사태,

도심 저지대에 사는 사람들이 수해를 입는 일은 없었으면 하는 마음이다.

터키 홍차는 열 잔을 넘게 마셔도 질리지 않았다. 잘 숙성된 맛이 차 잘 만드는 스님들이 직접 덖은 발효차와 비슷했다. 올해는 봄에 냉해를 입어 차 수확이 힘들어서인지 뒷맛이 좋은 발효차를 가져다주는 보살이 어째 발길이 뜸하다. 다행히 터키 홍차가 섭섭함을 달래주기엔 안성맞춤이었지만……. ✿

제 13 장
도대체 이 뭐꼬가 뭐꼬?

풋풋하기만 했던 봄이 물러가고 어느새 본격적인 여름철이 돌아왔다. 앞산 뒷산 어디를 둘러봐도 푸르고 푸른 울창한 숲이 우거지기 시작했다. 너무나 싱그러운 초여름 날씨에 이끌려 선묵 스님과 신도 몇몇과 함께 랑연은 강화도 전등사傳燈寺를 다녀왔다. 감악산에서 파주시 적성을 거쳐 자유로를 타고 끝없이 논스톱으로 달리니 김포-강화 방면이 나온다. 강화대교를 지나서도 한 30여 분을 더 들어가서야 전등사에 도착했다.

주차장 위쪽으로 삼랑성문이 웅장하게 서 있는 것이 제일 먼저 눈에 띄었고, 그 아래 전등사에 관한 안내판이 있어서 우리 일행은 잠시 걸음을 멈추고 그 설명을 읽어보았다.

정족산鼎足山 삼랑성三郞城에 위치하고 있는 전등사는 한국에서 가장 오래된 사찰로, 고구려 소수림왕(381년) 때 아도화상이 창건했는데, 원래는 진종사眞宗寺였던 이름이 고려 충렬왕(1274~1308년) 때 그의 왕비 정화공주가 시주한 옥등이 유래가 되어 지금의 전등사란 이름으로 바뀌었다고 한다. 이 사찰이 있는 정족산성, 즉 삼랑성은 단군왕검의 세 왕자가 쌓았다는 하는데 랑연도 아직 연이 닿은 적이 없어 처음 와본 터라 모든 것이 흥미로웠다.

대웅전과 약사전, 범종 등 보물이 3개나 되고 대표적인 호국불교의 성지로서 숱한 역사의 고통을 겪은 곳이며, 숙종 때 조선왕조실록을 보관했던 정족

사고는 학창시절에 어렴풋이 역사교과서에서 배운 기억이 있다.

전등사를 오르는 길은 시원한 계곡물도 흐르고 역사 깊은 사찰이라 양탄자를 깔아놓은 듯한 소나무 숲이 울창했다. 또 높이 솟은 푸르른 고목들 사이로 시원한 바람도 불어주니까 여름날 가보기에는 더할 나위 없이 좋은 곳인 것 같았다.

전등사를 가려면 동쪽과 남쪽 두 군데 입구가 있는데, 일행은 일부러 일주문에 해당하는 종해루宗海樓를 보기 위해서 남문 쪽으로 들어갔다. 무척 정교하고 아름답게 만들어진 성문이었다.

한참을 걸어 들어가 마침내 대웅전 앞에 당도했는데, 장식수법이 화려한 전등사 대웅전(보물 178호) 네 귀퉁이 용마루 밑에는 지금도 네 개의 여인상이 마치 벌을 서는 형상으로 무거운 추녀를 이고 있었다. 그러고 보니 랑연이 언젠가 설화집에서 읽은 〈어리석은 도편수의 사랑〉이 아니던가. 마침 스님이 그 설화를 간략하게 들려주었는데, 그 여인상을 실제로 보니 모골이 송연해지면서 다시금 생생하게 떠올랐다.

경기도 강화군 소재 전등사를 창건할 때의 이야기다. 아침저녁으로 목욕재계하고 톱질 한 번에도 온 정성을 다하는 도편수는 어느 날 일을 마치고 피곤을 풀기 위해 마을로 내려와 주막을 찾았다.

텁텁한 막걸로 목이나 축이려던 도편수는 그만 주막집 작부와 눈이 마주쳤다.

"너 참 예쁘게 생겼구나. 자 이리 가까이 와서 너도 한잔 마셔라."

작부는 간드러진 웃음과 함께 술잔을 비우고는 다시 도편수에게 권했다.

"암 들고 말고. 잔이 철철 넘치도록 따라라."

술이 거나해진 도편수의 눈에 작부가 더없이 예쁘고 아름다워 보였다.

"너 그 손 참 곱기도 하구나. 이 억센 손과는 비교가 안 되는구나."

"나으리의 이 손이야말로 보배 손이 아니옵니까?"

"보배라니? 거 별소릴 다 들어보겠구나."

"이 손으로 성스러운 대웅전을 짓고 계시니 보배스럽지 않습니까?"

작부가 입이 마르도록 극찬을 아끼지 않으면서 거친 손을 만져주자 도편수는 그만 꿈인지 생시인지 분간을 못할 정도로 기분이 들떴다. 작부는 이때다 싶어 도편수 곁으로 더욱 가까이 다가앉으며 갖은 애교를 다 부렸다.

"정말 나으리의 솜씨는 오묘하옵니다. 나무기둥 조각 하나하나가 어찌 그리 오묘하지요?"

"그래, 고맙다. 천하에서 둘째가라면 섭섭할 솜씨를 네가 볼 줄 알다니,오늘밤 내 흠뻑 취할 것이니라. 자, 어서 따라라."

"나으리, 그 공사는 몇 해나 걸리나요?"

"음, 앞으로 대여섯 해는 족히 걸릴 것이다. 한데 그건 왜 묻느냐?"

"소녀가 나으리를 얼마간 모실 수 있나 알고 싶어서지요."

"오, 거참 영특하구나. 네가 원한다면 내 매일 밤 너를 찾아와서 술을 마실 것이니라."

"소녀 더 이상 아뢸 말씀이 없사옵니다."

"네 말 한마디 한마디가 그저 이쁘기만 하구나. 이리 더 가까이 오너라."

"나으리, 이러심 안 돼요. 이 손 놓으시고 오늘밤은 늦었으니 그만 돌아가세요. 나으리 모실 날이 오늘만은 아니잖아요."

"허긴 네 말이 맞다."

만취하여 주막을 나선 도편수는 다음날도 그 다음날도 거르지 않고 주막을 찾아 곤드레가 되도록 술을 마셨다. 그러나 작부는 매일 밤 도편수의 애간장만 태울 뿐 쉽게 정을 주지 않았다.

"허허 목수 녀석, 오늘 밤도 돈만 뿌리고 돌아갔구나."

주막집 노파는 매일 밤 돈을 물 쓰듯 하는 도편수가 마치 큰 봉인 듯 작부에게 단단히 일렀다.

"애야, 절대로 정을 줘서는 안 된다. 정을 주는 날이면 그날로 돈 벌기는 틀리는 게야."

이 같은 계략을 알지 못하는 도편수는 대웅전 불사가 더디어지는 것도 생각하지 못하고 매일 술에 취했다. 도편수의 얼굴은 날이 갈수록 초췌해졌다. 작부는 일말의 가책을 느꼈는지, 아니면 연민의 정을 느꼈는지 마음이 달라지기 시작했다.

"아무래도 이제 도편수하고 살림을 차려야 할까 봐요."

"에그, 무슨 소리냐? 네 덕분에 내 팔자도 좀 고쳐볼 참인데……."

"팔자고 뭐고 더 이상 그 순진한 어른을 괴롭힐 수 없을 것 같아요."

"쯧쯧, 큰소리 탕탕 치더니 어느새 정이 든 모양이구나."

"아닌 게 아니라 정도 들 만치 들었어요."

"허나 안 된다. 돈도 돈이지만, 돌쇠가 알면 널 그냥 둘 것 같으냐?"

작부는 그 말에 그만 흠칫했다. 돌쇠와는 오래전부터 정을 통해온 사이로 돈만 벌면 육지로 나가 잘살아보자고 약속한 터였다.

세월은 흘러 대웅전 불사도 어느덧 마무리 단계에 이르렀다. 공사비로 많은 돈을 받았건만 목수에겐 동전 한 닢 없었다. 그러던 어느 날 뉘엿뉘엿지는 해를 바라보며 도편수는 마음속으로 다짐했다.

"오늘은 약속을 받아내야지. 곧 새살림을 내자고."

주막에 이르러 막걸리를 마시며 색시를 찾았으나 보이질 않았다.

"할멈, 색시는 어디 갔기에 이렇게 늦도록 오지를 않소."

"도편수 어른 뵈러 간다고 나갔는데 웬일일까?"

"날 만나러요?"

"아니 그럼, 이년이 혹시 그 돌쇠 녀석하고 줄행랑을 친 게 아닌가?"

이미 나룻배를 마련하여 돌쇠와 육지로 도망간 줄 뻔히 알면서 노파는 딴전을 피우고 있었다.

"아니 줄행랑이라뇨? 날 두고요?"

"글쎄 고것이 사나흘 전부터 어째 수상쩍다 싶더니 아마 돌쇠 녀석하고……."

"이런 빌어먹을."

도편수는 술상을 박차고 밖으로 뛰어나갔다. 하늘엔 별들이 어제와 다름없이 여전히 반짝였고, 바닷바람 역시 무심히 스쳐갔다. 오직 도편수의 마음만 천 갈래 만 갈래로 찢어질 듯했다. 몇 날 몇 밤을 지새운 도편수는 다시 일을 시작했다. 지난날의 사랑이 증오로 변하면서 그는 복수를 생각했다.

어느 날 무슨 묘책이 떠올랐는지 목수는 여인상을 깎기 시작했다. 여자의 형체 넷을 조성한 도편수는 법당 네 귀퉁이 추녀 밑에 여인상을 넣고는 무거운 지붕을 받들게 했다.

"나를 배신하더니…… 어디 세세생생 고통을 받아 보거라."

이 이야기를 재미있게 들으면서 일행은 모두 신기한 표정으로 대웅전 처마를 떠받치고 있는 그 인물형 조각을 자세히 올려다보았다. 그 조각은 벌거벗은 여인을 묘사하고 있는 나부상裸婦像으로, 보는 이로 하여금 도편수의 우매한 사랑과 복수심이 담긴 전설을 음미케 했다. 다른 어떤 사찰에서도 볼 수 없는 특이한 형상이라는 생각이 들었다. 신성한 사찰의 처마에 옷을 벗은 여인의 상을 올려놓은 것이 예사롭지 않았기 때문이다. 네 귀퉁이의 나부상이 옷을 벗고 있기도 하고, 입고 있기도 하며, 오른손으로 처마를 떠받들고 있는가 하면 왼손으로 떠받들고 있기도 하고, 두 손을 다 올리고 있기도 하여 모두 다른 모습을 하고 있었다.

일행 중에 처사 한 명을 제외하곤 여섯 명이 모두 보살이라 그런지 재미도 있었지만 한편으론 간담이 서늘해지는 기분으로 이 이야기를 들었다. 우리가 일생을 살면서 자신의 욕심이 앞선 순간의 잘못된 선택이나 행동이 후세대대로 얼마나 큰 업보의 결과물로 남는지도 새삼 깨달을 수 있는 시간이 되었다.

잠시 후 일행은 대웅전 뒤로 나 있는 계단을 올라 삼성각을 향해서 갔다. 가는 도중 많이 걸어서 그런지 모두들 목이 말라 있던 터라 삼성각 밑에 있는 샘터에서 바가지로 떠 마시는 물맛은 천상의 감로수처럼 정말 꿀맛같이 달았다.

시원한 바람이 살랑살랑 부는 삼성각 앞에는 단아한 나무벤치가 놓여 있었다. 거기서 선묵 스님은 잠시 앉았다 가자고 했다. 스님은 삼성각에 참배한 후 보살이라는 명칭에 대해 오해가 많다고 하면서 잠깐 그에 대한 설명을 했다.

"여신도를 보통 보살이라고 부르는데, 무속의 보살도 보살이요, 자비를 상징하는 관세음보살觀世音菩薩이나 지옥중생을 제도하시겠다는 원력을 갖고 계신 지장보살地藏菩薩, 지혜를 상징하는 문수보살文殊菩薩, 실천을 상징하는 보현보살普賢菩薩도 보살이라서 많은 불자가 제대로 그 뜻을 알지 못하고 쓰는 일이 많은 것 같아.

보살은 위로는 부처님의 진리를 구하고 아래로는 중생을 교화하는 대승불교 최고의 수행사상으로서 중생 속에서 살며 지혜와 자비를 실천하는 구도자를 말하지. 보살은 범어를 번역한 말인데 '깨달음을 실천하는 사람, 즉 불도의 문을 열어 보이는 사람'을 뜻하는 거여. 그러니까 이 엄청나게 수승한 호칭을 절에 다니는 여성 불자 아무한테나 붙여서는 안 되는 것인데, 언제부턴가 우리나라에서 모든 여성 불자에게 사용을 하게 된 거란 말이여."

"어머, 그럼 저희들도 보살이라는 호칭을 들을 자격이 원래는 없는 거네요. 몰랐어요."

불교를 믿은 지 얼마 되지 않아 이런 얘기들이 귀에 설은 한 보살이 눈을 반짝반짝 빛내며 한마디 거들었다.

"허허, 하지만 언제부터인가 우리 불교계에서 일반신도들에게 보살계를 주기 시작했지. 그때부터 계를 받은 사람에 한해서 부르던 것이 이제는 누구나 불자라면 관세음보살이나 지장보살처럼 되라는 뜻에서 보살이라고 부르게 했다는 설도 있어. 그러니까 스스로나 다른 불자를 보살이라고 칭하려면 그 호칭에 관한 책임을 지면 되는 거여. 보살님의 뜻을 잘 받들어 그 이름에 부끄럽지 않은 행을 하면 되는 거지."

"네, 스님. 정말 보살 소리 들으려면 잘해야지요."

오늘 선묵 스님을 따라 강화까지 오길 참으로 잘했다는 표정을 지으면서 또 다른 보살이 스님의 말에 응수했다.

일행은 다시 삼성각 밑으로 내려와 대웅전 아래에 있는 보물로 지정되었다는 범종 앞에 멈춰 섰다. 이 범종은 본래 전등사의 범종을 임진왜란 때 빼앗겼기 때문에 중국 송나라의 것이 와 있는 것이라고 한다. 율림원은 아직 이렇게 큰 종각이 없어서 커다란 범종이나 법고, 운판 등의 불사를 하지 못했기 때문에 스님은 기왕 이런 역사적인 전통 사찰에 왔으니 실제 눈으로 보고 알아보자며 얘기를 시작했다.

"여기 있는 범종梵鐘이며 법고法鼓, 운판雲版, 목어木魚는 왜 치는 건지 알고들 있는가? 다 뜻이 있어 스님들이 힘들게 치는 것이니께 들어들 봐. 범종은 지옥에서 고통 받고 있는 중생을 제도하기 위한 법구이고, 법고, 즉 이 큰 북을 법고라고 하는데, 이는 축생을 제도하기 위한 법구, 또 구름 모양으로 생겼다고 해서 운판이라고 하는데 이것은 날아다니는 짐승을 제도하기 위한 법구, 이 물고기 형상을 하고 있는 목어는 물속의 어류들을 제도하기 위한 법구이지."

"그럼 결국 모든 중생을 제도하기 위해 필요한 도구들이네요."

일행 중 처사가 관심이 있는지 스님 옆에 바짝 다가서서 물었다.

"그렇지. 저 목어는 말여, 공양시간을 알릴 때 운판을 친 다음에 치는데, 왜 물고기 모양을 하고 있느냐 하면 물고기가 항상 밤이나 낮이나 눈을 뜨고 있는 것과 같이 수행자도 항상 깨어 있어야 함을 상징하는 것이지. 스님들이 염불할 때 치는 목탁은 목어가 변해서 된 것인데, 마찬가지 뜻이 있어. 중국이나 일본은 이 목탁을 거의 쓰지 않는 데 비해 우리 한국은 주로 목탁을 많이 쓰고 있는 건 잘들 알고 있겠지? 자, 이제 이만하면 궁금증이 풀렸는가?"

"네, 스님. 뜻을 알고 보니까 재미있네요. 앞으로 종소리나 북소리, 목탁소리를 들을 때는 스님께서 가르쳐주신 의미를 새기면서 들어야겠어요. 역시 불교는 공부를 좀 해야 신심도 깊어지는 것 같아요."

"자, 이제 그만 내려가 볼까?"

"네, 스님."

우리는 전등사를 떠나기 전에 조금 아쉬움이 남아 입구에 있었던 전통찻집에 들어갔다. 그날의 추천메뉴는 식혜와 쑥떡이었는데, 강화 쑥은 몸에 좋기로 워낙 유명하기 때문에 모두 보약 먹는 기분으로 쑥떡을 먹었고, 식혜는 시원한 게 맛이 그만이었다.

"어때, 시원하지?"

"네, 스님. 날이 더워서 그런지 정말 시원하고 맛있네요."

송글송글 맺힌 이마의 땀을 훔치며 처사가 응수했다.

"그런데 식혜는 시원하다고 쉽게 느낄지 몰라도 우리네 인생살이에 속 시원한 정답은 없다는 게 문제여."

"그게 무슨 말씀이세요?"

"옛날 숱한 선사들이 '이 뭐꼬' 한마디를 화두로 고민하며 살다가 생을 마쳤지만 결국 정답을 찾지는 못했어. 그저 우리네 인생살이는 한바탕 꿈을 꾸는 거란 말이여. 건들건들 구름처럼 나그네처럼 정처 없이 살다보면 인생 한 철이 끝나버리는 거지."

"그런데 스님, '이 뭐꼬'가 정확히 뭐예요?"

신도들이 번갈아가며 스님과 화답하고 있는 것을 줄곧 듣기만 했던 랑연이 뜬금없이 물었다.

"아~, '이 뭐꼬'란 '이것이 무엇인고'라는 말을 간단히 줄인 건데, 스님들이 참선을 할 때 화두로 세우는 걸 뜻해."

"아아, 네에~."

"보살들은 외모에 관심이 많겠지만, 사실 육신의 젊음이나 아름다운 용모, 사회적 지위, 평생을 긁어모은 재산 같은 건 언젠가는 사라지는 무상(無常)이지. 이에 비해 보살들이 노력해서 쌓은 덕은 결코 늙지도 않고 또 진리는 썩지 않는 법이여. 낮에도 밤에도 살아 있는 모든 생명은 늙고 사라지고 다시는 돌아오지 않으며, 살아 있는 건 모두가 떠나는 거니게. 허허허……."

"그럼 어떻게 해야 덕을 쌓고 진리를 깨우칠 수 있는 거죠, 스님?"

이번엔 다른 보살이 나서서 스님과의 일문일답을 이어나갔다.

"으음~. 어려운 질문이구만. 우리가 산다는 건 수많은 번뇌로 인해 사물을 제대로 보지 못하고 가지가지의 괴로움 속에서 살고 있어. 그러나 세상을 바르게 사는 것도 중생을 바른 길로 인도하는 것도 모두 지혜에 의해서 이루어지는 거 같아. 이 지혜는 단순한 지식이나 분별력이 아니라 실상을 바르게 비추어보는 참다운 지혜를 말하는데 이런 지혜를 '반야般若'라고 하는 거여. 예불 시간에 반야심경般若心經을 항상 외우잖여? 바로 그 반야를 완성하는 것을 최고의 목적으로 삼고 있는 종교가 불교인 셈이지."

"아아~, 그 반야가 바로 그런 뜻이었어요?"

"허나 아무리 뛰어난 지혜가 있다고 할지라도 자비가 없는 지혜는 아무런 소용이 없어. 그 모든 지혜의 성취가 바로 중생을 위한 지혜이니까 중생을 외면하는 것이라면 죽은 종교가 되는 거여. 그러니까 참된 지혜를 바탕으로 자비를 실천하는 게 바로 진정한 불교의 참뜻이라고 보면 돼."

"어휴, 알 것 같기도 하고 모를 것 같기도 하고, 쉬운 것 같기도 하고 어려운 것 같기도 하고 알쏭달쏭하네요, 스님. 아무튼 오늘은 진짜 스님 덕분에 공부도 많이 하고 좋은 구경도 많이 했습니다. 고맙습니다, 스님."

"너무 많이 알면 다치니께 고 정도로만 그저 그런 것이려니 생각하라고. 하하하."

강화도를 빠져나와 일행이 탄 차는 다시 자유로로 접어들었다. 어느새 불그레하게 석양이 지고 있는 임진강의 강물은 무심하게 흘러가고 있었다. 간간이 무리지어 날아다니는 철새들도 우리와 같은 중생이거늘 나름 '이 뭐꼬'를 화두로 삼고 있을지도 모른다. 자신의 전생은 뭐였을까? 자신이 죽고 나면 저 자동차라는 요상한 물건을 타고 이 세상을 제멋대로 지배하는 인간으로 태어날 수는 있는 걸까? 나는 왜 이렇게 새가 되어 하늘을 날고 있을까? 땅에서 기어 다니는 다른 동물들은 날 부러워할까? 라고 하면서……

랑연은 차창 너머로 철새들을 무심히 바라보며 혼자 중얼거렸다.

"도대체 이 뭐꼬가 뭐꼬?" ❀

제 14 장
혼자 떠나는 시간여행

지루한 장맛비가 벌써 며칠째인가……. 무덥고 습습한 날씨가 연일 계속되었지만, 그래도 이곳은 높은 산에 위치해 있어 시원한 바람이라도 불어주니 천만다행이다. 쉬지도 않고 쏟아지는 빗소리 때문에 인내심 많은 랑연조차 지루함을 느끼고 있었다. 하지만 이내 마음을 바꿔보는 그녀다. 자연의 축복 속에 살고 있는 만큼 오케스트라 협연쯤으로 들어줄 아량을 베풀어야 한다고 말이다.

오늘은 강원도에 혼자 사는 보살이 선묵 스님한테 최면을 받으러 오는 날이다. 랑연이 절에 들어온 이후로 정말 신기하다고 생각한 일이 많았지만, 이 최면에 관한 여러 가지 일화가 인상적이었다. 직접 그녀의 눈으로 보고 귀로 들었기 때문에 도저히 믿지 않을 수 없는 체험을 너무나 많이 했다. 또한 최면을 받은 후 정신적·육체적으로 치료가 되는 사람들을 많이 보기도 했다. 그래서인지 그녀는 무엇보다도 최면에 대한 관심이 많아져 그에 관련된 책도 몇 권 구입해 읽어보기도 했다.
자기 자신의 깊은 내면을 돌아보고, 자신의 모습과 행복의 형태를 파악하는 것이 최면이다. 이 최면을 통해 얻고자 하는 모든 것을 얻을 수 있고, 삶의 진정한 의미를 파악할 수도 있기 때문에 꽤 긍정적으로 보는 사람들도 있지만, 반면에 TV에서 하는 쇼 같은 느낌이 들어 최면을 부정하고 오해하는 사람들도 적지 않다.

선묵 스님은 자신의 잠재의식을 타인이 아닌 스스로 찾아갈 수 있는 가장 효과적인 방법이며, 우리 일상생활에 긍정적 효과를 불러올 다양한 경험을 할 수도 있다고 최면을 평가하고 있다. 또 영혼의 세계에서는 모든 것이 부질 없는 망상이라는 깨달음을 갖도록 해줌으로써 스스로 우리 눈엔 보이지 않는 영혼이 한을 풀게 하고 자기의지로 떠나가도록 해줄 수 있는 것도 최면의 세계라고 했다.

때로 사람들은 자신의 의지와는 상관없는 말과 행동을 하거나 고통을 당하는 경우도 있는데, 아마도 무형의 영이나 존재들이 빙의가 된 경우라고 한다. 이때 최면을 통해서 그 존재와의 대화를 통해 각각의 문제를 해결할 수도 있다는 것이다.

강원도에서 새벽부터 달려온 보살 둘은 오후 2시가 다 되어서야 절에 도착했다. 한 보살은 직장생활을 하는 40대 초반의 여신도였는데, 도무지 밥을 못 먹고 한번 화가 나면 스스로 삭이질 못한다고 했다.

저녁이 되자 예정대로 최면에 들어갔다. 자기방어가 강한 사람은 끝내 최면에 걸리지 못하는 경우도 있지만, 그녀는 정해진 수순에 따라 별 문제 없이 최면에 걸렸다. 전생체험 등을 하고 난 뒤, 스님은 어린 시절로 돌아간다고 하면서 하나 둘 셋 하며 그녀가 앉아 있는 의자에 죽비를 내려치고는 물었다.

"보살, 앞에 보이는 게 뭔가?"

그런데 여기서 전혀 예기치 못했던 뜻밖의 사태가 발생했다. 갑자기 그녀가 흥분하기 시작했다.

"엄마! 엄마! 아~ 어떡해. 엄마가 돌아가셨어요. 우리 엄마가 영정사진 속에 있어요. 우리 엄마 죽으면 안 돼. 엄마 아아~ 어떡해. 어떡하면 좋아. 엄마, 왜 거기 있어요? 엄마가 왜 죽었어? 엄마, 가지 마."

그녀는 영정사진 속에 어머니가 있다고 하면서 가지 말라고 손까지 좌우로 크게 가로저었다.

"어머니가 영정사진 속에 계시다고? 어머니가 돌아가셨나?"

"아뇨."

"그럼 왜 거기 계시냐고 물어봐."

"엄마, 왜 거기 계세요? ……아무 말씀도 안 하세요."

"어허, 그거 이상하구만. 멀쩡하게 살아 계신 분이 왜 영정사진 속에 계시지? 분명히 어머님이 맞아? 혹시 잘못 본 거 아녀?"

"아냐, 아녜요. 분명히 우리 엄마란 말예요. 무서워요. 흑흑…… 우리 엄마 벌써 돌아가시면 안 되는데, 어떡해요? 흑흑……"

최면은 결코 정신을 잃는 것이 아니며 최면상태에서 생각도 할 수 있고 다른 사람과 얼마든지 대화도 가능하다. 단지 이완된 상태에서 한 가지 생각에 집중할 수 있는 상태가 최면상태인 것이다.

같이 따라온 또 다른 보살은 이 말도 안 되는 광경을 보고 입을 다물지 못했다. 두 보살은 친한 친구 사이였기 때문에 최면을 받고 있는 보살의 어머니는 실제로 살아 계신 게 분명하다고 증언했다. 그동안 최면에 대한 경험이 풍부했던 선묵 스님인데도 이런 황당한 경우는 처음이라며, 고개를 갸우뚱할 뿐이었다.

보살은 울고불고 한바탕 난리가 났다. 어머니가 돌아가시면 절대로 안 된다고 몸부림을 치며 통곡했다. 대부분 몸의 움직임이 거의 없는 상태에서 말과 표정으로 감정표현을 하거나, 웃거나 눈물을 흘리는 일은 있어도 이렇게 몸부림을 치는 경우는 보기 드문 일이었다.

어쨌든 상황을 마무리하기 위해 스님은 영정 속의 어머니라는 존재한테 다시 한 번 대화를 시도해보기로 했다.

"보살, 어머니한테 왜 거기 계시냐고 다시 여쭤봐."

"엄마, 엄마 왜 거기 계세요? ……당신은 우리 엄마가 아니래요."

"그럼 누구시냐고 물어봐."

"그럼 누구세요? ……대답 안 하세요."

"그럼 살아 계신 분인가, 돌아가신 분인가 물어봐."

"지금 살아 계세요? 돌아가셨어요? ……돌아가셨대요."

"허허~ 그것 참~."

"자아~ 누구신지는 몰라도 부처님의 원력으로 좋은 곳으로 보내드릴 테니 이곳에 머무르지 마시고 이제 그만 영정사진 속에서 나오셔서 편한 곳으로 가시라고 말씀드려."

"이제 영정사진 속에서 나오셔서 편안한 곳으로 가세요. ……대답은 안 하고 눈물만 흘리세요. 흑흑…… 엄마아~, 죽지 마. 어떡해~, 우리 엄마가 죽을 건가 봐요."

아직도 그녀는 사진 속의 존재가 자신의 엄마라고 믿는 모양이었다. 너무 몸부림을 많이 치고 많이 울어서 자칫하면 쓰러질지도 모르는 긴급 상황이었다. 스님은 더 이상 지체할 수 없다는 듯이 이제 최면에서 깨어나라고 열부터 하나의 숫자를 거꾸로 세면서 마지막 하나의 숫자를 셀 때는 역시 죽비를 내리쳤다.

탁! 하는 죽비소리가 난 후, 그녀는 너무 울어서 벌겋게 충혈이 된 눈을 천천히 떴다.

"스님. 거짓말이 아네요. 영정사진 속의 엄마는 진짜 우리 엄마였다니까요. 믿어주세요."

"알았어. 알았어. 그런데 필시 무슨 곡절이 있을 텐데. 식구들한테 좀 알아 봐. 뭐든……."

"네, 스님."

한참을 실랑이한 덕에 요즘 불면증에 시달려 왔던 그 보살은 다음날 아침 늦게까지 깊은 잠을 자는 것 같았다.

그리고 다음날 그녀가 강원도로 돌아간 날 저녁 무렵에 그녀에게서 깜짝 놀랄 만한 내용의 전화가 왔다.

"여보세요? 보살님이세요? 저예요."

"으응, 잘 갔어?"

"네, 그런데 집에 도착하자마자 큰언니한테 전화를 해서 어제 최면 받았던 얘기를 했더니, 언니가 놀라운 얘기를 해주더라고요."

"무슨 얘긴데?"

"네에. 실은 영정 속의 엄마는 우리 엄마가 아니라 돌아가신 이모 같아요."

"이모?"

"네. 언니가 그러는데, 이모가 태어난 지 얼마 안 돼서 죽었대요. 그런데 우리 외할아버지가 너무 갓난아기이기도 하고 그래서 사망신고를 안 하셨는데, 이듬해 곧바로 태어난 우리 엄마의 출생신고를 하실 때 이모의 이름과 생년월일을 그대로 쓰셨대요. 말하자면 우리 엄마는 돌아가신 이모의 이름과 생년월일을 가지고 지금까지 평생을 살아오신 거죠."

"뭐? 어머나! 그럼 어머님과 너무 닮은 이모가 영정사진 속에 계셨던 거구나?"

"네에. 그런 것 같아요."

"알았어. 이제야 좀 수수께끼가 풀리는 것 같네. 얼른 스님께 말씀드려야겠어. 나중에 다시 전화해줄게."

"네, 그럼 수고하세요."

랑연은 등골이 오싹해지면서 입이 다물어지지 않았다. 믿을 수도 안 믿을
수도 없는 신기한 일이 아닐 수 없었다. 자신의 눈으로 직접 보고 들었으니
안 믿을 수도 없고…… . 최면의 최대 장점은 스님의 영적인 기도 결과를 상대
에게 얘기해주는 것보다는 본인 스스로 최면의 세계에서 본 사실에 대해서는
의심을 가지지 않기 때문에 가장 합리적이고 과학적인 결론이 나올 수 있다
는 점이다.

결국 그 한 많은 이모의 영靈이 그 보살 주변에서 가벼운 빙의 현상처럼 나
타난 듯했다. 스님은 곧바로 조촐하게 그 이모의 천도재를 올려주자고 제의
했고, 그녀는 흔쾌히 재를 올려달라고 부탁했다.

재를 올린 후 그녀의 건강은 눈에 띄게 좋아졌다. 분노 같은 자기감정을 조
절하지 못하고 밥까지 못 먹는 일은 더 이상 일어나지 않았다. 그녀에게는 최
면이 영가도 구원하고 자기 자신의 정신과 몸도 다 구제받는 참으로 의미 있
는 '혼자 떠나는 시간여행'이 되었던 것이다.

벌써 일주일째 굴삭기로 하늘에 커다란 구덩이를 파낸 듯이 장맛비가 퍼붓
자, 랑연은 문득 생각나는 곳이 있었다. 장마 끝이나 빗물이 많아지면 여인네
의 휘휘 감긴 치마폭처럼 아름답고 신비롭게 휘어진 계곡 주위로 끝도 없이 펼
쳐지는 기암괴석들과 푸른 물길이 절묘한 조화를 이룬다는 불영佛影계곡이다.

일 년 전 단풍이 절정에 이른 어느 가을날, 스님과 몇몇 신도와 함께 강원
도 낙산사落山寺, 홍련암紅蓮庵, 휴휴암休休庵 주변을 돌아본 적이 있다. 돌아오는
길에 울진 어느 사찰에 볼일이 있다는 처사가 있어 일행은 겸사겸사 울진까
지 내려갔는데, 그때 불영계곡을 거쳐서 가게 되었다. 그녀는 이번 장마가 그

치고 난 불영계곡에 가면 얼마나 신비로운 풍광을 볼 수 있을까 너무나 가보고 싶었다.

불영계곡이란 이름은 계곡 근처 울진 천축산天竺山에 있는 천 년 고찰 불영사佛影寺에서 붙여진 이름이다. 신라 진덕여왕 때 의상대사義湘大師가 창건했다고 전한다. 지금의 불영사가 있는 천축산은 인도의 천축산을 닮았다고 해서 그 이름을 딴 것이다. 절이 앉아 있는 자리는 원래 큰 연못이었고 대사가 보니 아홉 마리의 용이 있었지만, 그들을 내쫓고 연못을 메워 절을 짓고 구룡사라 했다. 그런데 그 뒤 서편에 부처님의 형상을 한 부처바위가 있어 그 그림자가 늘 못에 비치면서 불영사라는 이름을 얻었다는 전설이 전해 내려온다.

작년 가을, 울진의 사찰에 들렀다 만난 적이 있는 주지스님으로부터 어느 날 한 통의 전화가 왔다.

"주지스님 좀 부탁합니다, 보살님. 울진에 있는 절의 스님이에요."

"네, 안녕하세요? 스님. 잠시만 기다리세요."랑연은 타 종단의 스님이 무슨 일일까 궁금했지만 곧 스님께 전화를 연결했다.

"여보세요. 전화 바꿨습니다."

"스님 안녕하세요? 울진의 △△사 스님입니다."

"아, 네~ 안녕하세요. 어쩐 일로……"

"저어~ 그게…… 실은 저희 신도 보살의 딸이 대학교도 다니다 말고 휴학을 한 채 거의 정신과 약에만 의존하고 지낸지가 꽤 되었답니다. 듣자하니 스님께서 최면으로 그런 병을 치료하실 수 있다고 해서 혹시나 하는 마음으로 부탁 드리려고요. 그네들을 율림원으로 보낼 테니까 잘 좀 부탁드릴게요. 이런 어려운 부탁을 드려서 송구스럽습니다."

"아, 제가 보잘 것은 없습니다만, 최선을 다 해볼 테니 걱정 마시고 오라고 하세요. 멀어서 걱정이긴 합니다만……."

"살려면 어딘들 못 가겠습니까? 지푸라기라도 잡아야 할 심정일 텐데요. 허락해주셔서 감사합니다, 스님. 그럼 다음에 언제 한번 또 뵙겠습니다."

그 전화가 온 다음날 한 50대 초반쯤 되었을 법한 경상도 억양을 쓰는 보살한테서 다급한 목소리의 전화가 걸려왔다.

"저, 거길 찾아가려고 하는데요. 주소 좀 알려주세요."

"아 네~. 혹시 울진에 사시는 보살님 아니세요?"

"네, 맞아요. 제 딸하고 지금 올라갈 건데, 스님 사중에 오늘 계신가요?"

"네. 계십니다. 주소는 경기 양주시 남면 신암리 158의 5번지이고요. 감악산 신암지 부근이에요. 못 찾으시면 전화 주시고요. 조심해서 올라오세요. 그럼 기다리겠습니다."

울진의 모녀는 저녁 공양시간이 다 되어서야 도착했다. 학교를 휴학하고 있다는 그 여학생은 오랫동안 바깥출입을 하지 않았는지 퉁퉁 부은 얼굴에 핏기도 전혀 없어 보였고 아무런 표정도 없었다. 그저 도수가 높은 검정 뿔테 안경 너머로 희망도 의욕도 없어 보이는 외꺼풀의 초점을 잃은 눈만 깜박거리고 있었다. 하지만 심성은 착해 보였다.

랑연은 선묵 스님과 그 모녀를 위한 조촐한 저녁을 차려서 함께 공양을 했다. 스님은 그 모녀가 절에서 묵어갈 수는 없다고 하여 일찌감치 최면을 해보자고 했다.

"자, 스님이 말하는 대로 잘 쫓아와 보거라. 두려움 같은 건 가질 필요 없단다. 그저 잠시 눈을 감고 상상여행을 떠난다고 생각하면 된다. 엄마도 옆에서 널 지켜보고 계시니까 마음 푹 놔도 된다."

"네, 스님."

그 학생은 선묵 스님이 말하는 대로 곧잘 따라했고, 마음이 순수한 학생이라 그런지 다른 사람들보다 오히려 빨리 최면에 들어갈 수 있었다. 정해진 순서대로 무의식의 여행을 하던 중, 스님은 이번엔 지금 살고 있는 울진의 집에 가보자고 하면서 하나 둘 셋 신호와 함께 죽비를 내리쳤다.

"자, 집에 당도했나?"

"네."

"집은 아파트인가?"

"네."

"현관문을 열고 들어가볼까?"

"네. 그런데요, 문 앞에 아빠가 계세요."

선묵 스님이 갑자기 옆에 있던 보살에게 고개를 돌리더니 물었다.

"아빠는 살아 계신가요?"

"아뇨, 3년 전에 돌아가셨어요. 사고로……."

"네, 그랬군요. 알겠습니다."

스님은 다시 학생 쪽을 바라보고 대화를 계속했다.

"그래? 오~ 아빠가 우리 애기가 보고 싶어서 오셨나보네."

"아빠가 무슨 옷을 입고 계셔?"

"장교모자를 쓰고 평소에 입고 계시던 장교복을 입으셨어요."

"아빠의 표정은?"

"제게 반갑다는 듯이 웃고 계세요."

"그래? 그럼 아빠한테 여길 어찌 오셨냐고 여쭤봐."

"아빠, 여긴 어떻게 오셨어요?…… 아빠가 제가 보고 싶어서 오셨대요. 아니, 여기 항상 계신대요. 우릴 떠날 수가 없다고……."

옆에서 숨을 죽이고 지금의 상황을 지켜보고만 있던 보살이 돌연 숨을 몰아쉬더니 울음을 토해내면서 거들었다.

"흑흑…… 하나밖에 없는 무남독녀 외딸이라 아빠의 사랑을 독차지했어요. 아이가 공부도 잘했고 착하고 말썽 한 번 안 부렸으니까요. 흑흑…… 그렇게 갑작스레 떠나지만 않았어도 우리 애가 저렇게 되지는 않았을 거예요. 흑흑……."

북받치는 설움을 억누르지 못하고 이내 눈물을 보이고 말았다.

"잠깐만요. 보살님. 좀 진정하세요."

스님은 학생의 어머니한테 약간의 주의를 주었다.

"자, 아빠한테 정중히 인사를 올리고 여쭈어봐. 아빠 소원이 뭐냐고……."

"아빠, 그동안 안녕하셨어요? 그런데 아빠의 소원은 뭐예요?…… 우리 가족하고 예전처럼 단란하게 식탁에서 엄마가 차려준 밥 한 끼 먹는 거래요."

"아, 그러셨어? 그거야 어려울 것 없지. 그럼 그렇게 해 드리겠다고 해. 그럼 언제가 좋을지 아빠한테 여쭤봐. 말씀만 해주시면 스님이 엄마한테 얘기해서 꼭 그 약속을 지켜 드린다고 말이야."

"네, 아빠, 언제가 좋으세요? ……다음 주 수요일이 아빠 생일인데 그날 저녁에 드시고 싶대요. 케이크도 자르고요."

"그래? 그럼 그렇게 해 드리겠다고 하고. 아빠한테 저녁 한 번 드시고 나면 이제 좋은 곳으로 떠나실 거냐고 여쭤봐."

"아빠, 그럼 저녁 드시면 좋은 곳으로 가실 거예요? ……네. 그러신대요. 제가 너무너무 걱정이 돼서 저한테서 못 떠나고 늘 저하고 함께 울기만 하셨대요."

"옳지. 그러셨겠지. 눈에 넣어도 안 아플 요렇게 이쁜 딸을 두고 어찌 아빠가 먼 길을 떠날 수가 있으셨겠니? 그건 당연한 일이다. 하지만 아빠한테 다시 말씀 드리거라. 아빠가 너무 슬퍼하시면서 제 곁에 머무시면 제가 외출도 못하고 학교도 못 가니까 공부도 할 수 없고 잠도 못 자고 정말 아무것도 할 수 없다고…… 그럼 바보가 되는데 어떡하면 좋겠냐고 여쭤봐."

"네……. 아빠, 제가 바보가 되는 게 좋으세요? 전 학교에 가고 싶어요. 공부도 하고 싶고, 꼭 성공해서 아빠 대신 엄마를 보살펴 드리고 싶단 말예요. 아빠가 하늘나라에서 도와주세요. 제가 그렇게 할 수 있게요……. 아빠가 그렇게 하시겠대요. 아빤 제 옆에서 절 지켜주시는 게 잘해주는 건 줄 아셨대요. 아빠가 잘못 생각하셨대요."

"그럼 아빠한테 고맙습니다 하고 정중히 인사 여쭙고 아빠를 모시고 집안을 한 바퀴 돌아라. 아빠가 마지막으로 한번 둘러보시게……."

"네."

"자, 다 둘러봤니?"

"네. 그럼 아빠의 약속도 받아냈으니 이제 그만 현실세계로 돌아오자꾸나. 자, 열에서 하나까지 거꾸로 스님이 셀 테니까 잠에서 깨어나거라. 열, 아홉, 여덟, …… 하나!"

선묵 스님의 죽비소리와 함께 그녀는 천천히 눈을 떴다. 눈에는 눈물이 가득 고여 있었다. 옆에서 딸과 죽은 남편의 믿지 못할 대화를 발갛게 상기된 얼굴로 듣고 있던 보살은 딸이 최면에서 깨어나자 와락 그녀를 끌어안았다.

"어때. 아빠를 만나니까 좋아?"

"네, 정말 보고 싶었어요."

"흑흑, 난 그런 줄도 모르고 천도재랑 다 지내드렸고 절에도 모셔놔서 아무 문제없는 줄만 알았는데……."

"아무래도 학생 아버님이 너무 떠나기 싫은 길을 떠나신 것 같아요. 게다가 따님에 대한 사랑과 애착이 지나치게 깊다 보니…… 어쨌든 참말 다행이에요. 이제라도 따님이 비정상적인 행동을 보인 이유를 알게 되었고, 오늘 아버님하고의 약속도 받아냈으니, 따님에게 틀림없이 차도가 있을 겁니다. 이제 아무 걱정하지 마시고 다음 주 수요일 아버님 생신날이 맞으면 그날 저녁에 생전에 좋아하시던 음식을 정성껏 차리서서 생신잔치를 좀 하십시오."

"네, 스님 정말 고맙습니다. 이 은혜에 어떻게 보답해야 할지……."

"은혜는 무슨…… 다 부처님께 보살님이 지극정성으로 기도공덕을 쌓으신 덕분이죠. 허허허……"

최면에서 깨어난 그 여학생의 얼굴은 몰라보게 달라져 있었다. 얼마나 표정이 살아나고 밝아졌는지 좀 푸석푸석하고 생기라곤 없던 얼굴이 예뻐 보일 만큼 변해 있었다. 말하는 목소리도 또박또박 의욕적으로 들렸다.

거듭 감사하다는 말을 남긴 채 오늘밤은 서울 이모집에서 묵을 예정이라고 말하고는 부지런히 그 모녀는 절을 나섰다.

다음날 저녁쯤 되었을까? 울진의 보살이라면서 전화가 걸려왔다.

"여보세요? 울진에서 갔던 보살입니다."

"어머, 잘 가셨어요?"

"네, 덕분에 잘 왔고요. 우리 아이가 몰라보게 딴 사람이 됐어요. 예전의 우리 딸애를 다시 찾은 것만 같아서 믿기지가 않아요. 아직 완전한 건 아니지만 금방 다시 옛날로 돌아갈 것 같아요. 저…… 어제는 너무 실례가 많았고, 제가 부처님께 너무 감사해서 초라도 켤까 해서 제 성의껏 보내드리고 싶어서요. 도저히 그냥 있을 수가 없어요. 몇 년 동안 그렇게 많은 병원을 돌아다니면서 돈도 많이 썼는데 이제야 인연을 만나다니……."

그 후에도 가끔 그 울진 보살한테서 연락이 왔다. 이젠 아이가 다시 복학도 했고 집안에 웃음꽃이 핀다고 하면서 스님의 은혜는 평생 안 잊겠다고 했다.

저녁 어스름, 장대 같이 쏟아지던 비가 보슬비로 바뀌면서 감악산 정상 쪽 봉우리마다 걸려 춤추고 있는 운무雲霧가 신령스럽기 그지없어보였다. 저 운무를 타고 정말 산신이라도 내려오실 것 같은 환상에 잠겼다.

랑연은 새삼 이곳 산사에서 참 많은 일들이 일어났구나 하는 감회가 솟구쳤다. 앞으로도 얼마나 많은 사람이 이 '혼자 떠나는 시간여행' 속에서 수많은 일을 겪게 될까 생각하면서…….

스님과 마주한 녹차향이 오늘따라 그윽한 풍미를 더욱 느끼게 한다. 🌸

제 15 장
삶의 여정

올봄 선묵 스님과 함께 장터에서 사와 앞뜰에 심은 장미들이 드디어 그 아름다운 자태를 뽐내며 하나둘씩 피어나기 시작했다. 빨간 울타리 장미며, 환타색 장미, 흑장미, 노란 장미, 분홍 장미들이 르누아르 그림 속의 여인들처럼 기교 있고 우아한 모습으로 화려하게 피어났다.

시간은 아무도 막을 수 없는지 우울하고 지루한 장마도 끝나고, 어느새 태양이 작열하고 온갖 꽃이 만발하는 여름이 절정에 올랐다.

장미는 꽃송이가 만발하면 빨리 그것을 따줘야 다른 꽃송이들이 소담스럽게 잘 핀다며 선묵 스님은 꽃송이가 만개하면 얼마 감상도 못했는데 똑똑 따버리셨다. 마치 장미의 화려한 유혹을 냉정하게 뿌리치기라도 하듯……

뜰 한켠에는 몇 년 전에 스님이 산에서 뿌리를 캐다가 심은 장미만큼이나 화려한 색깔을 뽐내는 짙은 주홍색 산나리 꽃이 그야말로 흐드러지게 피어 있다. 절에 들어오기 전 풀 이름은 물론이고 꽃 이름도 제대로 알지 못했던 랑연이 지금은 제법 풀과 꽃 이름을 꽤 많이 알게 된 것만도 감사한 일이다. 모름지기 수행자는 흙을 밟으면서 자연과 함께 살아야 구도의 길이 더욱 한층 가까워지는 법이라면서, 스님은 온갖 정성으로 뜰을 가꾸고 있다.

한 무더기씩 피어나는 패랭이꽃도 보는 이의 가슴을 열정으로 가득 차게 하기는 마찬가지다. 작년에 강원도에 갔을 때 어느 휴게소에 피어 있는 패랭이꽃을 보고 스님이 씨를 조금 얻어와 뜰에 심었다. 그것들이 고맙게도 올여름 흰색, 연분홍색, 진분홍색 등 갖가지 색의 꽃을 활짝 피운 것이다.

패랭이꽃은 씨가 매우 작아서 약한 바람에도 널리 퍼지는 습성을 지니고 있는데, 감악산의 바람이 좀 대단한가. 참 많이도 퍼져서 랑연이 이름붙인 뜰의 '산사의 꽃길'에 예쁘게 집단을 이루며 피어났다.

불교가 연꽃이라면, 기독교는 패랭이꽃인가……. 기독교에서는 패랭이꽃을 십자가에 못 박힌 그리스도를 보고 성모마리아가 흘린 눈물에서 피어난 꽃이라 하여 귀하게 여겨 '영원하고 순결한 사랑'의 꽃이라 했다고 한다. 그 꽃말처럼 정말 사랑스럽기가 이루 말할 수 없는 꽃이다. 무수하게 작은 꽃망울들이 영롱한 빛깔로 유혹하는 통에 선묵 스님과 랑연은 한참을 그 앞에 쭈그리고 앉아 감상에 빠지곤 한다. 한 번 심으면 해마다 그 자리에서 또 피어나는 꽃이니 푸근하고 고마운 마음도 든다.

그날은 화려한 장미꽃들이 그녀들의 아름다운 자태를 한껏 뽐내며 피어 있었고, 한낮의 태양이 그 어느 때보다도 뜨겁게 이글거렸다. 그러나 이곳 산사의 뜨락은 워낙 높아서 간간히 불어주는 산바람 덕분에 다소 시원한 감을 느낄 수 있었다. 해거름이 되어 뉘엿뉘엿 해가 서산 너머로 모습을 숨기자, 구름 한 점 없이 맑은 여름날이었으니까 새까만 하늘에 하얀 별들이 한바탕 잔치를 벌일 건 자명한 일이었다.

랑연은 선묵 스님이 지방에 용무가 있어 절을 비운 탓에 저녁 공양은 대충 찬밥에 물을 말아 얼마 전에 다시 일본에서 돌아온 아미와 간단히 들었다. 아미가 끓여온 커피를 마시고 있는데, 그녀가 갑자기 랑연에게 로맨틱한 제안을 해왔다.

"엄마!"

"왜? 아미야."

"우리 오늘 날도 덥고 별들도 너무 예쁘니까 앞뜰에 돗자리 깔고 밖에서 자지 말고 얘기나 해요. 아빠도 안 계시니까요……."

"어머, 그럴까? 정말 오늘은 웬 별이 이렇게 많이 뜬 거야?"

랑연과 아미는 창고에 가서 두텁고 푹신푹신한 매트를 꺼내와 앞뜰 잔디밭에 깔았다. 그러고는 아예 얇은 덮을 것까지 들고 나와 하늘을 지붕 삼아 반듯이 누워버렸다. 그리고 두 사람은 이 세상의 자유를 자기들만이 완벽하게 향유하고 있다는 듯 두 팔과 다리를 시원하게 뻗어보았다.

어느새 하늘은 삽시간에 짓궂은 아이가 검정색 크레파스로 하얀 도화지를 박박 칠해서 새까맣게 만들어놓은 듯이 검정색이 되었다. 그리고 그 위에 누군가 영롱하게 빛나는 새하얀 보석을 총총히 박아놓은 것처럼 눈부시게 아름다운 별세계가 펼쳐져 있었다.

"아미야. 엄만 별을 보면 항상 알퐁스 도데의 단편소설 『별』에 나온 양치기 소년이 생각난단다. 오늘처럼 저 영롱한 별들이 한꺼번에 머리 위로 와락 쏟아져 내릴 듯한 밤하늘 하래서 우리 딸 아미를 보고 있으니 더 생각이 나네."

"우리 엄만 정말 문학소녀 같아요. 하여튼 엄마의 열정은 도저히 50대 여성이라고는 믿어지지 않는다고요. 후훗…… 나도 엄마의 식지 않는 열정이 부러워요. 전 어떨 땐 정말 인간의 감정이 뭔지 모를 때가 많으니까요. 엄마……."

"너도 물론 그 책을 읽었겠지만, 다시 한 번 들어봐. 오늘은 우리 둘 다 문학소녀가 돼 보자꾸나, 응?"

"네, 엄마."

"그 양치기 소년은 마을에도 못 내려가고 오로지 양떼와 사냥개만 상대하며 혼자 지내는데, 뜻밖에 소년이 먹을 양식을 그렇게 그리워하는 주인집 딸 스테파네트가 가져오게 된 거야. 그런데 점심나절에 내린 소나기로 강물이 잔뜩 불어나 그녀가 마을로 돌아갈 수 없게 되자, 그 소년은 무수한 별이 빛나는 밤하늘을 바라보며 그녀에게 별에 관련된 아름다운 이야기를 들려주었지. 그녀가 소년의 어깨에 머리를 기대고 잠이 들고 그들은 그대로 밤을 지새운다는 순박한 소년의 청순한 사랑을 그린 아름다운 얘기지……."

"아아! 정말 그 두 소년소녀의 아름다운 모습이 눈앞에 그대로 펼쳐지는 것 같아요. 엄마, 저도 그런 사랑을 할 수 있을까요?"

"그럼, 얼마든지 할 수 있지. 이렇게 예쁜 우리 딸이 그런 사랑을 왜 못해?"

"글쎄요…… 전 아무래도 자신이 없어요. 사랑이나 결혼 같은 건 먼 나라 사람들의 얘기로만 생각되고……. 엄마, 문득문득 저도 평범한 여자로 살면서 레이스가 달린 흰색 앞치마를 두르고 가족을 위해 맛있는 요리를 만들고, 귀여운 아가를 만날 수 있는 임신과 출산의 기쁨도 맛보고 싶을 때가 있어요. 그러다 보면 지금의 저의 현실이…… 모든 게 다 귀찮아지고, 수행의 길을 가는 것도 하루아침에 이루어지지 않으니까 조급증이 나기도 하고요. 이러면 안 된다는 걸 알면서도…… 엄마, 이런 절 야단쳐 주세요."

"괜찮다. 너도 한 사람의 여자인데, 인간인데 그런 생각을 할 수도 있지. 암, 할 수 있고말고. 엄마한텐 무슨 얘기를 해도 다 이해하니까 네 마음속 꽁꽁 숨겨놓은 얘기도 다 하거라. 그런 생각이 가끔 고개를 쳐들어도 부처님은 다 이해하실 거야."

"그런데 엄마, 전 왜 이렇게 분별력이 없는 걸까요?"

"무슨 분별력?"

"분별력도 없고…… 그리고 자신감도 없어요. 주변의 많은 사람이 절 좋다고 해요. 개중엔 약간 여러 가지로 문제가 있는 사람들도 있고요. 하지만 전 어느 누구도 완전히 밀어낼 수 없어요. 제겐 인간은 누구나 똑같이 보이니까요. 그게 바로 제가 분별력이 없는 거겠죠? 게다가 자신감도 없어요. 전 제가 어떤 사람인지 무슨 능력을 가졌는지 도대체 모르겠어요. 내세울 게 아무것도 없는 너무나 보잘것없는 인간 같아요."

"넌 이 세상 모든 사람을 불쌍히 여기는 자비의 마음이 정말 대단하구나. 네가 분별력이 없다고 느끼는 건 네가 모든 것에 평등한 마음을 갖고 있기 때문인데, 때론 그것이 널 아주 위험하게 만들고 널 곤란에 빠뜨릴 수도 있음이야. 물론 엄만 네가 진짜 마더 테레사 수녀 같은 사람이 되었으면 더 이상 바랄 게 없다. 너처럼 처음 만난 사람이든 많이 보던 사람이든 속 밑바닥까지 꿰뚫어보는 능력을 지닌 사람을 아빠 말고는 본 적이 없기 때문이야. 제발 조금만, 조금만 더 이 현실세계에 익숙해져봐. 조금만 분별력을 가져봐. 너의 그 관세음보살 같은 자비로움에 아주 조금의 냉정함 말이야.

그리고 넌 앞으로 많은 사람을 도와주려면 네 나름대로의 프라이드를 가지지 않으면 안 된다. 그 프라이드야말로 너의 힘과 능력이 되어 더 많은 사람을 위한 도구로 널 쓰이게 만들어 줄 거니까…… 알았지?"

"네, 엄마 노력할게요. 엄마를 보고 그대로 따라할 거예요. 엄마의 놀라운 점은 누구보다 가장 현실적인 사람이라는 거예요. 커다란 의무와 책임감이 따르는 현실 말이에요."

그녀가 앞으로 더 큰일을 하기 위해서는 지금의 소소한 인간관계는 냉정하게 선을 긋지 않으면 안 된다는 것이리라. 가엾은 마음이 앞서 큰 것을 보지 못한다면 그녀의 앞날엔 적지 않은 장애에 부닥칠 것이 분명했다.

"그런데 엄마, 전 왜 누군가가 계속 귓전에서 속삭이죠? 24시간을…… 그분이 바로 신의 존재일까요……."

랑연은 그녀의 이 질문에 딱히 뭐라고 답하지 못했다.

정말이지 그녀는 외계인도 아니고, 어떤 존재일까? 그동안 많은 신도에 관한 이야기를 아미에게 물었다. 그녀는 묻는 즉시 숨도 안 쉬고 즉답을 하곤 했다. 무속에서의 빙의 차원의 얘기가 아니라는 건 너무나 분명한 일로, 어떠한 무속행위도 필요치 않았고, 그녀가 하는 이야기의 차원은 매우 논리적이고 고차원적이었기 때문이다. 또 죽은 이들과의 커뮤니케이션이 늘 가능했다. 하늘의 메시지를 그대로 24시간 언제 어디서든지 받을 수 있는 신비한 세계 속의 존재였으니까……

불쌍한 아미……. 하지만 엄청나게 쏟아져 내리는 신의 메시지와 속세의 중생 사이에서 어느 것이 참된 길인지 혼동되고 언제까지 그런 혼돈의 세계에서 정처 없이 헤매야 하는 또 하나의 중생이 되어야 하는 건지 아마 더욱 많은 수행의 시간이 그녀에게도 절실히 필요한 게 아닌가 싶다.

그런 아미가 평범한 여자처럼 오늘은 사랑타령을 하고 있다. 그 자리에 함께 있는 랑연은 가슴이 미어질 듯 아파왔지만 무슨 말이든 해줘야겠기에 잠시 후 입을 열었다.

"아미야. 아빠가 그러시는데, 넌 이담에 꼭 네가 인간적으로 의지할 수 있는 사람을 만날 수 있대. 다만 보통 남자가 아닌 단지 너의 시봉자로서 철저한 신앙심으로 무장된 남자가 아니면 이루어지기 힘들 거라고 하셨어. 엄마가 모든 것을 포기하고 굽히고 아빠의 시봉을 하고 있는 것처럼 너의 남자도 그 자리를 지키려면 각고의 노력을 해야 할지도 몰라. 한없는 인내심을 요구하지. 하지만 그가 널 진심으로 믿고 사랑한다면 충분히 가능한 일이야."

다음날 선묵 스님은 다시 도량으로 돌아왔다. 그리고 요사이 아미의 얼굴이 어딘가 어두운 걸 알았는지 조용히 그녀와 랑연을 팔각정으로 불렀다. 그

리고 아마도 자기 자신과 현실 사이에서 상당한 고뇌를 하고 있을 아미를 앉

혀놓고 이런 말을 했다.

"아미야. 부처님의 말씀 중 법성계法性偈에 보면 이런 얘기가 있단다. 잘 새겨

듣거라.

　　　쏟아지는 비와 같은 보배가 허공에 가득 하여

　　　모든 중생을 이롭게 하려 하나 중생은

　　　자기가 닦은 그릇 따라 이익을 얻어가네.

아무리 구제해주려고 해도 그 중생의 그릇이 작으면 부처님도 어찌 할 도

리가 없는 거란다."

"네, 아빠, 무슨 말씀인지 잘 알겠어요. 전 제 그릇을 키우기 위해서라면 무

슨 어려움이 있어도 노력할게요."

"네가 중생의 현실과 너의 높은 이상理想 사이에서 무척이나 고뇌가 많은 걸

아빠가 잘 알고 있다. 하지만 그런 고뇌 또한 삶의 여정 아니겠느냐. 어느 집

안이고 자손이 좋은 대학 나와 사법고시에 합격하여 판검사를 배출하면 집

안경사는 물론 장래가 탄탄대로로 보장받는 선망의 대상이 되지. 우리나라

역대 법맥을 지켜온 코스이니까. 하지만 아이러니하게도 이들은 나쁜 짓하는

도적, 사기꾼, 남을 해하는 자, 패륜이나 불륜을 저지르는 자들이 있기에 존재

하는 거야. 세상 모든 이가 착하게만 살아가면 이들의 존재는 없었다는 거지.

모든 경기에 페어플레이 하는 선수들만 뛰면 심판이 필요 없다는 거지. 그러

나 모든 것이 상대적 욕망 때문에 문제가 있는 거여.

위가 있으면 아래가 있고, 왼편과 오른편이 존재하며, 있는 것과 없음이 있

고, 잘나고 못난 것이 있는가 하면, 알고 모르는 게 있고, 배운 이와 못배운

이가 있으며, 남자와 여자가, 그리고 사방이 뚫렸으나 입체 공간이 뒤덮고, 어느 것은 아래로 떨어지고 어느 것은 위로 오르니까 기가 막힌 균형의 섭리가 존재하는 재미난 현상이지. 이것을 지혜로 가름하여 보다 나은 삶을 꾸리고자 힘쓰는 우리네 얼룩들이 바로 인생이라는 거지.

그러나 인생 그 자체가 모두 꿈일 수 있네. 그러기에 『명심보감明心寶鑑』에서,

'인생만사 개유정人生萬事階有定 부생공자망浮生空自忙'

뜻을 풀이하면, '모든 이의 삶은 정해져 있거늘, 부질없는 우리네 인생은 바쁜 척한다'는 거야. 미쳐서 살다가 정신이 들어 죽는다는 거지."

그런데 정말 안타까운 건 요즘 사람들은 돈이 많은 사람은 개똥밭에 굴러도 예술이고, 돈이 없는 사람은 풀밭에 굴러도 미친 짓이라고 손가락질 받는 세상이라는 거야. 후우…… 돈이 전부가 아닌데 말여."

선묵 스님의 얘기를 들으면서 랑연은 가슴이 뜨끔해졌다. 우리가 틀에 짜인 인생의 가치관만을 최고로 여기며 살 때 얼마나 큰 우를 범하고 살게 될지 모르는 일이기 때문이다.

이어 선묵 스님은 신라의 고승 의상대사가 지은 법성게의 유래에 매우 신비스러운 설화가 전해져 온다고 하면서 자세히 일러주었는데, 최치원의 〈의상전義相傳〉에 기재되었던 것이다.

의상 스님이 그의 스승 지엄 스님 문하에서 화엄華嚴을 수학하고 있을 때 한 번은 꿈속에 한 선인이 나타나 의상 스님에게 말하였다.

"그대가 깨달은 바를 저술하여 여러 사람이 알 수 있도록 하라."고 하였다. 또 꿈에 선재동자가 총명약을 주었으며, 그리고 푸른 옷을 입은 동자가 다시 나타나 세 번째로 비결을 주는 것이었다.

이 이야기를 스승에게 하였더니 "선인이 신령스러운 것을 나에게는 한번을 주더니 너에게는 세 번을 주었구나. 널리 수행하여 네가 터득한 경지를 표현하도록 하라." 고 하였다. 의상 스님이 명을 따라 그가 터득한 오묘한 경지를 써서 〈대승장大乘章〉 10권을 짓고 스승에게 잘못이 없는지를 보아주기를 청했다.

이에 스승이 보고 난 뒤, 뜻은 좋으나 말이 너무 옹색하다 하여 다시 고쳐 지은 뒤, 함께 불전에 나아가 그것을 불에 사르면서 "부처님의 뜻에 맞는 글자는 타지 않게 해주소서." 하고 기원을 하니 210자만 타지 않고 남았다. 이에 의상 스님이 남은 글자를 주워 다시 불속에 던졌으나 마침내 타지 않으니, 스승이 눈물을 흘리면서 감동하여 칭찬하였다.

의상스님이 글자를 연결하여 게송이 되게 하려고 며칠 동안 문을 걸고 글자를 연결해 맞추어 마침내 30구句를 이루니 삼관三觀의 오묘한 뜻을 포괄하고 십현十玄의 아름다움을 드러내었다 하였다.

"아미야. 너도 부처님이나 선신에게 꿈이나 기도 중에 많은 것을 받고 있지 않느냐. 넌 언젠가는 반드시 진짜 훌륭한 중생구제를 할 수 있는 스님이 될 것이니 너무 걱정 말거라. 그런 걸 아무나 받는 것이 아니니까……."

제자 하나를 길러내기가 어디 그렇게 쉬운 일이겠는가. 출가한다는 것 자체가 그렇게 어렵고 또 어려운 일인 것을……. 선묵 스님의 말씀을 내내 들으면서 눈물이 그렁그렁해진 아미를 뒤로 하고 스님은 잠자코 자리에서 일어나 바깥으로 나갔다.

랑연은 스님의 마음이 얼마나 아플까 걱정되어 창문 밖을 내다보았다. 스님은 일체의 상념을 잘라내기라도 하듯, 타오르는 불꽃만큼이나 붉은 색깔의 활짝 핀 장미 한 송이를 거침없이 똑 따버리고는 잠시 하늘을 올려다보았다. 천상에 계신 수많은 선신에게 하소연이라도 하는 것일까……. ✿

제 16 장
가을의 문턱에서 어머니를 추모하며

　얼마 전에 찌는 듯한 막바지 찜통더위를 보내면서 이곳 율림원에서도 우란
분재盂蘭盆齋 백중百中행사를 치렀다. 우란분재는 음력 7월 15일에 지옥이나 아귀
의 세계에서 고통 받고 있는 영혼을 구제하기 위하여 불·법·승 삼보에 합동
으로 공양하는 의식이다.

　백중은 백종百種, 혹은 망혼일亡魂日이라고도 한다. 이때쯤이면 백 가지의 과
일, 채소가 나와 백 가지 곡식의 씨앗을 갖추어놓는다는 뜻에서 백종이라고
하는 설이 있고, 절에서 조상을 위해 위패를 모시고 재를 올려 공양을 드려
서 망혼을 극락으로 인도했다고 하여 망혼일이라고도 했다고 전한다.

　불전에 전하는 유래를 보면, 부처님의 신통제일의 제자 목건련이 신통에 들
어 혜안으로 살펴보니 자신의 돌아가신 어머니가 아귀도에서 고생하고 있는
것이었다.

　어느 날, 아버님 장자가 상당한 재산을 남기고 돌아가셨고, 아들 목련은 그
재산을 나누어 어머니께 드리고 일부는 3년 동안 매일 아버지의 천도재를 해
드리고, 일부는 생활비로 쓰도록 했다. 그 후 외국으로 장사를 갔다가 3년 후
에 돌아오니 어머니는 방탕한 생활로 가산을 다 탕진하고 아버지의 천도재도
지내지 않았다. 그 후 어머니는 돌아가셔서 그 과보로 아귀도에 떨어져 고초
를 겪게 된 것이다.

목련의 사정얘기를 들으신 부처님께서 목련존자에게 말씀하시기를, "너는 나의 제자 중에 신통제일이지만 네 혼자 힘으로는 어머니의 천도가 안 되니 백 가지 음식을 장만하여 안거가 끝나는 백중날 그동안 수행하신 스님들께 정중히 공양을 올리고 천도를 부탁드리면 네 어머니는 천도가 될 것이다." 라고 하시면서 부처님께서 가르쳐주신 대로만 하면 7대의 상세선망 사촌 부모 형제까지도 아귀도에서 천도가 될 수 있다고 하셨다.

모든 사찰에서는 이 부처님의 가르침대로 우란분회를 행하고 있는데, 거꾸로 매달린다는 뜻의 범어에서 왔으며, 죽은 뒤에 아귀도에 빠져 거꾸로 매달리는 고통을 구해주기 위해 백 가지 음식을 갖추어 삼보께 공양하는 불사가 우란분회인 것이다.

평소에는 사는 데 부질없이 바빠 조상님이나 돌아가신 부모님에 대한 애틋한 효심을 잊을 때가 많지만, 이 백중기도를 함으로써 적어도 1년에 한 번쯤은 돌아가신 조상님들에 대한 예를 갖추고, 지옥에서 헤매고 계실지도 모르는 그분들을 조금이라도 좋은 곳으로 천도시킬 수 있으니 얼마나 뜻 깊은 행사인가.

랑연은 2년 전에 그녀의 가슴을 칼로 도려내는 듯한 아픔을 남기고 저 세상으로 간 어머니의 천도재도 이 백중날 올려드렸다.

평생을 주일 미사에 한 번도 안 빠지고 열심히 다녔던 어머니. 어머니는 천주교가 박해를 받을 시절에 일본에서 태어나 어린 시절을 그곳에서 자란 외할머니의 신앙이 그대로 전해져 모태신앙으로 믿었다.

랑연의 모친은 청상과부로 젊어서 남편을 앞세우고, 월남전에 참가해서 나라를 위해 용맹을 떨친 덕분에 고엽제에 걸린 쉰 나이의 큰 아들도 앞세우고, 온갖 풍상을 다 겪으며 자식을 키우더니 끝내는 중풍으로 쓰러졌다.

그 후 5년 동안이나 막내딸인 랑연이 머무는 절에 와서 이 세상을 떠날 때까지 그녀의 품에서 행복했던 어머니……. 자신의 힘으로는 침상에서 일어나지도 못하고 겨우 팔을 움직여 수저를 드는 게 전부였던 어머니였다.

"어머니! 어머니!"

째지는 소리가 어머니의 방에서 흘러나온다.

약간의 치매기가 있었던 랑연의 모친은 걸핏하면 랑연에게 '어머니'라고 불렀다. 어린 그녀의 진자리 마른자리를 갈아 뉘더니, 이젠 그녀를 어머니라 부르며 자신의 진자리 마른자리를 맡겼다. 그런 어머니를 어찌 사랑하지 않을 수 있었겠는가? 그토록 평생을 안쓰럽고 고맙고 가슴 아팠던 자그마한 체구의 어머니가 자신을 보고 '어머니'라고 부르는데, 어찌 가슴이 뭉클하고 찡하지 않았겠는가?

"알았어! 엄마."

"왜 이제 와. 얼마나 기다렸는데……"

"엄마, 내가 얼마나 바쁜지 알아? 놀면서 안 온 게 아냐. 지금 손님들이 잔뜩 와 있어. 초하루법회거든. 왜? 응가 했어? 어디 보자."

"그랬어? 난 또 얼마나 걱정했다고. 어머니가 날 두고 어디 멀리 가버린 줄 알고. 하도 안 오니까……"

"엄마, 내가 무슨 어머니야. 나야 나, 엄마 막내딸."

"그래. 누가 뭐래니? 얘는, 너 랑연이잖아."

어머니는 자신이 했던 말을 뭐라고 책하면 금방 말을 바꿔서 제정신이 돌아온 듯 말했다. 사실 제정신이 돌아왔을 수도 있다. 아마 불안감이 높아지면 정신 줄을 잠시 놓아버리는 모양이었다.

가슴이 아프다. 행사 핑계대고 어머니를 너무 오래 놔둬서 기다리다 지쳐

필사적으로 그녀를 부르며 힘들어했을 어머니가 가엾어서 가슴 아팠고, 인간의 삶이라는 것이 너무나 덧없어서 가슴 아팠다.

만일 랑연이 부처님 곁으로 오지 않았다면 어떻게 되었을까? 언니들도 오빠들도 올케들도 요즘은 집안에 있는 사람이 아무도 없으니 어머니는 당연히 요양원밖에 갈 곳이 없다. 불행 중 다행으로 랑연은 부처님 시봉을 들고 있어 늘 어머니 곁을 지킬 수 있었으니, 그래도 말년에 몸은 비록 망가졌을망정 행복한 어르신이라고 해야 하나…….

선묵 스님이 적극적으로 랑연의 모친을 모셔오라고 재촉한 덕분이니 그것도 고마운 일이었고, 어쨌든 랑연은 어머니를 요양원에 보내는 일만큼은 자신의 생살이 찢겨져 나가는 것만 같아 도저히 할 수 없는 일이었다.

생각해보면 지난 5년 동안 그녀가 어떻게 살아왔는지…… 얼마나 고되고 힘들었는지…… 다시 하라고 하면 못할 경험을 한 것 같다. 부처님은 그녀에게 견딜 수 없을 정도의 많은 고통을 참회의 기회로 주신 덕분에 랑연은 불쌍한 어머니에게 평생 하지 못했던 효도를 맘껏 할 수 있었으니 말이다.

주위에서는 팔십이 넘은 노모가 얼른 세상을 떠야 자식들이 잘 풀릴 거라는 듣기 거북한 말들이 분분했다. 랑연이 힘든 것은 물론이고, 어머니도 혼자서는 거동을 전혀 못하는 불편한 몸으로 감옥생활과 별반 다를 게 없는 침상생활을 외롭게 하고 있었으니까…….

어느 날 랑연은 어머니에게 여러 스님이 영산재 의식으로 장엄하고 훌륭한 천도재를 봉행하는 모습을 휠체어에 태워 보여준 적이 있었다. 천도재는 망자의 영혼을 극락으로 인도하기 위한 의식으로 살아 있는 사람들이 지극한 정성으로 재를 지내 죽은 사람이 생전에 알게 모르게 지었던 모든 업을 소멸하고 극락세계에 왕생하기를 바라는 의식이다. 천주교 신자였던 그녀의 어머니는 아마 이런 장엄한 의식은 난생 처음 보는 것이었을 것이다.

천도재 의식이 한참 절정에 다다르고 스님들이 승무복을 입고 〈천수다라니〉를 추고 있을 무렵이었다. 휠체어에 앉아 꼼짝도 않고 영산재 의식을 뚫어져라 바라보던 어머니가 갑자기,

"얘, 이리 와봐라. 저기 웬 꾀죄죄한 옷을 입은 할멈이 스님이 치시는 북채를 빼앗더니 북도 치고 덩실덩실 춤도 추고 그런다. 저것 좀 봐라. 스님은 화도 안 내시고 북채를 주시네. 호호호, 재밌다."

기가 막힐 노릇이었다. 어머니의 눈에는 분명히 천도재에 초대받은 영가들의 모습이 선명히 보이는 것이다. 랑연은 어머니가 이미 이 세상 사람이 아니라는 생각이 들었다. 이미 천수를 다 누리고 지금은 덤의 인생을 살고 있는 것일까……. 어머니를 너무나 불쌍하게 생각하는 막내딸의 한을 풀어주려고 서로가 고통스럽지만 부처님께서 연명을 시켜주는지도 몰랐다.

그런데 어머니가 세상을 뜨기 전 몇 달 전쯤의 일이었다. 가끔 의식이 혼몽해지면서 이틀 내내 잠만 자는 적이 있었는데, 그때마다 동네의사에게 왕진을 오게 해 링거를 맞히곤 했다. 그날은 신암지를 관리하는 처사의 조카며느리감인 간호사가 링거를 놔주겠다고 해서 그러라고 했다.

저녁 무렵 간호사는 건장한 청년인 약혼자와 함께 팔짱을 끼고 절 현관 까지 올라왔다. 그러나 그 순간 놀라운 일이 일어났다. 자신에게 아무런 위협도 하지 않은 가녀리고 어여쁜 그 간호사를 율림원 터줏대감인 진돗개 해탈이가 번개 같이 나타나서 허벅지 부분을 물어버린 것이다. 아가씨는 너무 놀라 사시나무 떨듯 떨었으나 할머님이 걱정되어 손을 부르르 떨면서도 가까스로 링거는 맞혀드리고 돌아갔지만, 그날 밤 그 아가씨는 끝내 경기를 일으켜 응급실에 실려 갔다고 한다.

그뿐만이 아니다. 그 사건이 있은 후 매달 한 번씩 어머니의 약을 서울에 사는 랑연 보살의 작은언니가 우체국 택배로 보내줬는데, 항상 오는 그 건장한 우체부 아저씨가 약봉투를 들고 현관 앞에 들어서려는데 또 해탈이가 어디선가 나타나 다리를 물어버렸다. 곧바로 병원으로 가 파상풍 주사를 맞긴 했지만 그 뒤로 해탈이는 6년 만에 처음으로 우리에 갇히는 신세가 되었다. 사람을 문 것은 정말 처음이다.

그리고 난 며칠 후, 선묵 스님은 왠지 잠이 오지 않아 거실 소파에 등을 기대고 누웠다가 살포시 선잠이 들었다. 꿈에 너무나도 선명하게 랑연의 친할머니라는 분이 머리에 쪽을 지고 나타났다. 그를 노려보는 할머니의 눈이 얼마나 무섭던지 웬만한 일엔 눈도 깜짝 안 하는 스님도 식은땀이 날 지경이었다. 꿈에서 그 할머니는 노기등등한 목소리로 말했다.

"쯧쯧쯧…… 한심한 것들 같으니라고. 아, 개새끼도 내 말을 알아듣고 시키는 대로 하는데, 사람인 너희들은 그렇게 내 말귀를 못 알아듣느냐? 뿌리 깊은 불교 집안에 십자가를 걸고 들어온 며느리가 미워서 내가 죽지 못하게 고생을 시키고 있거늘, 얼른 우리 조상님들과 함께 천도재를 지내고 싶구나. 그래야 내 한이 풀어지고 며느리도 데려갈 것이야." 하더니 어디론가 사라졌다.

스님이 너무 놀라서 눈을 뜬 순간, 거실 벽에 걸려 있던 뻐꾸기시계가 정확히 세 번을 울렸고, 순간 바로 건물 벽 옆에 키우는 해탈이의 딸 곰순이가 비명을 질렀다. 그리고 다음날 아침 동네사람이 얼마 전에 준 강아지가 있었는데, 그 강아지의 분명히 쫑긋 서 있었던 두 귀가 축 늘어져서 일주일이 넘게 설 조짐을 보이지 않았다.

사실은 랑연이 얼마 전에 선묵 스님한테 최면을 받았을 때 친할머니가 나타나서 지금까지 천도재를 한 번도 한 적이 없으니 꼭 재를 올려달라고 랑연에게 신신당부를 했다. 그걸 차일피일 미루고 계획조차 못 세우고 있던 참이었다.

아마도 기다리다 지친 랑연의 친할머니는 결국 어머니를 위해 뭔가 하는 사람들, 우체부와 간호사를 차례로 영특한 해탈이를 시켜서 물게 하고 선묵 스님의 꿈에 나타난 것이리라.

그 즈음 랑연의 체력도 거의 고갈상태가 되어 갔다. 어머니에 대한 사랑이 변색된 건 아니지만, 이제 그만 부모 자식 간의 끈끈한 인연을 끊어내지 않으면 안 될 만큼 그녀는 몹시 힘들어하고 있었고, 그런 그녀를 지켜보는 주위사람들을 안타깝게 할 정도가 됐을 시기였다.

다음날 아침, 스님은 당장 랑연의 언니에게 연락을 취해 요즘 있었던 일을 전부 얘기하고 비록 언니가 천주교 신자이긴 하지만 천도재를 꼭 지내드리는 게 조상님이나 후손들을 위해서 좋을 듯하다는 말을 전하라고 하셨다.

그리고 랑연 보살의 조상들은 처음으로 천도재라는 걸 절에서 지냈고, 천도재 지내는 날 어머니는 절 바로 밑에 있는 요양원으로 보내졌다. 선묵 스님은 이젠 어머니에게 모든 것을 정리할 수 있도록 도와줘야 한다고 했다. 절에서 떠나야 마음 편히 이승과의 끈끈한 연을 끊고, 정확히 말해서 막내딸한테 정을 떼고 당신이 갈 길을 갈 수 있다고 했다.

칼로 베어내듯이 마음이 아팠지만, 어머니를 위해서 그리고 모두를 위해서 랑연은 스님의 말에 그대로 따랐다.

시간은 물살처럼 빠르게 지나가고 있었다. 어머니가 절을 떠난 지 어느새 두 달이나 흘렀다. 그날은 한창 법당에서 신도들이 합동으로 추석차례를 지내고 있었다. 유난히 맑고 화창한 추석날 아침 11시 30분……. 법회가 시작된 지 30여 분이 지난 시각이었다. 요양원의 원장이 화급한 얼굴로 법당으로 뛰어 올라오더니 랑연을 불렀다.

"할머님이 운명하셨습니다. 빨리요, 빨리……."

천길 만길 내려앉는 가슴을 애써 쓸어안으며 랑연은 쥐고 있던 북채를 내려놓고 요양원으로, 이 한 많은 생의 마지막 길을 가고 있는 어머니한테로 달려갔다. 아주 철없는 어린 시절 아버지가 떠나는 아픔을 겪은 후 40여 년이 흐른 뒤였다.

병실 창밖으로 내비치는 하늘은 청명하기가 이를 데 없었다. 어머니가 누워 있는 6인실에는 밝은 햇살이 편안히 잠들어 있는 듯한 어머니를 따사롭게 비추고 있었다.

"엄마, 엄마……."

무척 기다렸다는 듯이 간호사가 호흡기에 연결되어 있는 기계의 바로미터 수치가 제로인 것을 그녀에게 확인시켜주며 말했다.

"이제 됐죠? 보호자분이 확인하셨으니 호흡기를 제거하겠습니다."

순간 랑연은 호흡기를 떼려고 하는 간호사의 손을 가로막고 어머니의 손을 잡고 얼굴에 그녀의 볼을 부비며 절규했다.

"아, 잠깐만요. 안 돼요. 아냐. 이렇게 가실 리가 없어요. 이따가 추석송편이랑 빈대떡이랑 잔뜩 싸가지고 오려고 했는데, 엄마 오늘 추석날이야. 엄마 송편 좋아하시잖아. 엄마, 얼른 일어나봐. 나 왔어. 랑연이 왔어. 엄마 이런 법이 어딨어? 내가 5분이면 달려올 수 있는 거리에 있었는데, 엄마 너무하잖아. 임종도 못 지키게 하고 이렇게 외롭게 혼자 가는 법이 어딨냐고. 이따가 엄마가 그렇게 보고 싶어 하는 둘째오빠, 막내오빠도 온다고 했단 말이야. 조금만 늦게 가시지, 뭐가 그리 급하다고……. 오늘은 언니, 오빠 다 오는 날이잖아. 추석날이잖아. 흑흑……."

간호사는 막무가내로 떼를 쓰는 랑연에게

"이러심 안 됩니다. 저희도 바쁘니까 빨리 일을 처리해야 해요, 힘드신 줄은 알지만, 이해해주세요. 어머님은 틀림없이 돌아가셨어요. 편안하게 길을 떠나시게 해주세요."

그리고 너무나 간단하게 호흡기는 제거되었다. 모든 것이 끝났다. 아버지가 그렇게 돌아가시고 갖은 풍상 다 겪으시면서 한 많은 인생길을 걸어오신 어머니의 삶이 주마등처럼 랑연의 눈앞을 스쳐갔다.

어머니는 아침을 먹고 점심 전에 간식도 먹고 텔레비전을 보다가 갑자기 호흡을 몰아쉬더니 이내 고개를 떨어뜨렸다고 간병인이 말해주었다. 그래도 아무런 고통 없이 모두가 기억할 수 있는 추석날 아침에 돌아가신 건 홍복이라고도 했다. 임종자식 하나 못 둔 외로운 분인데 무슨 홍복…….

"엄마, 왜 그렇게 날 빤히 쳐다보시는데?"

"으응. 우리 딸이 하도 예뻐서. 우리 딸이 세상에서 제일 이쁘지. 옷도 잘 입고, 얼굴도 예쁘고, 머리도 총명하고, 효심도 지극하고. 우리 딸이 최고야. 다른 자식 다 소용없다."

"엄마, 정말 내가 최고지? 그럼 세상에 누가 이렇게 해줘. 딸이니까 해주지. 엄만 행복한 사람이야. 그치? 엄마 사랑해."

"응, 나도 사랑해."

어머니가 하늘나라로 가면서 평소 모녀지간에 팔불출처럼 주고받던 닭살 돋는 얘기를 지금도 활짝 웃으면서 랑연에게 말하는 것만 같았다. 모래알처럼 수많은 뼛가루가 되어 자그마한 단지에 담겨질 때까지 어머니의 혼백은 언제까지나 그녀 곁에서 떠날 줄 몰랐다.

그리고 정확히 49일이 되던 날 어머니의 49재를 절에서 영산재 의식으로 올려주었다. 비록 천주교인이긴 하셨지만, 마지막 여생을 5년이나 절에서 머물

렀기 때문에 불교식으로 49재를 지낸 것이다.

얼마 전 TV에서 〈49일〉이란 드라마를 방영했는데, 꽤 인기가 많은 프로그램이었다. 사람이 죽으면 다음 생을 받을 때까지 중간적인 존재인 중음신으로 49일 동안 떠돌게 된다. 49일이 지나면 생전에 지은 업에 따라 육도의 윤회세계 가운데 새로운 생을 받게 되는데, 이 49일 동안에 유가족이 영가를 위해 공덕을 지으면 영가가 나쁜 세계에 떨어지지 않고 좋은 곳에 갈 수 있다고 한다. 그래서 죽은 날로부터 7일마다 일곱 번에 걸쳐 49일 동안 재를 지낸다고 해서 49재라 부른다고.

오늘처럼 가을이 깊어지려고 몸살을 앓는 날, 하나둘씩 나무 이파리들이 빛깔을 잃고 고개를 떨어뜨리기 시작하고, 뭉게구름 높이 뜬 하늘은 잡힐세라 자꾸만 멀리멀리 도망가려 하는 날엔 랑연은 유난히 어머니가 보고 싶어진다. 그녀는 앞으로 또 얼마나 많은 세월을 추석 차례에 어머니를 추모하며 높은 가을하늘 아래 모정의 굴레를 얼마나 힘겹게 머리에 이고 살아갈까…… ✿

제 17 장
출가

그렇게 푸르던 나뭇잎들이 조금씩 탈색되는가 싶더니, 드디어 산 여기저기에 붉고 노란 알록달록한 빛깔의 단풍들이 감악산을 곱게 물들이기 시작했다. 이제 얼마 안 있으면 그 푸르던 이파리들을 가지마다 무겁게 이고 있던 나무들은 욕심을 다 내려놓고 해탈의 길로 접어들 것이다. 입고 있던 옷을 다 벗어던지고 알몸이 되어 내년 봄 또 다른 탄생의 기쁨을 맛보기 위한 준비를 마치려고 말이다.

"스님, 그 좋은 공직생활도 일찌감치 접으시고 출가를 하시게 된 동기가 너무 궁금해요."

가을이 높은 하늘 너머로부터 양떼구름을 가득히 싣고 저 산 너머에서 산사 뜰 앞까지 바짝 다가선 어느 날, 랑연은 선묵 스님과 오랜만에 마주앉아 조용한 대화의 시간을 가졌다. 그녀는 오늘은 꼭 스님의 출가 동기를 자세히 듣고 싶어서 이렇게 물었다. 이 세상을 두 번 사는 스님들의 출가 동기처럼 궁금증을 자아내는 이야기는 없었기 때문이다. 그리고 스님의 먹물적삼 깊숙이 넣어두었던 출가 이야기는 이렇게 계속되었다.

"내가 출가를 한 동기는 이렇다. 충청도 조용한 고장 군청에 근무를 하게 되었는데, 언젠가부터 도통 매사에 의욕이 없어지고 몸과 마음이 들뜨고 허전해지더군. 어디론가 현실을 도피하고 싶은 충동이 걷잡을 수 없을 만큼 어지럽고 산만하던 차에 무엇이고 기대고 싶은 마음으로 지난 시절을 생각하니 모두가 부질없고 허망한 거야.

일곱 살의 어린 나이에 도토리나무에서 떨어져 목이 부러졌고 다 죽어가는 손자를 위해 갖은 고생 마다 않고 옆을 지키시던 할머님, 할아버님께서는 이 세상에 아니 계시고……. 그분들을 위해 어느 것 하나 보답한 일 없고…… 하루하루를 번민 속에 가슴앓이만 하고 시절을 보내기도 힘든데, 밤마다 꿈속에서는 딴 세상을 헤매는 게 아닌가?

꿈속에서는 수염이 길고 머리는 백발에 품위를 갖추신 할아버지가 나오시는데, 그 의상이나 표정이 어찌나 존엄을 갖추셨는지 요새 TV에 사극이나 다큐멘터리 프로를 보아도 그런 모습을 찾을 수 없는 근엄하신 할아버지께서 마당 빗자루만 한 붓을 나에게 주시는 거야.

한두 번은 받았는데 꿈속에서도 받기만 하면 무슨 소용이 있나 싶어 하루는 주시는 붓을 거절했지. 그런데 이상한 일은 그날 아침 일어나려니 오른팔 어깨서부터 손끝까지 도통 움직일 수 없는 거야. 완전마비가 되어서 어찌할 바를 몰라 침 잘 놓는 임노인도 찾아뵙고 뜸도 떠보고 며칠을 휴가까지 내서 돌아다녀 봐도 소용없는 일을 겪으면서 가만히 생각해봤지. 그랬더니 꿈속의 붓이 생각나는 거야. 이 병을 고치려면 다시 꿈을 꾸어 붓을 받는 방법뿐이라고 생각하고 막상 꿈을 꾸려니 며칠이 가도 기색이 없어 답답한 나날을 보낼 수밖에 없었지.

그러던 어느 날 그 반가운 할아버지가 드디어 나타나서서 마주하여 두 무릎을 바짝 꿇고 공손히 두 손을 모으고 주시는 붓을 받았더니, 그 이튿날 아침 감쪽같이 팔과 어깨의 통증이 사라지고 오히려 이전보다 더 가뿐한 느낌마저 드는 게 신기하기 그지없었네. 그 이후 꿈속에서라도 모든 걸 소홀히 행동하면 큰 벌을 받는구나 하고 여간 조심이 되지 않더라고.

그 일이 있은 뒤 큰맘 먹고 휴가를 내어 강원도 영월 사자산 법흥사를 찾아가기로 했지. 적멸보궁에 이르러 예를 갖추고 이웃에 있는 관음사에서 머무르고자 찾으니 3월인데도 눈이 어찌나 많이 쏟아지는지 길을 더듬어 갈 수밖에 없었네. 그곳에는 마침 심성이 좋으신 총무스님과 사무장이 살갑게 도와주셨어. 그런데 그곳에서 기이한 일이 벌어진 거지.

그날도 눈이 엄청나게 쏟아진 날이었지. 저녁예불을 마치고 대중이 법당을 나서는데 웅성거리기에 촛불을 끄면서 보니, 문 앞에 서신 총무스님이 나를 찾는 거야. 의아해하며 대중 사이로 법당 문까지 가니 내 털신 위에 토끼 한 마리가 앉아 있더라고. 딴 사람이 만지면 꽥 소리를 질렀는데 내가 안으니까 아무 기척 없이 안기는 거야.

그 놈을 껴안고 공양간에 가서 과일박스에 넣어 물과 시래기를 넣어주고 방으로 데려와 하룻밤을 같이 지내기로 했지. 토끼와 자던 그날 또다시 한바탕 꿈을 꾸었는데 참으로 희한한 꿈이야.

또 그 할아버지가 나타나셨는데 혼자가 아니시고 짐작에 지체가 좀 낮은 분하고 함께 나타나셔서 빙그레 웃으시며 책상을 마주하고는 내가 앉기를 권하시는 거야. 그 책상 위에는 붉은색 표지에 검은 글씨로 하늘 천(天) 자가 쓰여 있는 한지로 묶은 책 한 권이 놓여 있었고, 지체가 낮아 보이는 할아버지가 그걸 말씀도 없이 내 앞으로 돌려놓으시고 한 장 한 장 넘기시는데 도통 알 수 없는 글씨였지.

초서체처럼 흩날린 서체인 듯하나 웬만한 글은 어렴풋하게라도 알겠는데 도대체 알 수 없고 동글동글한 모양의 연속인데 끊어진 부분 없이 위에서 아래까지 내려쓴 솜씨가 보통은 아니고 신비스런 기분이 들더군. 한참을 넘기

시던 할아버지께서는 마지막 장까지 한마디 말씀도 없이 넘기기만 하셨는데, 마지막 장을 덮으신 할아버지께서는 그저 잔잔한 미소뿐이었다고 지금도 기억하네.

잠시 후 또 한 분의 할아버지가 나를 뒤로 휙 돌리시더니 놀라운 광경이 펼쳐지는 거야. 어디서 왔는지 엄청난 사람이 내 앞에 서 있는 거야. 꿈에서도 자유당 시절의 한강 백사장에서 열린 이승만, 조명욱 박사의 대통령 유세장인가 하고 느껴졌으니까……

그런데 이상한 것이 그 군중이 내 앞에 줄을 서는데 옆에 계시던 할아버지가 말쑥하게 차리고 넥타이를 매거나 구두를 신은 사람은 솎아내어 열외를 시키면서 그저 행색이 초라하고 생각키에 좀 불쌍한 듯한 이들만 줄을 세우는 거야.

어느 이는 병자 같고 어느 이는 헐벗고 굶주림에 허리가 휘고 여하튼 울컥하는 마음을 견딜 수 없었네. 그 꿈이 있은 뒤 할아버지께서 나에게 주신 메시지가 어려운 사람을 위해 살아가라는 명제인가 싶더군. 그 이후 그것이 지금까지 부처님을 받들고 절 살림을 하면서 내가 살아가는 주제이며, 소임이라 믿고 있네.

그런데 말이지, 그날 저녁을 그렇게 토끼와 꿈과 함께한 후 아침을 맞이했는데, 멀쩡하던 토끼가 조용하다 싶어 들여다보니 움직이질 않는 거야. 숨을 거둔 거지. 순간 어찌나 기가 막히던지…… 날이 밝는 대로 양지바른 곳에 놓아주려 했는데 이 지경이 되니 무슨 큰 죄를 지은 기분도 들고, 하여튼 되돌릴 수도 없는 일이니 할 수 없이 총무스님께 고하고 내가 간단히 준비를 할 테니 토끼 가는 길에 예불이나 한 자락 부탁드린다고 하자 쾌히 동의하셨지.

그길로 눈길을 헤집고 인근 주천酒泉 장터에 나가 삼색과일과 포, 음료수를 준비하여 양지바른 언덕을 찾아갔지. 막상 도착하니 땅 파는 일이 여간 난감한 게 아니었어. 여하튼 구덩이가 있어야 묻을 수 있으니 눈을 헤집고 봤지. 그랬더니 천만다행으로 돌무더기라서 하나하나 돌을 들어내고 한지로 감싸 묶은 토끼의 몸을 정성스레 묻어주었어.

총무스님께서 간단한 독경을 하시는 중에 음료수도 과일도 함께 올리고 간밤에 주었던 시래기까지 놓아주었네. 토끼를 뒤로하고 언덕을 내려오니 그야말로 만감이 교차하더군. 태어남과 죽음 또한 인연의 상대적 관계가 묘하고 묘한 것이라고. 그 숱한 신발 중에 하필이면 내 신발 위에 쪼그리고 앉아 있는 모습 등 모두가 참으로 묘했단 말일세.

묵묵히 총무스님과 눈길을 헤매며 걸어오면서 간밤의 꿈 이야기를 꺼내서 침묵을 깼지. 한동안 말없이 듣고만 있던 총무스님께서 말문을 여시더군. 이 선생! 더 이상 미루지 마시고 한 철 인생을 지금의 공무원 생활을 접고 우리네처럼 산중으로 부처님 가르침을 증득하여 중생과 더불어 참된 길을 찾아보심이 어떠하냐고. 모든 게 부질없음이요 무상인데 그 무엇을 찾으러 갖은 애를 쓰느냐고.

꼭 내가 그때 하고 싶은 이야기를 스님이 되뇌는 것 같은 기분이 들더군.

그 외에 여러 얘기가 있으나 다 들려줄 순 없고, 하여튼 그 순간이 나에겐 출가라는 결심을 하게 된 계기가 되었던 거야. 일련의 모든 일이 팽이처럼 소용돌이 속에 빨려들었다고 할까? 그 과정에서 물론 장애가 없었던 건 아니지. 한 집안의 장손이요, 두 아이의 아버지이며, 아직도 홀어머님이 계셨고 공무원으로서의 직책도 아무 상관없는 일은 아니었으니까.

지금도 마음에 걸리는 건 장남으로서 홀어머님을 뒤로하고 이 길을 걸은 거야. 어느 날 포교원에 있을 때 어머님이 어렵게 찾아오신 게 생각나는군. 어려서부터 불심이 남다르신 어머님은 날 보시더니 예를 갖추시고 "스님으로 가시는 길이 어렵고 험하실 텐데."라고 하시던 말씀이 지금도 내 가슴을 저며 오는 걸 어쩔 수 없네. 그 자리에서 나는 "갈 길은 멀고 시간은 촉박하니 10년 안에는 모든 걸 떨쳐야 되겠기에 고향산천과 조상님, 그리고 혈육의 정까지도 놓으려 합니다." 하고 아뢰니, 어머니께선 "그리 하셔야죠."라고 하셨는데 채 8년을 넘기지 못하시고 어머님께선 저 큰 세상으로 자리를 옮기셨지.

임종도 지키지 못한 불효막심한 자식이 되었으니 난 평생을 두고 한을 지녀야 될 것이야. 지금도 못 다한 도리에 얽매여 조석예불마다 어머니를 떠올리며 지은 큰 죄를 참회하고 있네. 나는 이제껏 살아오면서 너무 크고 작은 죄를 많이 짓고 산 것 같구먼.

전생에 지은 죄를 덜어야 하는 기회인데, 전생의 빚에 이자를 더 얹어 가지는 말아야 할 텐데 걱정이 태산일세. 좋은 방도를 찾아야 하니 자네가 좀 도와주게나."

"스님, 스님께선 어떻게 보면 신도들에게 너무 편하게 대해주시고 어떻게 생각하면 계율이나 승속에 소홀한 것 같기도 하시고 여하튼 좀 색다른 길을 걷고 계신 것 같은데요⋯⋯."

"나는 본래 인연이 산신령과 부처님이라고 믿네. 도토리나무에서 떨어져 목이 부러졌다가 살아남고 자손을 얻기 소원이신 조부님께서 마을 뒷산에 노스님을 모셔와 지성기도 끝에 내가 태어날 수 있었지. 난 일반 출가승과 다른 것 같기도 하고, 그저 사회 속에서 나름대로의 역할을 하는 교화승敎化僧으로 남기를 바라네.

꼭 어떤 형식을 갖춰야 할 필요성을 느끼지 않아. 반드시 삭발염의削髮染衣를 해서 머리털을 깎고 먹물 옷을 입어야 한다고 생각지 않고, 꼭 스승을 모셔야 한다고 여기지 않아. 정신적인 선지식에는 늘 가르침을 받되, 승적상에 은사, 계사, 법사가 구비되어야 수행이 다 잘되는 것은 아니라고 생각하네. 그러한 것들은 어디까지나 형식상의 모습이고, 종교의 수행은 내면적인 것이 더 중요하다고 믿고 산다네.

'인중무언수행도人重無言修行道'란 말처럼 '사람은 말없이 닦고 행하면 된다. 즉 무슨 모양에 따르지 말고 자기 할 일에 묵묵히 하는 데 도리가 있다. 나에게 주어진 인연에 충실하면 진리를 키우고 얻을 수 있다'라는 생각은 변함이 없다네. 이것은 아마도 어려서 동진출가童眞出家한 스님들과 달리 오랜 사회생활 끝에 나이 먹은 후 불문에 귀의한 몸이기 때문일 거야. 그러나 수행과 깨달음은 내면적 실천에 있는 것이지, 삭발한 머리 위나 장삼자락에 매달려 있는 것은 아니라는 믿음은 지금도 변함없어.

오히려 스승을 믿었다가 실망하거나 스님들께 진리를 의지했다가 배신감을 느끼는 경우가 많이 있는 게 사실이야. '자기를 의지하고 법에 의지하라, 결코 남을 의지하지 마라' '무소의 뿔처럼 혼자서 가라'는 게 부처님 말씀이야. 자기 내면의 소리는 즉 영靈이라고 하잖아. 영은 누구나 지니고 있고 이 영이 대생명인 불성佛性에 귀 기울이면 결국 진리에 귀의케 되는 거야. 누구이고 한 개인은 각자 작은 우주라네. 곡조도 모르고 튕기며 남의 장단에 춤추지 말고 시절을 아껴서 좋은 인연에 충실하면 진리를 틀림없이 증득하게 될 것이네."

이 이야기를 듣는 내내 랑연의 눈가엔 알지 못할 눈물이 촉촉이 젖어왔다. 그렇게 어렵고 위엄 있게 보이던 선묵 스님도 어머니가 그립고, 고향이 그리울 수도 있겠구나 라는 생각에 말이다. 이따금 그의 뒷모습이 유난히 쓸쓸해 보일 때가 있었는데, 그때마다 어머니와 고향 생각을 했겠구나 하는 생각도 들었다.

"나는 가난한 탁발승이오. 내가 가진 거라고는 물레와 교도소에서 쓰던 밥그릇과 염소젖 한 깡통, 허름한 숄 여섯 장, 수건 그리고 대단치도 않은 평판,

이것뿐이오……. 내게는 소유가 범죄처럼 생각된다……."

무소유의 상징 법정 스님은 〈간디 어록〉에서 마하트마 간디가 했던 이 말 때문에 무소유에 대한 깊은 교화를 받았다고 하는 이야기를 언젠가 『맑고 향기롭게』라는 그의 산문집에서 읽었다. 법정 스님은 또 라마크리슈나의 〈코 타므리트(불멸의 말씀)〉라는 일화를 들어 출가의 영원한 교훈은 크게 버리는 자만이 크게 얻을 수 있다는 것을 다음과 같이 비유적으로 말했다.

한 사나이가 어깨에 수건을 걸치고 목욕을 가려고 했다. 그때 아내가 나 선다.

"당신은 아무 능력도 없이 나이만 먹고 날마다 빈둥거리기만 하니 큰일이 군요. 내가 없으면 하루도 못 살 거예요. 이웃집 아무개는 여남은 명이나 되 는 소실을 한 사람씩 버리고 있대요. 당신이라면 그런 일을 할 수 없겠지만."

사나이는 말했다.

"한 사람씩 버리고 있다고? 그 사람은 다 버릴 수 없을 거야. 참으로 버리 는 사람은 한 사람씩 버리지는 않지."

아내는 어처구니없어하며 남편을 비웃었다. 이때 사나이는 아내에게 말했다.

"참으로 버릴 수 있는 것은 바로 나야. 보라고! 나는 이렇게 떠나니까."

그러고는 수건을 어깨에 걸친 채 집을 나섰다. 집안일을 정리하기 위해 돌 아오거나 집이 있는 쪽을 돌아보려고도 하지 않았다.

이와 같은 행동을 출가出家라고 한다. 알아차렸으면 곧 그 자리에서 버리는 것이다. 버리기 위해서는 맺고 끊을 줄 아는 굳센 의지가 작용한다. 하나씩 버리려고 들면 끝이 없지만, 홀쩍 떠나버리면 전부를 한꺼번에 버리게 된다. 더 갖지 못해 부자유를 느끼는 사람도 있지만, 모두 버리고 떠남으로써 오히 려 홀가분한 자유를 누리려는 것이다. 내 인생을 내가 살기 위해.

또한 당신이 출가하게 된 이유에 대해서 이렇게 거침없이 간단명료하게 언급했다.

"나답게 살기 위해서, 내 식대로 살기 위해서 집을 떠났노라. 세상이 무상해서라거나 불교의 진리에 매혹되어서라거나 중생을 구제하기 위해서 라고는 말할 수 없다. 덧없는 게 어디 세상뿐인가. 출세간의 일도 덧없기야 마찬가지다. 〈중략〉 그럼 어째서 하고 많은 길 중에서 불교 수행승의 길을 찾아 나섰던가. 그것은 뭐라 말로 하기 어려운 내 생명의 요구였을 것이다. 시절 인연이 다 가시자 그 길로 찾아 나설 수밖에 없었던 여러 생에 길들인 인연의 끄나풀 같은 것이 나를 그 길로 이끌었을 것이다."라고.

선묵 스님 또한 아무것도 자신의 소유로 하지 않고 있다. 무엇이든 내 이름을 가지고 소유하기 시작하면 끝내는 집착에 눈도 정신도 혼탁해져서 맑은 기운은 하나도 남지 않게 될 거라고 했다. 다만 필요에 의해서 불사도 하고 물건도 마련하지만, 본인의 것이 아닌 그저 사는 동안 잠시 남의 것을 빌려 쓰다 빈손으로 간다는 마음으로 살고 있다.

말이 무소유지 어디 그렇게 스님들이라고 해서 무소유가 쉽겠는가? 스님들도 인간인데 말이다. 하지만 선묵 스님은 끝내 무소유로 살다 갈 분이란 걸 랑연은 믿어 의심치 않는다.

'출가出家'란 버리고 떠남이다. 묵은 집, 집착의 집, 갈등의 집에서 떠났다고 해서 출가라고 이름 한다. 또한 탐욕의 굴레에서 벗어났다는 뜻에서 '이욕離慾'이라고도 하고, 먼지의 세상인 진개권에서 뛰쳐나왔다고 해서 '출진出塵'이라고도 부른다. 그러므로 출가는 "소극적인 도피가 아니라 적극적인 추구요, 끝없는 생명의 발현이다."라고 한 법정 스님의 말처럼 출가하면서 세상 모든 걸 한꺼번에 다 버리고 떠났기 때문이다. ✿

제 18 장
아름다운 인연들

*** 아름다운 인연 하나

먹물 옷을 입고 싶었지만 끝내 그 원을 이루지 못하고 그는 갔다. 뜨거운 태양이 화염을 토해내는 듯한 무더위가 절정을 이루던 그날이었다. 랑연이 쑨 아욱죽을 먹고 선묵 스님의 무르팍에 머리를 베고 누워 말없이 눈물만 흘리더니 만 하루가 지나기도 전에 더 이상 어떤 아픔도 없는 그곳으로 그는 홀연히 떠났다.

죽음은 집이 무너져 내려서 더 튼튼하고 좋은 집으로 이사 가는 것이요, 옷이 해어져서 고운 새 옷으로 갈아입는 것과 같은 것이라고 했던가. 반짝반짝 윤기가 흐르는 은발이 너무나 아름다웠던 그도 이젠 장엄한 전당을 짓고 화려한 법의法衣를 지어 윤회를 벗어나 보리혜명을 성취할 수 있을까?

매연과 소음 속에서의 포교원 생활에 종지부를 찍고 마침내 감악산에 기도 도량처를 마련한 지 몇 년이 지나지 않은 2004년도 단풍이 온 산을 곱디 곱게 물들인 어느 가을날이었다. 지금의 신도회장인 김 회장 내외가 불교신문에 난 광고문을 보고 율림원을 찾아왔다.

간암 말기라서 포천의 별장에서 요양 중이던 그는 스님이 되고 싶었던 한을 풀고자 율림원의 요사채에서 머물며 남은 생을 부처님과 스님 곁에서 보내고 싶다고 했다. 더구나 같이 왔던 김 회장은 산사를 에워싸고 있던 감악산 단풍에 완전히 매료되어서 눈물을 글썽거리며 감탄해 마지않았다.

식구라곤 달랑 스님과 랑연 보살 둘밖엔 없었기 때문에 법당이 있는 3층 건물과 따로 지어진 요사채 전부를 채우기엔 허전함이 이만저만이 아니었던 터라 불교신문을 통해 마땅히 머물 인연을 찾고 있던 중이었다. 그는 그 길로 율림원에 머물기로 결정하고 끝내 율림원의 요사채에서 생을 마감했는데, 이후 이곳 율림원은 김행숙 회장과 지금까지도 이어져가고 있는 깊은 인연을 맺게 되었다.

늘 감추려고 애썼지만, 그래도 언뜻언뜻 스쳐지나가는 고통스러워하는 얼굴을 대할 때만 빼놓고는 율림원 네 식구는 정말 한 식구처럼 따뜻하고 아름다운 마음을 나누며 일 년 가까운 시간을 꿈결같이 보냈다.

그리고 2005년 여름이 시작될 무렵의 일이다. 중국으로 간이식을 받으러 떠났던 그는 한 달 가까이 이식순서를 기다리다 지쳐 결국 수술도 못 받고 생사를 넘나드는 사경을 헤매게 되었다. 어쩔 수 없이 그는 비행기로 이송되어 다시 병원에 입원하는 처지가 되었다.

그가 한국으로 급히 이송되기 일주일 전 랑연은 꿈에 그의 묘소 앞에 가 있었다. 곱게 떼를 입힌 봉분을 어루만지며 그녀는 참을 수 없는 오열을 토해내고 있었다. 그리고 잠에서 깨어난 랑연은 이제는 그가 떠나려나보다 하며 소스라치게 잠자리에서 일어난 적이 있었다. 그 꿈을 꾸고 한 달도 채 지나지 않아 그는 정말로 포천의 양지바른 선산에 고요히 묻히고 말았다.

스님과 랑연이 그를 지금도 잊지 못하는 것은 그렇게 곱디고운 처사를 본 적이 없기 때문이다. 말기 암의 고통을 묵묵히 견디며 언제나 해맑은 미소를 잃지 않았고, 이미 출가한 스님이라고 해도 부족함이 없을 만큼 부처님 공부가 깊었던, 그러면서도 유머가 넘치는 매력남이었다. 고故 이종채 처사의 유품을 정리하다가 발견된 일기 한 편을 그리운 마음으로 적어본다.

2004년 12월 5일

율림원 요사채에 왔다. 참 좋은 곳이라고 생각한다. 식사문제는 보살님이 해주고 먹기만 하면 된다. 아침에는 사시예불을 드린다. 처음에는 다리가 아팠지만 조금씩 나아진다. 지프차로 감악산에 다녀왔다. 이북 송악산이 날 좋은 날은 보인다고 했다. 오늘은 못 봤다.

부모와 자식 간의 인연은 전생의 인연으로 이승에서 부모 되고 자식 된다면, 업연으로 모녀 모자 되어 인연 따라 살아야 한다면 잘못된 인연이든 그렇지 않은 인연이든 부자 부녀 모자 모녀 모두 녹여야 하는데 두꺼우면 잘 녹지 않는다. 이것이 문제인 듯하구나……. 원래 아무것도 없는 것이다. 있는 것처럼 생각하는 것도 없애야 한다. 모든 것을 여의고 수행자처럼 살 수 있다면…….

내가 지은 업이 너무 크다. "과거의 지은 업이 오늘의 나의 모습이다."라는 것을 어느 책에서 읽은 것 같다. 지금의 나의 모습은 비참하다고 생각한다. 육체는 벗을 때가 가까워지고 마음은 마음대로 내 의무를 다하지 못해 할 일을 못한 것 같고, 이런 상황에서 내가 할 수 있는 일은.

병이 든 후 하루도 빠짐없이 병상일기를 썼던 그는 언제나 부처님의 말씀을 생각하며 하루를 마쳤을 거라는 것을 이 일기를 통해서 알 수 있었다. 아니 병상일기라기보다는 신행일기라고 하는 편이 맞을 것이다. 숱한 인연이 선묵 스님과 랑연을 스쳐지나갔지만, 그만큼 두고두고 가슴을 아련하게 만드는 인연도 없었던 것 같다. 다시 만날 수 없는 인연이니 더욱 그리운 것이리라…….

더불어 지난 7년 동안 묵묵히 불평 한마디 안 하고 율림원의 신도회장직을 맡아 물심양면으로 절을 위해 헌신해온 김행숙 회장은 30년 동안 동대문에서 의류도매사업을 하면서 밤낮을 거꾸로 살았지만 크게 성공한 보살이다. 남들이 실컷 먹고 쓰고 사치할 동안에 동대문에서 거의 하루를 다 보내면서 평생을 바친 김 회장의 노고와 깊은 불심에 절로 고개가 숙여진다.

*** 아름다운 인연 둘

해발 1,180미터나 되는 삼동산三洞山은 경북 봉화군 춘양면 우구치리와 강원도 영월군 상동읍 덕구리가 능선을 경계로 갈라지는 독특한 지리적 특성을 가지고 있다. 그 능선 아래 상동읍 쪽으로 정상 근처 수십만 평에 이르는 고랭지가 펼쳐져 있는데, 사람이 도저히 살 수 없을 것만 같은 오지이지만 예부터 화전민들이 밭을 일구며 살아온 곳이다. 그중 십여만 평에 이르는 고랭지에서 배추, 무 등의 채소를 경작하고 있는 김순임 후원회장과의 인연 또한 아름답다.

해마다 몇 차례씩 랑연은 선묵 스님과 몇몇 신도와 함께 삼동산에 가서 산신재를 지낸다. 1,000미터 고지의 고랭지 밭이 있는 정상까지 가려면 비포장 길을 얼마나 차가 요동을 치면서 올라가는지 제트코스터에 비할 바가 아니다. 어떻게 이런 오지의 산에서 채소 농사가 가능할까 이해가 되지 않았다. 또한 십만 평이나 되는 그 광활한 채소밭을 일구는 김 회장이 남자도 아닌 여자의 몸이라는 사실이 믿겨지기 힘든 얘기였다. 그것도 관절염을 심하게 앓고 있어 다리도 불편한 몸으로······.

열입곱 살의 어린 나이에 가진 것이라곤 정말 불알 두 쪽밖에 없는 찢어지게 가난한 남자한테 시집온 새댁은 제대로 먹지도 못하고 거의 굶다시피 하면서 첫아이를 낳았다. 남편은 땡전 한 푼 벌어다주지 않고 어디서 뭘 하고 다니는지 태평하기만 했다. 먹은 게 없으니 젖은 안 나오고 보다 못한 주인집 아주머니가 동네에서 젖을 얻어다 주어 어린 딸아이는 겨우 목숨을 부지할 수 있을 정도였다.

갓난아이가 딸려 있으니 어디 가서 막일을 할 수도 없고, 어디 기댈 곳도 막연한 처지에 남편은 도통 살림이나 처자식에겐 무관심했다. 젖도 제대로 나오지 않는 빈 젖을 딸아이한테 물린 채 벽만 바라보고 있던 새댁은 어지러워 헛것이 보일 지경이 되었다. 순간 방 한켠에 뒹굴고 있던 좁쌀베개가 그녀의 눈에 들어왔다.

"아, 맞아 저 베개 안에 좁쌀이 들어 있었지."

대단한 발견이라도 한 듯 그녀의 두 눈이 반짝거렸다. 그 좁쌀베개는 어디서 났는지는 몰라도 아주 찌들대로 찌든 오래된 좁쌀베개였다. 도대체 수유를 하는 아기엄마가 얼마나 끼니를 굶었으면 그것도 잡곡이라고 베개 속의 좁쌀이 눈에 들어왔을까? 믿지 못할 얘기지만, 그녀는 재빨리 가위와 바가지를 가져와 베갯속을 뜯어 찌들어서 쿰쿰한 냄새가 코를 찌를 정도의 상태가 된 좁쌀을 바가지에 쏟았다.

그리고 그녀는 그 좁쌀을 가지고 무엇을 했을까? 이내 부엌에 가지고 가 빡빡 씻어서 냄비에 물과 함께 붓고 무작정 끓였다. 엄청나게 지독한 냄새가 코를 찔렀지만 꼬르륵 소리가 나는 뱃속의 절규만은 못했나 보다. 하는 수 없이 코를 막고 좁쌀죽 한 냄비를 다 비웠다.

지금은 어엿한 십만 평 대농의 여사장이 되었지만, 이 좁쌀베개 이야기를 하면서 양 눈가에 그렁그렁 눈물이 맺혀 곧 쏟아질 기세를 애써 참아 누르는 김 회장의 모습이 정말 애처로웠던 기억이 난다.

아마도 그 베개 속의 좁쌀을 먹을 정도의 지독한 가난이 싫어 육십이 훨씬 넘은 지금에도 불편한 몸을 이끌고 삼동산에서의 농사가 가능한지도 모른다. 얼핏 보면 아무 치장도 하지 않은 시골 촌할머니 같지만, 그 강한 생활력과 부처님을 위한 일이라면 무엇이든 아까워하지 않고 서슴지 않고 불사에 동참하는 불심은 참으로 존경스러울 정도이다. 언제나 주변의 불쌍한 처지의 이웃이나 예전에 신세를 진 이들한테 아낌없이 물질을 나눠 쓰는 살아 있는 관세음보살 같은 아름다운 인연이다.

*** 아름다운 인연 셋

"애, 병학아. 너 태문이 못 봤니? 얘가 낮에 점심밥 먹고 논다고 나가더니 해가 졌는데도 여태 깜깜무소식이구나."

"아~ 태문이요. 그게……."

"아이, 이 녀석아. 아까 니들하고 같이 노는 걸 봤는데. 넌 이렇게 집에 와 있구만 우리 태문이만 왜 집에 안 들어오는 거냐? 도대체 니들 어디서 놀았던 거냐?"

"저기 방죽에 가보세요. 거기 있을 거예요."

태문이 어머니는 그 길로 쏜살같이 방죽으로 달려갔다. 어스름 달밤에 먼 빛에 보자니 어두컴컴한 방죽에는 시커먼 바가지 하나가 물 위에 둥둥 떠 있는 듯 보였다.

"아니, 저게 뭐야? 태문아~ 태문아~. 에구머니나. 저게 우리 태문이 머리 아니냐?"

가까이 다가가 보니 귀하디귀한 아들 태문이가 목까지 물이 차는 깊은 방죽 속에 겨우 머리만 내놓고 있는 것이 아닌가? 새파랗게 질린 얼굴로…….

"어휴, 속 터져. 애, 태문아. 너 왜 그러고 있는 거냐? 얼른 못 나오냐? 이놈아!"

"엄마. 안 돼. 나가면 난 죽어."

"그게 무슨 말이냐?"

"내가 지금 스톱에 걸렸거든. 병학이가 스톱을 안 풀어주면 난 절대 못 나가."

"뭐라고? 이런 미친놈들 봤나. 내 이 병학이 놈을 그냥……."

임병학 회장은 율림원의 원로회장이다. 율림원과 아름다운 인연을 맺은 지 십 년이 넘은 오래된 신도 중 한 분이다. 어느새 육십 중반을 훌쩍 넘겼지만, 아직도 짓궂은 악동 티가 나는 호인이다. 임 회장이 정말 동네에서 유명한 악동이었을 때 일어났던 일명 '스톱 사건'을 듣고 우리 모두는 얼마나 배꼽을 잡고 웃었는지 모른다.

태문이 어머니와 임 회장이 함께 간 곳은 물이 아이들 목까지 차는 꽤 깊은 동네의 방죽이었는데, 그 한가운데에 마치 조각처럼 꼼짝도 하지 않고 부동자세로 있는 태문이란 아이가 있었다. 해가 지자 기온이 내려가 벌벌 떨며 울다 지친 공포에 질린 얼굴로 물속에 목만 내놓고 있는 모습이었다. 그 아이는 어이없게도 임 회장이 창안해낸 놀이 '스톱 걸기'라는 마법에 걸려 있었던 것이다.

"아니, 병학아. 우리 태문이가 니가 스톱을 풀어줘야만 나올 수 있다는데 그게 무슨 소리냐?"

"그게…… 제가 아까 낮에 스톱을 걸어놨거든요."

"스톱이 뭐냐?"

"제가 스톱을 걸면 그 자세로 꼼짝도 하면 안 되는 놀이예요."

"아니, 그럼 우리 태문이가 아까 낮부터 이 차가운 물속에서 여태 저러고 있었던 거란 말이냐? 예이, 몹쓸 놈."

"이제 풀어주려 가려던 참이었는데요……."

"빨리 어떻게 좀 해봐, 이 녀석아! 우리 태문이 죽겠다."

이런 대화가 오고 갈 때까지도 태문이란 아이는 부동자세였다.

"스톱 그만!"

그때서야 그 불쌍한 아이는 물에서 어기적대면서 나오더니 제대로 걷지도 못하고 쓰러지고 말았다. 그다음에 임 회장은 어떤 처지가 되었을까. 적어도 태문이라는 아이가 겪은 곤욕 그 이상이었을 것이다. 그래도 그 태문이란 아이는 지금도 임 회장과는 둘도 없는 죽마고우로 만나고 있다.

또 어느 날엔 임 회장의 아버님이 지붕을 고치러 사다리를 타고 지붕에 올라갔다. 그런데 두어 시간 열심히 지붕을 다 고치고는 내려오려고 사다리 있는 곳으로 왔지만, 애석하게도 사다리는 온 데 간 데 없었다. 도대체 사다리를 어느 놈이 치웠느냐고 고래고래 소리를 쳐본들 귀신이 가져갔는지 아무 대답이 없었다. 어머니가 고함소리를 듣고 부엌에서 나왔다.

"아이고, 이놈의 병학이 자식이 혹시? 병학아! 병학아!"

어머니는 아무래도 병학이 짓이 틀림없다는 생각에 온 동네를 쥐 잡듯 뒤져서 임 회장을 찾아왔다.

"너, 냉큼 사다리 못 가져오겠니? 어휴! 이놈을 그냥……."

임 회장은 앞으로 자신에게 다가올 악몽을 아는지 모르는지 후다닥 달려가서 뒤꼍 창고에 깊숙이 감춰두었던 사다리를 들고 나타났다. 그다음 사다리를 타고 내려온 아버지한테 얼마나 두들겨 맞았는지 몇날 며칠을 움직이지도 못했다고 한다.

동네 할아버지 담배쌈지에 뱀을 잡아서 싸놓고 몰래 숨어서 놀라 기절하는 할아버지를 보고 재미있어하지를 않나, 하여튼 동네에서 무슨 일만 생기면 그건 모두 임 회장의 짓으로 밝혀지곤 했다.

껄껄껄 이를 환히 드러내고 활짝 웃으며 여전히 어릴 때의 악동 표정을 얼굴 한가득 지으면서 임 회장은 재미나게 옛이야기를 하곤 했다. 지금까지도 짓궂은 데는 있어도 마음이 너무 좋아 주위의 인기를 한 몸에 받으면서 나쁜 사람들한테는 이용도 많이 당했다고 한다.

살고 싶은 대로 마음껏 호기를 부리면서 살아온 임 회장의 옆에는 김명숙 보살이 있다. 지금의 임 회장 내외가 운영하는 천마산 곰탕의 신화는 1983년 김 보살이 마장동 우시장에서 소머리 두 쪽을 사서 머리에 이고 나르던 때부터 시작되었다. 경동시장에서 택시비를 아끼려고 그 무거운 소머리를 머리에 이고 버스 정류장까지 와서 다시 버스를 타고 남양주까지 손수 식재료를 사 나르던 그녀의 엄청난 희생에서 비롯된 것이다.

게다가 자본금이 없어 쇠똥으로 뒤범벅이 된 목장 자리에 식당을 차렸으니 아무리 닦고 또 닦아도 여기저기 묻어 있는 쇠똥을 완전히 없애기란 쉽지 않았으리라. 십수년 전 랑연이 선묵 스님과 함께 그 식당을 찾았을 때는 이미 줄을 서서 번호표를 타야만 곰탕 한 그릇을 먹을 수 있을 정도로 유명한 곰탕집이 되어 있을 때였다. 밖에 있는 화장실조차 재래식 화장실이었고, 넓기는 했지만 벽이며 천장이며 어디를 둘러봐도 손때가 많이 묻은 듯한 인테리어의 분위기였지만, 옛 한글이 쓰어 있는 한지로 된 벽지며 옛날 문짝에 유리를 깐 테이블 등이 무척 고풍스러운 느낌을 주었다. 그리고 벽 여기저기에 적힌 유명인들의 사인들까지 모두 인상적이었고 물론 곰탕 맛도 꿀맛이었다.

이외수 작가가 그 곰탕집의 단골이었는데, 그곳에서 파리를 쫓아가며 곰탕 한 그릇을 먹노라면 저절로 영감이 떠올랐다고 한다. 수도 없이 TV며 신문 잡지에 맛집으로 소개된 건 말할 것도 없다. 그런 유명 맛집이 소목장 축사를 개조해 만든 곳이라니 얼마나 고생했을지 상상이 가지 않는 것은 물론이고, 시댁에서 워낙 반대가 심해서 처음 일 년 동안 혼자서 몰래 여기저기 빚을 얻어 식당을 차려 운영했다니 또한 그 고초가 얼마나 심했겠는가?

하면 된다고 믿었기 때문에 끝내 좌절하지 않고 팔다리가 으스러지도록 일하고 또 일했다. 그리고 그녀는 결국 해냈다. 지금은 조금 위쪽으로 땅을 매입해서 십 년 전에 훌륭한 전통가옥으로 식당을 짓고 이전했다. 오로지 천마산 곰탕만의 독특한 맛으로 곰탕집 신화를 낳은 주인공이 되기까지 그녀의 숨겨진 고통과 인내는 이루 말로 다할 수 없는 것이었으리라. 임 회장 내외도 절의 일이라면 몸과 마음을 아끼지 않고 나서서 해준다. 한 가족이나 마찬가지로 지내고 있으니, 이 또한 어찌 아름다운 만남이 아닐 수 있겠는가.

***아름다운 인연 넷

지금으로부터 3년 전의 어느 날이다. 50대 초반의 내외가 아주 초췌하고 지친 모습으로 절에 찾아왔다. 문진석 처사 내외였다. 하고 있던 사업이 끝내 부도가 나서 살고 있던 아파트고 공장이고 할 것 없이 모조리 경매로 넘어가고 두 사람은 빚쟁이에게 쫓겨서 별거 아닌 별거를 할 수밖에 없는 어려운 처지가 되었다고 했다.

각종 기계를 대규모로 설비해주는 사업체를 운영하고 있던 문 처사는 다시 한 번 재기를 꿈꾸며 선묵 스님에게 도움을 청했다. 스님은 걱정하지 말고 무조건 부처님께 의지해서 인간의 힘으로 안 되면 신의 힘을 의지해서라도 질고를 헤쳐 나가보자고 하면서 그들의 두 손을 잡아주고 다라니 기도를 해주었다.

대부분의 사람이 그렇지만, 너무 힘들 때는 기도고 뭐고 아예 절망의 늪에 빠져 아무 생각을 하지 못하는 경우가 많은데, 문 처사는 달랐다. 지난 3년간 기도 때마다 한 번도 빠지지 않고 전화라도 했고, 어려운 가운데도 반드시 기도 동참을 했다.

어느새 2년이라는 칠흑 같은 어둠의 긴 터널을 지나 문 처사는 밝게 비추는 햇살 아래로 나올 수 있게 되었다. 그를 떠났던 주변사람들이나 연락을 끊고 돌아섰던 사람들이 다시 문 처사를 찾게 되었고, 쉴 새 없이 기계 설비를 해달라는 요청이 쇄도하기 시작했다. 유명 대기업의 프리미엄 두부 제조 설비를 시작으로 지금은 스마트폰 액정유리 설비까지, 그 무대가 중국까지 확산일로에 서게 되었다. 완전히 무너졌던 그가 재기하리라곤 아무도 상상치 못한 일이었다.

만일 부처님과 스님이 자신의 곁에 안 계셨다면 자신은 아무 일도 이루지 못했을 것이라고 그는 항상 입버릇처럼 말한다. 올 사월 초파일날 밤에는 멀리 영천에서부터 밤이 늦도록 차를 운전하여 11시가 다 되어서야 절에 도착했는데, 오늘 절에 가서 아기 부처님을 뵙지 않으면 평생 후회할 것 같아 그 먼 길을 달려왔노라고 조용한 음성으로 빙그레 웃으며 말하는 모습에 랑연은 정말 큰 감동을 받았다. 율림원이 존재하는 한 언제까지나 이런 아름다운 인연들과의 아름다운 만남은 계속될 것이다.

*** 그리고 가없이 아름다운 인연들

선묵 스님은 불사를 하기 전에 꼭 꿈을 꾼다. 이곳 율림원이 지금의 모습처럼 3층에 법당을 모시게 된 연유도 바로 그의 꿈 때문이었다. 그때만 해도 부처님을 1층에 대중공간에 함께 모셨던 시절이었다. 그런데 눈만 감으면 부처님이 지붕 위에 올라가 앉아 계셔서 하는 수 없이 스님이 등에 업고 내려다 다시 법당에 앉혀 드리는 똑같은 꿈을 세 번이나 꾸었다고 한다. 그때 꿈에서 허리를 삐끗 한 것이 그만 자고 나니 실제로 허리가 아파 한동안 고생을 면치 못했다.

스님이 생각키에, 이는 부처님이 지금보다 높고 훤히 트여 산세가 내려다보이는 곳에 가시길 원하시는 메시지라 여기고 하는 수 없이 어려운 시절임에도 3층 법당 불사를 하기로 결심했던 모양이다. 결코 이루어질 수 없었을 것만 같았던 부처님의 집인 닫집과 운각雲閣을 갖춘 장엄한 전통법당을 조성하기에 이른 것이다. 부처님의 원력으로 또한 율림원과 인연을 맺고 있던 많은 신도들의 힘으로, 선묵 스님은 마침내 지금의 율림원의 모습을 이끌어냈다.

지금으로부터 5년 전의 일이다. 서울의 포교원 시절, 미얀마에서 한 스님이 꿈을 꾸고 선묵 스님에게 모셔온 부처님 진신사리 3과顆와 인연을 맺은 일이 있다. 그러나 마땅히 모실 곳이 없어 불단의 사리함에 임시로 안치해 놓았는데, 어느 날 율림원을 찾아온 한 처사로부터 사연을 들으면서 마침내 5층 사리탑을 조성하게 되었다.

그가 바로 유대석 처사였다. 그는 어딘가 꼭 사리탑과의 인연을 맺는 것이 꿈이었다고 했다. 마침 캐나다 가족여행을 위해 모아두었던 돈으로 계약금을 선뜻 내놓았다. 그것이 계기가 되어 같은 고향 사람이라고 하면서 사업을 하고 있는 오정석 처사와 김승백 처사가 동참하여 사리탑을 조성하기에 이르렀다. 이 또한 아름다운 인연이 아니겠는가.

바로 얼마 전 11월 갑자일, 율림원에서는 성대하게 석상으로 된 지장보살 봉안식이 봉행되었다. 당초에는 포대화상을 모시려고 했던 자리에 선묵 스님이 또 꿈을 꾸어 지장보살의 계시를 받고 대원본존大願本尊의 보살님이신 지장보살을 모시게 된 것이다.

봉안식 날 스님은 인사말 중에 이 어려운 중에도 많은 신도분이 불사에 동참해서 마침내 오늘과 같은 장엄한 봉안식을 하기에 이르렀다며 감격의 눈물을 흘렸다. 또한 그 모습을 본 랑연과 아미, 그리고 종단 스님들, 신도들도 모두 벅차오르는 가슴을 진정치 못했다.

지장보살은 괴로움에 찬 중생을 구하러 지옥으로 들어가시는 보살이란 뜻 외에도, 대지와 같이 흔들리지 않는 지혜와 자비를 비장하신 보살님이다.

특히 지옥에서 고통 받는 중생을 구원하기 위해 지옥에 들어가 죄지은 중생을 교화 제도하는 지옥세계의 구원자이셔서 〈지장보살본원경地藏菩薩本願經〉에 보면, 석가모니 부처님께 "지옥이 텅 비지 않는다면 결코 성불을 서두르지 않겠나이다. 그리하여 육도의 중생이 다 제도되면 깨달음을 이루리다."라고 큰 서원을 하셨다고 나온다. 그래서 지장보살을 대원본존이라 하여 문수文殊, 보현普賢, 관음觀音과 더불어 4대 보살 중의 한 분이 된 것이다.

지장보살상 점안의식을 가진 날, 여러 스님들과 신도가 함께 자리를 가진 날, 그렇게도 몰아치던 비바람도 이날따라 화창한 봄날처럼 포근히 감싸주었다.

랑연은 잠시 깊은 생각에 잠겼다. 지나온 숱한 인연들, 그 가이 없이 아름다운 인연들을 맺어주신 불보살님께서는 결코 무심한 존재가 아니라는 것을 ......

선묵 스님은 이 모든 아름다운 인연들과의 오래 지속되는 만남은 불자들의 믿음이 결코 거래가 아닌 자기 자신의 본성을 찾아서 부처님의 가르침을 믿고 깨달음을 얻어서 스스로의 자성自性을 얻는 것이라야 가능한 일이라고 입버릇처럼 말한다.

또한 작가 정찬주의 소설 『인연』에는 동곡당 일타 스님의 다음과 같은 법문이 실려 있다.

"우리는 아직 중생이라는 병을 앓고 있습니다. 중생의 한량없는 고통이 보이고 있습니다. 어서어서 대지혜를 완성하여 중생제도의 대작불사를 이룩해야 하겠습니다. 중생의 고통을 물질적인 것으로 생각할 수도 있지만 근본적인 것은 '돈'보다 '도道'가 더 중한 것이고, '도道'라는 말은 바로 진리라는 뜻이기 때문입니다.

부처님이 '깬 사람'이라면 중생은 '꿈속에 있는 사람들'이라는 뜻이니, 우리의 신심이나 신앙심이 생시에 지극하고 간절했다면 잠자는 꿈속에서도 반드시 일여_如함을 얻어야 할 것입니다. 꿈과 생시가 둘이 아닐 때 기도에 가피력을 성취해서 중생의 고통을 덜지 못할 것이 없는 것입니다. 화두 일념도 이와 같이 여여如如하다면 누가 생사의 나루를 해탈하지 못하겠습니까?

꿈속에서 얻는 가피력을 몽중가피夢中加被라고 합니다. 불보살의 신통 도안은 언제 어디서나 법계에 충만하고 계시니, 기도 중 꿈속에 뚜렷한 서상을 보는 것은 부처님의 '몽자재법문夢自在法門'이라는 것입니다. 서몽 같은 것이 없더라도 마음이 즐겁고 흐뭇하고 자신 있는 향상을 보이는 것은 명훈가피冥熏加被 얻음이니, 쉬지 않고 꾸준히 한 우물을 파야만 합니다.

또 기도하고 홀연히 성취된 기적적인 사실이 있기도 합니다. 이것은 마치 오랫동안 필름에 녹화되었던 나쁜 그림이나 소리가 기계의 작동으로 일시에 소실되고 좋은 그림이 새로 재현되어 나오듯이, 다겁생래多怯生來의 업장이 녹아짐에 죄멸복생罪滅福生하고 복지심령福至心靈하는 현상이니, 이것을 현현가피現顯加被라고 합니다. 기도하는 목적은 이러한 세 가지 가피력을 얻기 위한 것이라고 할 수 있습니다. 그러나 이것은 어디까지나 요행수를 바라서 되는 것이 아닙니다. 지극한 신앙심의 축적으로 이룩된 지성심의 결정인 것입니다."

14세에 출가하여 20세 전에 팔만대장경을 섭렵하고 26세 젊은 나이에 당신의 손가락 네 개를 모두 불태우면서 모든 욕망과 명예를 다 내려놓고 부처님께 소지공양을 바친 동곡당 일타스님. 그는 10여년 전 법랍 58세로 입적했다.

자신을 포함한 일가친척 42명이 모두 스님이 된, 부처님 일가친척 출가 이후 최다의 출가를 기록했고, 소지공양한 손가락에서는 매달 생사리가 나왔다는 그분의 참답고 부드러운 법문을 대하니 랑연은 절로 숙연해진다. 소중한 인연들을 헛되게 하지 않으려면 불자도 수행자도 서로가 참다운 수행을 게을리 해서는 안 되지 않겠는가……. 🌼

제 19 장
꿈과 미래

아미의 집은 일본 가고시마鹿児島 시내에서 10여 분 남짓 들어간 곳으로, 집 뒤로는 빙 둘러 대나무 숲이 에워싸고 있다. 그녀의 집은 수백 년 전부터 신사神社가 있던 곳으로, 아마 현재까지도 수많은 신이 그 집을 비롯한 주변에 존재하고 있을지도 모른다.

집은 비록 오래되어서 낡았지만, 아주 넓고 잘 가꿔진 아름드리나무들이 정원을 가득 메우고 있다. 길게는 수백 년이 된 나무들도 꽤 여러 그루가 있다고 하니, 오랜 세월의 흔적이 고스란히 남아 있는 신비에 싸여 있는 집이다.

말하자면 아미는 그런 조금은 특별한 집에서 태어났다. 하늘의 문은 그녀 앞에서 항상 활짝 열려 있고, 온갖 하늘의 소리를 그녀는 매일 듣고 살고 있다. 언제나 수많은 불보살님이 하늘을 에워싸고 구름떼처럼 많은 신이 그녀의 주위를 맴돌고 있는 그런 곳 말이다. 그녀의 어머니는 아미를 낳는 그 순간 하늘에서 너무나 눈부신 빛이 울고 있는 갓난아이를 비추었다고 기억하고 있다.

아미는 지금 아주 작은 암자를 그녀의 집 뜰 한쪽에 짓고 그곳에서 조석으로 예불을 올리고 기도생활을 하고 있다. 언젠가는 그녀의 작고 초라한 암자가 그 주변의 신들을 모두 한 데로 불러 모아 예경드릴 수 있는 큰 법당이 들어서는 성역으로 바뀔 것이다. 지금도 아미는 항상 꿈을 꾼다. 그녀의 집안으로 들어오고 싶어 하는 구름떼 같이 많은 신이 끝도 없이 줄을 서서 밀려들어오는 꿈을 거의 매일 꾼다.

언젠가는 가고시마는 물론 일본의 아니 세계의 여러 신이 아미를 에워싸고 기뻐하며 만중생을 그녀를 통해서 구제하는 일을 하게 될 것이라고 랑연은 믿어 의심치 않는다. 아미를 만난 후 3년 동안 그녀에게서 수많은 얘기를 들으면서 랑연은 그런 확신을 얻었다. 아미가 신사가 있던 자리에서 태어난 것도 결코 우연이 아니며, 누군가가 하루 종일 그녀의 귓가에 무언가의 메시지를 전해주는 것도 그렇고, 그녀 앞에 모습을 드러내 보이는 것도 그렇고……

어느 날은 많은 선신이 깨끗하게 옷을 차려입고 그녀의 집을 열심히 청소하고 있는 모습도 아미는 보았다고 한다. 이미 그곳 주변의 선신들은 아미의 예경을 받고자 모여들고 있다는 증거이리라. 도대체 그녀는 어떻게 이런 모습들을 볼 수 있으며, 그들의 얘기를 들을 수 있으며, 그들과 대화할 수 있는 것일까?

일연 스님의 『삼국유사』를 보면, 신라의 삼국통일을 주도했던 명장 김유신金庾信은 진평왕 17년 을묘년乙卯年에 서현공의 아들로 북두칠성의 정기를 타고 태어났기 때문에 등에 북두칠성 무늬가 있었고, 또 신기하고 이상한 일이 많았다고 한다. 김유신이 17세 때에는 중악 동굴에 들어가 신명탐구神明探究를 한 사실이 기록되어 있으며, 거기서 그는 단식하고 기도한 지 나흘째 되던 날, 꿈에 난승이란 노인이 나타나 그에게 삼국을 통일할 비책을 알려주었다고 한다. 신명탐구란 혼자 산에 들어가 며칠 동안 단식하고 기도하며 자기가 누구인지, 왜 이곳에 왔는지, 그리고 해야 할 일이 무엇인지 신께 묻고 답을 찾는 과정을 말한다.

그가 18세가 되던 임신년壬申年에는 점술을 익혀 당시 화랑의 총지휘자인 국선國仙이 되었다. 그 당시 백석이란 자가 있었는데, 어디서 왔는지는 알 수 없으나 몇 해 동안 낭도에 속해 있었다. 김유신이 고구려와 백제를 정벌하려고 밤낮으로 깊이 계획하고 있었는데, 백석이 그 계획을 알고는 김유신에게 말했다.

"제가 공과 먼저 그곳을 정탐한 뒤에 일을 도모하는 것이 어떻겠습니까?"

김유신은 기뻐하며 몸소 백석을 데리고 밤에 출발했다. 마침 고개 위에서 쉬고 있는데, 두 여인이 김유신을 따라왔다. 골화천에 이르러 머무를 때도 또한 여인이 갑자기 나타났다.

김유신이 세 여인과 즐겁게 대화를 나누고 있을 때, 여인들이 맛있는 과일을 먹을거리로 주었다. 김유신은 받아먹고는 마음으로 응하고 서로 통하여 곧 속내를 말했다. 여인들이 김유신에게 말했다.

"공께서 하신 말씀은 잘 알았습니다. 공께서 백석을 남겨두고 우리와 함께 숲속으로 들어가신다면 다시 실정을 말씀드리겠습니다."

이에 그들은 함께 숲속으로 들어갔다. 그때 여인들이 갑자기 신의 모습으로 나타나 말했다.

"우리는 내림奈林, 혈례穴禮, 골화骨火 등 세 곳의 호국신입니다. 지금 적국 사람이 당신을 유인해 가고 있는데도 모르고 계속 가고 있으므로 우리가 당신을 가지 못하게 하려고 이곳에 온 것입니다."

말을 마치자 여인들은 모습을 감췄다. 공은 이 말을 듣고 깜짝 놀라 두 번 절하고 숲속을 빠져나왔다. 그는 골화관에서 머물며 백석에게 말했다.

"지금 다른 나라로 들어가면서 중요한 문서를 잊고 왔소. 당신과 함께 집으로 돌아가 가지고 왔으면 하오."

마침내 집으로 돌아와 백석을 포박하고 고문하여 실정을 물으니, 백석이 말했다.

"저는 본래 고구려 사람입니다. 고구려 신하들이 말하기를 '신라의 김유신은 우리나라의 점쟁이 추남이었다.'라고 했습니다. 국경에 물이 역류하여 추남을 시켜 점을 치게 하니, '대왕의 부인이 음양의 도를 거스르는 행동을 하여 그 징조가 이와 같습니다.'라고 했습니다. 왕은 놀라고 괴이하게 여겼고, 왕비는 매우 화를 내며 이는 요사스러운 여우의 말이라 했습니다. 그리고 왕비는 왕에게 말하여 다시 다른 일로 시험하여 물어서, 말이 틀리면 무거운 형벌을 내리도록 했습니다. 이에 쥐 한 마리를 상자 속에 넣고 '이것이 어떤 물건이냐?'라고 물으니 추남은 '이것은 틀림없이 쥐인데 모두 여덟 마리입니다.'라고 말했습니다. 이에 말이 틀렸다 하여 참형에 처하려 하자 추남은 '내가 죽은 후에 장군이 되어 반드시 고구려를 멸망시킬 것입니다.'라고 맹세했습니다. 그래서 즉시 그를 베고 쥐의 배를 갈라보니 뱃속에 일곱 마리의 새끼가 있었으므로 그의 말이 맞았음을 알았습니다. 그날 밤 대왕이 꿈에 추남이 신라 서현공 부인의 품으로 들어간 것을 보고는 신하들에게 말하자, 신하들은 '추남이 맹세하고 죽더니 과연 그렇게 되었습니다.'라고 말했습니다."

김유신은 이에 백석을 죽이고 온갖 음식을 준비하여 세 신에게 제사를 지냈다. 그러자 모두 몸을 드러내 제사를 받았다고 한다.

『삼국유사』의 예만 보더라도 이와 같이 모든 인류의 역사는 처음부터 끝까지 신의 도움이나 인간과 함께해온 신의 존재와 결코 무관하지 않다. 랑연은 아미의 존재가 언젠가는 신의 얘기를 전달해주는 메신저로서의 중요한 역할을 하게 될 것이라는 믿음이 점점 더 강해지고 있다. 적어도 그녀보다 더 구체적인 신의 모습을 대하고 말할 수 있고, 들을 수 있는 사람이 또 있을까라는 생각이 들기 때문이다.

아미가 태어난 뒤부터 아미의 어머니와 아미는 자주 그녀가 하늘나라의 신이었지만, 인간세계에 잠시 오게 된 존재라는 이야기를 누군가에게 끊임없이 들었다고 한다. 그녀는 지금까지 단 한 번도 사람들이 느끼는 즐거움을 똑같은 느낌으로 느껴본 적이 없다고 했다. 심지어는 지금 이 순간도 아미를 찾아와 자신의 괴로움을 상담하거나 하는 사람들의 고통을 수족관의 고기를 들여다보는 느낌처럼 직접 와 닿지 않는다고도 했다. 즐거움도 고통도 그녀는 다른 사람들과 같은 느낌을 가질 수 없다는 것이다. 그러나 많은 사람이 그녀와 이야기를 나누는 사이에 마음이 편해지고, 뭔지 모를 믿음이 생기게 된다. 신앙심이 거의 없는 사람들조차 말이다. 그녀는 정녕 신도 인간도 아닌 그 중간 존재일까?

아미를 둘러싼 이 수수께끼를 끝내 풀어낼 수 있을까? 랑연은 무슨 일이 있어도 아미가 수많은 사람의 고통을 껴안아주고 덜어주는 불제자로서의 빛나는 삶을 살게 해주고 싶다. 의사가 되고 싶어 의대에 진학했지만 학교를 갈 수 없을 만큼 병명도 모른 채 쓰러지고 만 그녀를 신은 어떤 존재로 쓰려고 했던 것일까? 과학문명이 정점에 다다른 현대사회에서 그녀가 할 일은 과연 무엇일까?

하지만 인간의 고통은 시대가 변하고 첨단문명이 극에 이른다 한들 없어지지 않을 것이다. 분명히 아미와 같은 조금은 특별한 존재가 조금이라도 우리를 구원하는 도구로 쓰일 수도 있을 것이다.

"아빠, 엄마!

전 지금까지 '오늘 하루도 견뎌보자. 그래도 견딜 수 없다면 내일 죽는다고 해도 부처님이나 신은 용서해주실 것이다.' 이렇게 생각하며 살아온 나날의 연속입니다. 지금까지도 가족 모두 뒤돌아보고 싶지도 않을 정도의 처절한 과거를 보내왔어요. 누구에게도 말할 수 없는 일이에요. 이른 아침에 내 목을 칭칭 동여매고 있는 끈들을 풀면서 일본의 저희 어머니는 얼마나 숨죽이며 우신 날들이 많았을까요? 전 몰랐어요. 무의식 속에서 저도 모르게 주변에 있는 전깃줄이나 끈을 가지고 죽어라 스스로 목을 조른 게 몇십 번인지도 몰라요. 얼마나 삶이 고통스러웠으면 자신도 모른 채 그런 자해행위를 저질렀을까요……

이런 내 존재가 정말 끔찍하고 두려울 때가 많아요. 하지만 전 절대 죽지 않았어요. 숨을 쉬기가 힘들고 목소리가 아예 나오지 않을 때도 많지만, 전 죽지 않았습니다. 누구보다 주위 사람들에게 사랑도 많이 받고 스포트라이트도 많이 받는 저이기에 제가 고통스럽다고 말하면 모두가 저보고 사치라고 하더군요.

그런데 이번에 한국에 갔을 때 율림원의 지장보살 점안 법회날 산신재를 지낼 때 아빠가 우셨잖아요. 물론 벅찬 감동도 있으셨겠지만, 그 이유가 산신님 정근을 하던 중 갑자기 합장하고 기도하고 있던 제게 시퍼런 물이 밀려오더니 제 코밑까지 찰랑거리고 있었고, 전 물에 빠진 사람처럼 숨을 헐떡거리고 있었기 때문이라고 아빠가 말씀해주셨잖아요. 산신님이 아빠한테 저 아이를 꼭 구해줘야 한다고 하셨다고요.

여러 가지 현실적인 어려움이 없는 건 아니지만, 공항에서 약속드렸듯이 자신의 인생을 잘 생각해보고 올바른 판단을 내려 반드시 산신님이 이끄시는 길로 갈 겁니다. 다시 한국으로 가겠습니다. 아빠 말씀대로 몇 년간 다시 한국에서 저를 단단히 만들어나갈게요. 늘 걱정만 끼쳐드리는 딸의 응석을 너그럽게 받아주세요. 언젠간 꼭 효도할 날이 올 겁니다."

가을이 막바지에 이르고 추운 겨울을 예고하듯 여기저기서 갈색의 마른 나뭇잎들이 나뒹구는 11월 초순의 어느 날, 얼마 전에 이곳의 지장보살 점안 법회에 참석하기 위해 짧게 한국을 다녀간 아미에게서 온 메일의 내용이다.

랑연은 이 메일을 읽고 가슴이 찢겨져 나가는 것만 같은 아픔을 느꼈다.

어떻게 그렇게 예쁜 아이에게 그토록 끔찍한 일들이 일어나고 있단 말인가? 한국에 오면 일본에 있을 때보다 숨쉬기가 편하다고 했는데, 자신과 기류가 맞는 산신님과 아빠가 계시는 곳이기 때문일까? 무슨 일이 있어도 다시 아미를 한국으로 데려와야 한다. 더 이상 아미에게 육체적인 고통, 정신적인 고통을 주어서는 안 된다. 불쌍한 아미…… 더 완벽하게 건강하게 만들어서 다시 일본으로 돌려보내는 한이 있어도 지금은 안 된다고 랑연은 거듭거듭 굳은 다짐을 했다.

탄생부터 남달랐던 아미, 그녀는 반드시 신의 메신저로서 우리에게 희망과 기쁨을 안겨다주는 관세음보살로서 우리 곁으로 다시 돌아올 것이다. 관세음보살 본행경에 나오듯이 보살은 평등한 마음으로 지닌 물건을 남김없이 모든 중생에게 널리 베풀며, 베풀고 나서 후회하거나 아까워하거나 대가를 바라거나 명예를 구하거나 자기 이익을 바라지 않으신다. 다만 모든 중생을 구제하고 이롭게 할 뿐인 그런 분이시다.

며칠 후 다시 아미에게서 한 통의 전화가 걸려왔다.

"엄마, 제 온몸에 커다란 진동을 느끼면서 세포가 하나하나 분열되는 것 같은 이상한 느낌이 들더니 갑자기 아무 소리도 들리지 않았어요. 무언가의 힘에 의해 귓구멍이 완전히 차단된 느낌…… 뭐랄까…… 현실과는 아예 동떨어져버린 느낌…….

전 이미 하늘을 찌를 듯한 까마득한 높이의 사다리 끝에 올라가 있었는데, 그곳에서 마치 고대 그리스에서 제우스 신전에서 제사를 지내는 동안이나 올림픽 경기 때 계속 성화가 불타고 있었던 것처럼 마치 그런 횃불을 들고 있었어요. 이내 저와 사다리는 지상으로 쓰러졌지만 몸에는 상처 하나 없었어요.

아래쪽에는 큰 단지 같은 곳으로 저와 함께 쓰러진 횃불이 옮겨 붙었고, 그
불은 다시 주위에 모여든 수많은 사람에게 옮겨 붙기 시작했어요. 하지만 그
들은 전혀 화상을 입지 않았어요. 이런 환상을 본 후 제 귀는 다시 정상으로
돌아왔어요."

정말 신기한 일이다. 아미는 그렇게 신성한 횃불을 밝혀 수많은 중생을 이
롭게 하려는 것일까……. 그녀가 보는 환상, 그녀가 꾸는 꿈, 그녀가 듣는 신
의 메시지는 이렇게 영원히 그녀가 살아 있는 한 계속될 것이다. 단지 신기한
일로만 여기기에는 그녀는 모든 시공을 초월하여 존재하는 듯 현실로 여겨지
지만은 않는 기묘한 분위기에 둘러싸여 있다.

언젠가 신은 그녀에게 고통과 아픔을 말끔히 거둬가고 밝은 빛과 구원, 자
비를 아낌없이 안겨다 주실 것을 랑연은 한 치의 의심도 없이 굳게 믿고 있다.

일연의 『삼국유사』 〈기이편紀異編〉에 보면, '선덕여왕이 미리 안 세 가지 일'
이 나온다. 제27대 덕만의 시호는 선덕여대왕이고, 성은 김 씨며 아버지는 진
평왕이다. 정관 6년 임진년(632년)에 즉위하여 16년 동안 나라를 다스렸는데,
세 가지 일을 미리 알았다.

첫째는 당태종이 붉은색, 자주색, 흰색의 세 가지로 그린 모란꽃 그림과 씨
앗 세 되를 보내왔다. 왕이 꽃그림을 보고 말했다.

"이 꽃은 정녕코 향기가 없을 것이다."

명을 내려 씨를 뜰에 심도록 했더니 그 꽃이 피었다가 질 때까지 과연 그
말과 다름이 없었다.

둘째는 영묘사靈妙寺 옥문지玉門池에서 한겨울에 수많은 개구리가 모여 사나
흘 동안 울어댔다. 나라 사람들이 괴이하게 여겨 왕에게 물었다. 왕은 급히
각간 알천과 필탄 등에게 정예병사 2,000명을 이끌고 서둘러 서쪽 교외로 가

서 여근곡_女根谷_을 물어보면 그곳에 틀림없이 적병이 있을 테니 습격하여 죽이라고 말했다.

두 각간이 명을 받고 나서 각기 1,000명을 거느리고 서쪽 교외로 가서 물었더니 부산_富山_ 아래에 과연 여근곡이 있었고, 백제 군사 500명이 그곳에 숨어 있었으므로 그들을 에워싸서 죽였다. 백제 장군 우소는 남산 고개 바위 위에 숨어 있었는데, 포위하여 활을 쏘아 죽였다. 백제에서 후원병 1,200여명이 왔지만, 역시 한 명도 남김없이 모두 죽었다.

셋째는 왕이 병도 없을 때인데 모든 신하에게 말했다.

"내가 어느 해 어느 달 어느 날이 되면 죽을 것이니, 나를 도리천_忉利天_ 가운데 장사 지내라."

신하들은 그곳이 어디인지 몰라 물었다.

"어디입니까?"

왕이 말했다.

"낭산의 남쪽이다."

과연 그달 그날에 이르러 왕이 죽었다. 신하들은 왕을 낭산 남쪽에 장사지냈다. 그 후 10여 년이 지난 뒤 문무대왕이 왕의 무덤 아래서 사천왕사를 지었다. 불경에 말했다.

"사천왕천 위에 도리천이 있다."

이에 대왕이 신령스럽고 성스러웠음을 알게 되었다.

왕이 살아 있을 당시 신하들이 왕에게 말했다.

"모란꽃과 개구리의 두 가지 일을 어떻게 아셨습니까?"

왕이 말했다.

"꽃 그림에 나비가 없어 향기가 없는 것을 알았다. 이는 당나라 황제가 배필이 없는 나를 놀린 것이다. 개구리의 성난 모습은 군사의 형상이고, 옥문이란 여인의 음부로서 여인은 음이 되며 그 색깔이 흰데, 흰색은 서쪽을 나타내기 때문에 군사가 서쪽에 있음을 알았다. 남근이 여근에 들어가면 반드시 죽게 된다. 따라서 쉽게 잡을 수 있음을 안 것이다."

신하들은 모두 여왕의 그 성스러운 지혜에 감탄했다.

세 가지 색의 꽃을 보낸 것은 아마도 신라에 세 여왕이 있으리란 것을 알았던 것인가? 세 여왕은 선덕善德, 진덕眞德, 진성眞聖이니 당나라 황제의 놀라운 선견지명이 있었던 것이다.

선덕여왕이 말한 도리천은 원래 천상계를 아래서부터 세어 여섯 번째까지를 욕계육천欲界六天이라 하는데, 그중 두 번째로 세계의 중심인 수미산 정상을 말한다. 이 도리천이 사천왕천 바로 위에 있는 것이다.

또 흰색이 서쪽을 나타낸다는 설명을 선덕여왕이 했다는 것은 이미 신라시대에 음양오행설이 보편화되었음을 의미한다고 한다. 흰색은 서쪽을, 푸른색은 동쪽을, 붉은색은 남쪽을, 검은색은 북쪽을, 그리고 노란색은 중앙을 의미하는 것들이 모두 음향오행설에 나오며, 오늘날에도 요긴하게 응용되는 설이다.

'육십갑자六十甲子'란 갑을병정무기경신임계甲乙丙丁戊己庚辛壬癸의 천간天干과 자축인묘진사오미신유술해子丑寅卯辰巳午未申酉戌亥의 지지地支로 이루어진 주기를 말한다. 이것은 60년 만에 한 번씩 바뀌는데, 지금은 하원갑자下元甲子의 정점에 와 있다고 선묵 스님은 자주 얘기한다.

남자보다는 여자가, 어른보다는 아이가, 가진 이보다는 못 가진 이가, 또 배운 이보다 그렇지 못한 이가, 상식보다는 부조리가 득세하는 시대라고 말이다. 요즈음 TV에 자주 나오는 '막말녀, 막말남'이 출현하는 것이나 제자가 스승의 집무실을 점거하여 시위를 하고, 온갖 부조리가 사회에 판을 치는 것은 30여 년 전에는 아예 상상치도 못한 현상이었으리라.

또한 정靜이 동動을 지배하기에 동양이 서양을 다스리는 시절이 도래하니 동양의 문물이나 사상철학의 정서가 인류의 중심에 설 것이다. 모든 면에서 우리네 지도자들이 정세를 잘 분석하여 이끌겠지만, 시급한 남북관계나 외교 관점에서 좀 더 살펴야 할 분야가 아닌가 라고……

하원갑자가 끝나고 다시 상원上元갑자가 되면 반대로 그때는 여자보다는 남자가, 아이보다는 어른이 득세하고 상식이 통하며, 현인지자賢人智者가 앞장서는 시대가 다시 오고, 그것이 끝나면 중원中元갑자로 모든 게 평등한 시대가 오는 것이라고 했다.

선덕여왕의 신묘한 지혜는 인간의 경지를 넘어선 것으로 보인다. 지금과 같은 하원갑자에는 넓은 분야에서 여성이 지도자로 부상할 것이기에 아미와 같은 여자의 몸이며 여리고 여린 영혼의 신선한 바람이 불 시대가 올 것이다. 그것을 알고 선묵 스님은 스님의 선지식을 아미라는 제자에게 아낌없이 가르쳐주는 게 아닐까.

그리고 어느 날, 석양의 노을빛이 앞산에 비춰지고 있을 무렵, 조용한 도량의 정적을 깨며 일본의 아미로부터 국제전화가 걸려왔다.

내년 초봄에 한국으로 건너와 감악산 산신님 품에서 한 2, 3년 더 머무르고 싶다고……

아미의 미래를 상상하자 불현듯 가슴이 벅차오르며 조금 후끈하는 듯한 열기를 느꼈다. 조금은 시원한 바람이 쐬고 싶어 랑연은 문을 열고 뜰로 나갔다. 감악산의 바람은 언제나 거침이 없이 골짜기를 감싸 안고 돈다. 그녀는 홀로 감악산 정상의 바위산을 올려다보며 스산한 초겨울 바람을 한없이 마주하고 서 있었다.

희끗희끗한 앞머리를 쓸어 올리며…… ✿

제 20 장
어린 나그네

가을빛이 깊고 깊은 계곡 사이로 점점 물들어가고, 이제 얼마 안 있으면 나무가 짊어지고 있던 이파리들이 사철 푸른 나무들을 제외하고는 하나도 남김없이 자취를 내려놓을 것이다. 그리고 겨울을 맞이하면 이곳 감악산의 풍광이 싱그러움보다는 어디엔가 기대고 싶은 외로움의 색이 짙어지겠지…….

"산이 높으려면 계곡이 깊은 법이야."

현실과 이상의 괴리에서 헤매는 이를 맞이하여 자주 들려주는 선묵 스님의 말이다. 정말로 산이 높으려면 계곡이 깊을 수밖에는 없는 것일까? 랑연은 공양간에서 주로 시간을 보내며 끝도 없는 부처님, 스님, 돌아가신 영가, 그리고 신도 시봉을 하면서 십여 년이 넘는 긴 세월을 보내왔다.

공양간을 정리하며 문득 그녀가 창밖을 내다보았더니 검은 고양이 한 마리가 창 너머 돌축대의 회향목과 철쭉 사이를 미끄러지듯 휙 하고 쏜살같이 지나간다.

"아~ 나의 현실은 공양주보살이야."

순간 혼잣말로 읊조리는 그녀의 두 눈에서 애잔한 이슬이 맺혔다.

"이 간단한 진리를 깨닫지 못하고 지금까지 시절만 축냈구나."

처음부터 자신이 공양주보살이라고 생각하고 지냈으면 절 살림이 이렇게까지 힘들게 느껴지는 않았을 것이다. 너무 벅찬 절일을 도맡아하면서 차라리 회사에 취직해서 맡은 일을 한다면 이렇게 힘들지는 않을 텐데 라고 얼마나 수도 없이 생각해왔던가? 진즉에 자신이 공양주보살의 책임을 맡아 모든 시봉을 하는 것이 당연한 업력이라고 생각했더라면 말이다.

몸은 백담사에 가 있는데 입맛은 청와대에서 노는 사람처럼 쓸데없는 갈등의 요소만 깊어지진 않았을 것을……

이곳을 처음 찾는 분들이 공양간에서 머무르는 랑연을 보고,

"아이고, 수고 많으시네요. 여기 공양주보살님이세요?"

평범한 인사인데도, 약간의 자존심이 요동을 치기도 하고 뭔가 허전하고 가슴 한쪽이 싸해지는 게 별로 좋은 느낌은 아니었다.

"아~ 네에. 그게……"

얼버무리던 그녀 자신은 아직도 덜 익은 수행자의 모습이 아니었던가. 큰 사찰에 공양간 살림의 소임으로 생불이 되어 엄청난 일을 해내는 훌륭한 공양주보살들도 있지만, 마땅히 할 만한 일이 없어서 업장소멸이나 하려고 절에 들어가 일하는 공양주보살이 많다 보니…….

하지만 대중스님들이 많이 계시는 큰 사찰에서는 스님이 되려고 출가한 행자스님들은 제일 먼저 공양간의 소임이 주어진다. 그만큼 불보살님께 공양을 해 올리고 대중의 음식을 만들어 베푸는 그 위치가 무엇보다 얼마나 소중한가.

그러나 현실은 공양주보살의 의미가 많이 퇴색되어 절간의 도우미 정도로 여겨지는 일도 종종 있는 게 사실이다. 랑연은 그러기 때문에 공양주보살을 따로 들이지 않고 있다. 불심도 없이 공양이라는 말의 뜻이 무엇인지도 모르고 음식을 만들면 그 맛과 의미를 깨달을 턱이 있겠는가…….

그동안 대여섯 차례 공양주보살을 들인 경험도 있었지만, 대중의 화합을

깨는 보살들이 대부분이었다. 진정한 공양주로서의 의미를 깨닫고 몸으로 수행을 닦는 자세가 아니라면 석 달을 버티기 힘든 것은 어쩌면 당연한 일이었다. 결국 랑연은 힘들어도 절의 분위기를 깨지 않기 위해서라도 자신이 직접 공양주를 도맡아하기로 했다. 그녀는 이 사찰의 진솔한 공양주가 되어 살림을 꾸려가고 있다. 부처님 도량에서 가장 중요한 일은 공양간의 살림이라고 생각했기 때문이다.

이 작은 깨달음을 얻기 위해 보낸 해가 몇 년인가.

랑연은 같은 종단스님의 원주 보살이 언젠가 하던 말이 새삼 떠올랐다.

"보살님, 저희 스님은 아버님도 스님이셨고 지금 저희 아들인 달마도 또한 스님이 되셨어요. 3대째 스님집안인 셈이죠. 아버님이 주지로 계시던 절에 시집와서 지금까지 30년이 넘도록 전 한 번도 신도분들한테 내가 원주 보살이라는 얘기를 한 적이 없어요. 굳이 신도분들이 물어 와도 그냥 씩 웃고 말죠. 처음부터 난 내가 이 절의 공양주보살이라고 생각하고 지금껏 살아왔답니다. 그게 편해요. 밤낮으로 혹독한 절일을 하면서 마음도 비울 수 있고, 신도분들하고의 갈등도 줄일 수 있는 유일한 방법이 아닌가 싶어요……."

랑연은 절에 들어온 지 십여 년이 훌쩍 지나서야 그 말의 의미를 깨달았으니 참 오래도 걸렸다.

'공양'이란 본래 불교에서 행한 재齋의 형식으로, 불법승 삼보나 돌아가신 영가에게 공물을 바치는 일을 말하며, 각종 불교행사를 공양이라고 칭할 만큼 신성한 의미를 가지고 있는 말이다. 사찰에서 대중이 밥이나 먹는 일만이 공양은 아닌 것이다. 즉 염불공양도 공양이요, 종을 치면 종공양, 5대 공양은 등촉공양, 꽃을 올리는 화공양, 쌀을 올리는 미공양, 향공양, 차를 올리는 다공양을 말하는데, 이제 그녀는 그 모든 일을 가장 뛰어난 가르침인 최상승의 일이라 생각하고 부지런히 몸을 움직여야 한다고 마음먹고 있다.

부처님께 바치는 공양도 공양이지만 우리 불자들이 절에서 음식을 먹는 일 또한 공양이라고 하기 때문에 이 모든 것이 이루어지는 공양간은 적어도 사찰에서는 매우 신성한 곳이 되지 않으면 안 되는 까닭이 아닐까. 그래서 랑연은 공양을 하기 전에 마음을 가라앉히고 생각해야 할 오관게五觀偈를 늘 공양 전에 마음속으로 외우고 공양을 들고 있다.

"이 음식이 여기 오기까지 많은 사람의 수고를 생각하고, 이 음식을 받을 만한 덕행을 지었는가를 생각하고, 마음의 허물은 탐욕과 노여움과 어리석음에서 비롯된다고 생각하고, 이 음식을 약으로 여겨 몸의 쇠약을 면하는것으로 족하다고 생각하고, 수행하여 깨달음에 이르기 위해 이 음식을 받는다고 생각하는 것."

늘 자신은 이에 미치지 못하는 생활을 하고 있는 게 아닌가 공양을 통해서 참회의 시간을 갖고 있다.

또한 어느 절이나 공양간에 붙어 있는 공양게供養偈도 공양의 참된 의미에 대해 우리 불자들이 잊어서는 안 될 생명의 양식일 것이다.

"한 방울의 물에도 천지의 은혜가 스며 있고, 한 톨의 곡식에도 만인의 노고가 담겨 있습니다. 이 음식으로 이 몸을 길러 몸과 마음을 바로하고 청정하게 살겠습니다. 또한 수고한 모든 이가 선정삼매로 공양물을 삼고 법의 즐거움이 가득하여지이다."

이 공양에 대한 부처님 말씀이야말로 불자의 몸과 마음을 청정히 다스리는 최선의 법문이 아닌가 생각한다.

꼭 지극한 불자의 얘기만은 아니다. 우리 모든 이가 아주 작은 음식이라도 섭생할 때는 소홀히 지나치지 말고 고맙고 고마움을 잠시라도 잊지 않는 마음의 모습을 지녀야 하리라……

작가 정찬주가 편역한 『관세음보살본행경觀世音菩薩本行經』에는 다음과 같은 관세음보살의 이야기가 나온다.

가섭불 시대에 흥림이라는 나라가 있었는데, 그 나라 왕비가 첫딸을 낳고 둘째딸 묘선을 낳을 때의 일이다. 왕비는 상서로운 꿈 하나를 선명하게 꾸었다. 태화궁에서 잠을 자다 꾼 꿈이었는데, 키가 큰 하늘여자(천녀天女)가 그녀를 향해서 내려왔다. 하늘여자는 머리에 구슬관을 쓰고 몸에는 오색영롱한 구슬과 보석 장식을 하고 있었다. 하늘여자가 왕비의 침상까지 다가와 허리를 굽히고 말하였다.

"옥황상제께옵서 삼십삼 천상의 선법당으로 오셔서 부처님을 뵈옵고 설법을 들으시라 하더이다."

하늘여자의 말에 왕비는 옷매무새를 가다듬고 태화궁으로 나섰고, 거기서 부처님의 설법을 수많은 하늘선녀와 함께 들었다. 설법이 끝난 후 한 하늘선녀가 왕비에게 하늘나라에 오신 선물로 선녀 한 명을 드리겠다고 하여 태어난 공주가 바로 묘선공주였고 훗날 관세음보살로 이 땅에 나투신 분이었다.

그러나 이 묘선공주는 영화로운 왕궁을 버리고 어느 날은 절간에 들어가 공양주가 되기를 자청했다.

새들이 우짖고 꽃들이 만발한 봄이었다. 백작선사로 가는 데 더없이 좋은 봄날 길이었다. 묘선공주는 상큼한 공기를 마시며 쉬지 않고 걸었다.

묘선은 절에 들어와 향을 피워 참배한 후, 곧 물러나와 여러 비구니에게 인사를 하였다. 한 비구니가 묘선을 주지스님에게 안내하였다. 인사를 올리고 난 다음 차를 마시고 나자마자 묘선에게 말하였다.

"그대는 나라의 금지옥엽이오. 이 거친 산에는 서민 여인들이 비구니로 있는지라 숙식을 함께하자면 불편한 점이 많을 것입니다."

묘선이 공손하게 말하였다.

"도를 배우는 것은 마음을 닦자는 것인데 어찌 귀천을 가리고 불편을 따지겠습니까?"

그러자 주지가 왕궁으로 돌려보내라는 국왕의 밀지를 생각하며 왕궁과 절 생활을 비교하여 말하였다.

"그대는 성진(별)이 어지러워진 까닭에 마음이 말을 듣지 않아 부왕의 명을 거역하게 된 것이오. 출가한다는 명분으로 절에 와서는 절의 허물을 들춰내어 부처님을 비방하고 불법을 헐뜯는 게 바로 악인들이오. 궁중에서 부마를 삼는다면 부귀영화는 그대로 보장될 것이고, 청춘도 헛되이 보내지 않을 것이며, 만사도 뜻대로 마음대로 될 터, 이런 좋은 일이 어디 있겠소. 노승이 있는 이곳에서는 헌 누더기를 걸치고, 멀건 죽을 먹기 일쑤이고, 게다가 적적하고 쓸쓸하기 짝이 없는데, 무얼 하러 이런 곳으로 온단 말이오."

묘선이 차분하게 대답하였다.

"죽을 먹어도 마음이 깨끗하고, 적막하고 쓸쓸해도 마음이 고요하지요. 이 절 이야기는 오래전에 들었는데 오백 분의 비구니들 모두 관리나 부잣집 딸들이고, 지혜롭고 총명하여 인과응보의 도리를 알고, 행동 또한 가볍지 않다고 들었습니다. 오백 분의 비구니가 모두 나이 어린 처자들인데 만약 그녀들을 모두 환속시키어 시집가게 할 수 있다면 저도 왕궁으로 돌아가겠습니다."

백작선사 주지는 얼굴을 일그러뜨리며 말하였다.

"그대의 식견은 하늘의 도리에 어긋나는 것이외다. 공주 한 사람 때문에 우리 절 오백 명의 비구니가 그대와 함께 고통을 당해야 하다니 기가 막히오.

노승은 이 절에 들어온 지 서른 해가 되었건만 지금까지 이 산문에 재화가 떨어진 걸 보지 못했소이다. 그대 공주와 부왕 간의 갈등이 우리 산문과 무슨 상관이 있다는 것인지 답답한 일이오."

묘선은 소리 없이 웃으며 대답하였다.

"모름지기 스님은 크게 화합하고 두루 덕을 갖추어야 합니다. 이를 출가인의 도라 하였습니다. 그런데 주지스님은 지혜가 얕아 견해를 옳게 가지지 못하였고, 몸은 비록 출가하였다 하지만 마음은 도를 깨치지 못한 것 같습니다. 옛 성인들 가운데는 제 몸을 호랑이에게 먹이로 준 이도 있고, 제 살점을 베어내어 날짐승에게 먹인 이도 있음을 어찌 모르고 계십니까. 그리고 제 몸을 태워 전신을 바친 이도 있지요. 그들은 심신을 바쳐 더없는 깨달음을 얻은 것입니다. 스님은 몸과 마음을 아끼고 탐욕을 버리지 못하고 있는데 이러고서야 어찌 수행하여 도를 깨칠 수 있겠습니까. 자신을 위하고 남을 해치는 것은 부처님을 따르는 제자의 예의가 아니지요. 지금 당장 절을 불사르려고 오지도 않았는데 지레짐작하고 당황하여 어찌할 바를 모르고 있으니 스님은 실로 도를 이루려는 마음이 있는지 알 수 없습니다."

주지는 한숨을 쉬며 혼잣말로 말하였다.

"야단났구나, 야단났어. 하늘의 재앙이 떨어지려 하는구나. 허공이 반드시 반응을 보일 터인즉 이 일을 어찌하나."

그러더니 법당으로 나아가 스님들과 대책을 의논하였다. 그런 뒤에 다시 묘선공주를 불러 말하였다.

"출가하면 한가하고 자유롭다고 생각하지 마소. 노승의 절에서는 귀천을 가리지 않소이다. 이곳으로 출가한 이상 노승이 시키는 대로 따라야 합니다. 먼저 공양간에서 일해보고, 견딜 수 있다면 여기 머물도록 하시오. 부지런히 서둘러 물 긷고 밥 짓고 반찬 만들고 그릇과 가마솥을 닦으시오. 또한 차 따

르고 과일 챙기고 향 피우고 물 갈아주고, 처소 청소하고 꽃 꽂고 종 치고 북
도 울려야 하오. 이 모든 일을 그대 혼자서 감당해야 하는데 잘못하다가는
회초리 맞고 절에서 쫓겨나게 됩니다. 이런 일을 사전에 미리 말씀드리는 것이
니 잘 판단하기 바라오."

묘선은 주지의 명을 다 받아들였다.

"이 모든 일을 달갑게 하렵니다."

주지가 나가고 난 뒤, 묘선공주는 곧 커다란 공양간으로 들어갔다.

주지의 말대로 큰 일 작은 일 할 것 없이 공양간의 일이 모두 그녀에게 맡
겨졌다.

다음날도 마찬가지였다. 묘선공주는 온종일 허리를 펼 사이도 없을 정도로
일을 계속하였다. 그러니 그녀의 몸은 곧 초췌해졌고, 입술은 어느새 마르고
부르텄다. 그래도 묘선공주는 조금도 원망하는 마음을 내지 않고 즐겁게 일
하였다. 힘들 때마다 그녀는 하늘에 기도하였다.

"소녀에게 법력을 주십시오. 이 몸 다하여 여러 스님을 섬기리다. 만일 불
과佛果를 얻어 보리를 이르면 하늘의 은혜 잊지 않으리라."

묘선공주는 비록 공양간에 몸을 두었지만 보리심은 더욱 굳세어졌다. 부엌
의 신인 조왕신이 묘선공주의 보리심에 감동하여 옥황상제에게 공주의 사정
을 아뢰었다. 조왕신의 보고를 받은 옥황상제는 크게 기뻐하며 속히 백작선
사로 자신의 권속을 보내었다. 그들에게 공주의 일을 나누어 맡도록 하였다.

동해의 용을 시켜 공양간 옆에 우물을 파게 하였다. 산짐승들에게는 숲속
에서 땔나무를 물어오게 하였고, 날짐승들에게는 반찬거리를 물어오게 하였
다. 공양간의 일들을 천신天神과 지신地神들이 도와주니 묘선은 유유자적하였
고, 이에 절의 비구니들은 몹시 놀랐다.

가을이 깊어져 제법 쌀쌀함이 느껴지던 어느 날 선묵 스님은 랑연에게 사람은 언제 어떻게 될지 아무도 모른다며 조용히 일렀다.

"아무리 왕후장상이라도 한낱 가엾은 우주의 나그네, 한낱 가엾은 우주의 길손, 나그네가 아닌가. 랑연아, 내가 이 세상을 떠나거든 어느 한 구석 뼛가루를 뿌리고 조그만 묘석에 다음과 같이 새겨 세우거라.

'난 어디서 온 줄도 모르고 어디로 가는지도 모르고 어리석고 부질없이 한 철을 헤매던 우주의 한낱 나그네였다오. 지금 와 생각하니 세상천지 제일 소중한 금은 지금이라오. 그대여! 삶이 생각대로 안 되거든 안 되는 대로 생각하고 지금의 순간을 절대 놓지 말고 애써 이루소서.' 라고 말이야. 부탁한다."

순간 랑연은 뭐라 형언할 수 없는 온갖 상념 속에 지나온 발자국의 그림자를 더듬어본다.

자리를 물러나며 그녀는 혼잣말 한마디를 입안으로 읊조린다.

"저는 아직도 여린 나그네입니다."

감악산자락에 차가운 겨울 삭풍이 휘이힝 불고 있다. 마치 그녀의 발자국을 흔적 없이 지워주려는 듯.

가장 아름다운 소리는 아무 소리가 나지 않는 곳에 있고, 가장 아름다운 새는 나는 자리에 깃털을 남기지 않는다는데.......

랑연, 두 손을 모은다. 🪷

우리 중생은 영원한 우주의 나그네일세.

이 세상 넘어 또 한 세상으로

어느 누구도 생로병사 고통 끝내 못 여의고

그저 한 철 떠도는 나그네라네.

언제까지나 영원한 나그네라네.

부질없이 떠도는 흰 구름처럼

오직 하늘 아래 홀로 떠도는 나그네일세

그러나 무엇을 베풀어도 과보는 바라지 말게

혹여 덕을 베풀어도 그 베풂을 헌신짝처럼 버리게.

여린 나그네, 랑연......

옷깃을 여미고 두 손을 모은다.

불보살님을 비롯하시어 먼저 깨달음을 얻으신 성현이시여!

중생계를 보살피시는 성현이시여!

우리네 중생이 깨우침을 얻어 다다르는 발길마다 상서로움 있게 하시어

나날이 환하게 웃으며 더불어 잘살 수 있게 도와주소서, 신이시여!